Quando as Estrelas Caem

Mariana Lucioli

Quando as Estrelas Caem

Copyright © Mariana Lucioli, 2023
Copyright © Editora Planeta do Brasil, 2023
Todos os direitos reservados.

Preparação: Bárbara Parente
Revisão: Natália Mori
Projeto gráfico e diagramação: Vivian Valli
Ilustração de capa: Lelezzis
Composição de capa: Beatriz Borges

Dados Internacionais de Catalogação na Publicação (CIP)
Angélica Ilacqua CRB-8/7057

Lucioli, Mariana
  Quando as estrelas caem / Mariana Lucioli. - São Paulo: Planeta do Brasil, 2023.
  272 p.

  ISBN 978-85-422-2292-0

  1. Ficção brasileira I. Título

  23-3339   CDD B869.3

Índice para catálogo sistemático:
1. Ficção brasileira

 Ao escolher este livro, você está apoiando o manejo responsável das florestas do mundo

2023
Todos os direitos desta edição reservados à
Editora Planeta do Brasil
Rua Bela Cintra, 986 – 4º andar
01415-002 – Consolação – São Paulo-SP
www.planetadelivros.com.br
faleconosco@editoraplaneta.com.br

*Para todos aqueles que já
sentiram que não mereciam sonhar.
Espero que ao fim deste livro você
encontre suas próprias asas.*

PRÓLOGO

Muito tempo atrás, uma estrela se apaixonou por um humano. Num lugar escondido dos mapas, o lindo e singelo astro caminhou pela terra apenas para experimentar seu amor. Os detalhes, as nuances, todas as sutilezas desta narrativa foram perdidas ao longo dos séculos.

Dizem que a estrela foi recepcionada de braços abertos por seu amado. Que o humano se encantou nos primeiros segundos, e juras de amor foram trocadas não muito tempo depois. Por ele, a estrela teria renunciado à sua imortalidade, tornando-se uma humana como qualquer outra.

Mas o tempo foi gentil demais com essa história.

A verdade não é bem essa.

Porque, quando as estrelas caem, elas são enviadas com um propósito.

Quando as estrelas caem, elas se tornam fadas.

I

Nunca gostei da noite, mesmo sendo filha das estrelas. Há algo de aterrorizante na escuridão absoluta que me deixa com os nervos à flor da pele. Mas, por algum motivo, sempre amei as madrugadas ao lado de Pietro.

Seus braços estão ao redor da minha cintura, e minhas costas estão apoiadas em seu peito. Consigo sentir seu hálito quente em minha nuca, e a brisa fresca do mar aberto em meu rosto.

Estremeço suavemente, sentindo um arrepio viajar dos dedos dos meus pés até a ponta dos meus cabelos. Não pelo frio, mas sim pelo metal gelado da espada em minha garganta.

— Vocês podem escolher — o pirata ao meu lado diz. — Ou morrem pela faca...

Ele pressiona a arma contra minha pele, e um filete de sangue escorre até o meu decote. As mãos de Pietro em minha cintura me apertam mais forte, e sinto-o agitando-se de raiva atrás de mim. Inspiro fundo e me mantenho firme, com os olhos fixos no horizonte, para além da grande tábua de madeira à minha frente e do barco repleto de bucaneiros.

— Ou morrem pela prancha — ele continua.

O pirata aponta sua espada para a água, onde um grande crocodilo-marinho nos espera. As escamas rígidas reluzem à luz do luar, e a boca cheia de dentes me faz estremecer. Volto-me para o bucaneiro de rosto sujo e cheio de cicatrizes quando ele abre um sorriso, que se reflete em cada um dos membros de sua tripulação. Um murmúrio entusiasmado percorre os homens do deque, e Pietro finca as unhas em minha carne.

Mesmo assim, não estou com medo. Na verdade, estou eufórica. Conheço Pietro bem o bastante para saber que ele sempre tem uma carta na manga e, como sua dupla, preciso me preparar para sua próxima artimanha. Suprimo um sorriso e mordo os lábios, aguardando ansiosa a decisão dele.

— E então? — o pirata pergunta, piscando seu único olho funcional. O outro é apenas uma esfera branca e molenga. — Qual vai ser, pombinhos?

Pietro inspira fundo antes de responder por nós dois. Seu nariz roça em meu cabelo, e ele aproxima a boca do meu ouvido.

— Pronta? — sussurra, e eu respondo com um leve e quase imperceptível aceno de cabeça.

A espada do corsário volta a beijar minha garganta, e Pietro me puxa mais para perto de si.

— Eu tenho uma ideia melhor — ele proclama.

Sua voz é grave e rouca, e me ilumina instantaneamente.

Pietro *sempre* tem uma ideia melhor e... Não, não é isso.

Ele sempre tem uma ideia *pior*, mas muito mais emocionante do que eu sequer poderia imaginar, e é por isso que as noites ao seu lado não parecem tão assustadoras assim. Pelo contrário, são tão eletrizantes quanto um choque, tão empolgantes quanto um livro de aventuras. A diferença é que nós somos os donos das histórias aqui. Escrevemos nossa jornada enquanto vivemos intensamente. Criamos um destino por meio de nossa vontade.

O pirata nos analisa de cima a baixo, e sussurros curiosos percorrem o navio. Consigo sentir a inquietação dos tripulantes em cada troca de olhares e em todo estalar de dedos. Eles não querem outra opção, querem se ver livres de Pietro e de mim o mais rápido possível. Mas o capitão não dá o braço a torcer.

Ele sorri e traça uma linha escarlate do meio da minha bochecha até a minha clavícula. Doloroso, sim, mas eu aguento. Pietro grunhe, e percebo que ele está se segurando muito para não agir antes da hora.

— Não gostou das suas opções, menininho? — O pirata se aproxima, emanando um bafo ácido de alho podre.

— Não as achei tão interessantes — Pietro responde, e eu nem tento esconder meu sorriso desta vez. — Que tal... subir?

O capitão não entende de primeira. Pisca uma, duas vezes. Confuso, e por descuido, abaixa um pouco a espada, liberando o restante do caminho para a prancha à nossa frente. Enquanto ele tenta compreender o que estamos tramando, levo minha mão lentamente a minha cintura e desamarro o laço de seda do meu saquinho de algodão cru.

— *Subir?* — o pirata pergunta.

— Subir! — Pietro reitera, animado. — Mas pra isso, primeiro nós precisamos descer.

Antes que os piratas possam nos impedir, Pietro agarra minha cintura e me ergue do chão, colocando-me deitada em seu colo. Ele toma um impulso e corre os últimos metros da tábua de madeira que nos sustenta acima do mar.

Em poucos segundos, não há mais nada sob nossos pés, apenas o mar e a queda livre.

E, é claro, um imenso e faminto crocodilo.

A descida é rápida, e o impacto do oceano no nosso corpo é um refresco gelado em meio à emoção do momento. Abro os olhos embaixo d'água apenas para encontrar duas fendas ofídicas e amareladas serpenteando em minha direção. Agito os braços contra o mar, e nado até a superfície.

Pietro emerge pouco depois de mim e se posta na minha frente, criando uma barreira humana entre mim e o grande réptil. Sorrio, achando graça. Não preciso de sua proteção, e ele sabe muito bem disso, mas o gesto ainda cria borboletas em meu estômago.

Quando o crocodilo está a apenas poucos metros de nós, galgando rapidamente pelas ondas agitadas, eu abro a minha mão cheia de pozinho mágico e jogo sobre nossas cabeças. A boca do animal se abre, aproximando-se cada vez mais do seu jantar, seus dentes afiados prontos para nos rasgar em pedaços.

Mas tão rápido quanto caímos, nós começamos a ascender.

O pozinho brilha ao nosso redor, cintilando como pequenos sóis na noite escura. Nossos corpos são içados da água. Ultrapassamos os canhões, o convés, os mastros, e mesmo assim continuamos a subir. Nem mesmo as bolas de chumbo que são atiradas contra nós são rápidas o bastante para nos alcançar.

Estamos voando para longe, bem longe dos piratas.

Os gritos atiçados dos bucaneiros se confundem com os berros animados de Pietro, e não consigo evitar unir minha voz à dele. A emoção se torna viciante, como fogo em minhas veias, e levanto os braços acima da cabeça, ordenando meu corpo a voar mais rápido, mais alto.

Ao meu lado, Pietro puxa minha mão e nos guia pelo firmamento, dando cambalhotas a torto e a direito, me roubando selinhos entre uma risada e outra. Seguimos assim, voando pela madrugada afora, até encontrarmos terra firme, uma ilhazinha de vegetação verde e vistosa, bem a tempo do amanhecer.

Pousamos com relutância e nos jogamos na areia, exaustos. Ofegantes, passamos alguns segundos tentando nos recuperar do mais recente sequestro – estes mesmos piratas estão sempre em nossos calcanhares, então sei muito bem que não será o último de nossas vidas – e deixamos a energia do momento se dissipar.

Pietro se vira para o meu lado e seus olhos verdes encontram o meu olhar atento. Ele pisca para mim e passa a mão pelos seus fios loiro-acastanhados, molhados pelo nosso mergulho.

— Não foi nada mal, não é?

Eu me aproximo, e repouso minha testa na sua, deixando apenas um dedo de distância entre nós.

— Você já teve saídas melhores, mas até que essa foi divertida.

Ele leva uma das mãos ao coração, abrindo a boca indignado.

— Não acredito — arfa. — Deixei você entediada.

Sorrio e levo meu dedo à sua bochecha, traçando padrões por sua pele branca-bronzeada.

— Não é pra tanto.

— Verdade — ele concorda. — É pra muito. Como posso me redimir?

Mordo os lábios e reviro os olhos.

— Se você insiste tanto, tenho algo muito agradável em mente.

Pietro encurta mais ainda a distância entre nós, e consigo senti-lo sorrindo sobre meus lábios.

— Acho que consigo adivinhar o que é isso…

O beijo de Pietro é lento, mas intenso. Sua língua explora cada canto da minha boca, e consigo sentir nossos corações batendo em sintonia. Ele mordisca meu lábio, e eu tremo em seus braços, gemendo baixinho.

Pietro tem gosto de saudade e paixão, e suas mãos buscam meu corpo para nos firmar à realidade.

Exceto que isto não é a vida real.

Aumento a velocidade do beijo, desesperada para nos manter ancorados a este momento. Levo minha mão ao seu cabelo, agarrando os fios loiros e inclinando sua cabeça para onde a quero.

Isso é um sonho, arquitetado por mim.

Pietro nos vira, e sinto seu peso em cima de mim, suas mãos ao lado da minha cabeça, apoiando seu corpo enquanto continua a me beijar. Passo minhas mãos pelo seu abdômen, trilhando caminhos sinuosos por seus músculos firmes.

Perdida em seus beijos, tento esquecer a verdade, mas é impossível. Afinal, tudo aqui, desde o sol quentinho da aurora aos piratas, ao crocodilo e à areia fofinha, tudo no ambiente é criação minha.

Sou uma fada dos sonhos, isso é o que eu faço.

A única coisa que não controlo é Pietro. Não tenho como reger suas reações e muito menos suas emoções. Ele está me beijando de livre e espontânea vontade.

Passo minha língua sobre os lábios do humano, e sinto-o estremecer em resposta. Ele desvia a boca para o meu pescoço e beija o ponto mais sensível da minha garganta.

— Pietro... — eu sussurro, e sinto seu corpo vibrar com um grunhido rouco.

Esse momento é perfeito. É tudo que eu sempre quis. Mas não consigo me livrar da sensação congelante de que todo esse lugar está prestes a ruir, estilhaçando-se entre minhas mãos.

Porque a verdade, por mais certo que nós dois sejamos um para o outro, por mais certo que seja nós dois *juntos*, é que isso nunca poderia ter acontecido.

Isso não deveria *estar* acontecendo.

A verdade é que eu nunca deveria ter beijado meu humano, e a cada dia que passa fica mais difícil deixar de fazê-lo. As regras das fadas são claras quanto a isso.

O problema é que nunca dei a mínima para elas.

II

Eu não me lembro de um tempo quando não amava Pietro. Sempre estive perto dele, cuidando dele, tornando seus sonhos lugares agradáveis e aconchegantes.

Afinal, eu nasci para isso. Só existo por isso.

Como sua fada dos sonhos, preciso entender Pietro, de dentro para fora. Do que ele gosta? O que quer conhecer? Do que tem medo? Quais são seus maiores desejos? Preciso conhecê-lo como a palma da minha mão se quiser fazer meu trabalho bem-feito.

Quando ainda éramos crianças, eu não tinha experiência nem maturidade para desenvolver os sonhos elaborados que crio hoje em dia. Mãe Lua me enviou à Terra quando Pietro soltou sua primeira risadinha. Em termos humanos, eu nasci neste exato momento.

Fui instruída no Condado até que as Fadas Auxiliares me consideraram apta a criar os sonhos de Pietro sozinha. Antes disso, suas noites eram regadas de imagens sem sentido e histórias sem pé nem cabeça, os rascunhos de uma fada dos sonhos iniciante. Claro, sempre com a supervisão de uma Auxiliar.

Crescemos juntos. Aprendemos juntos. Sonhamos juntos.

Acabei criando um cantinho para mim em seu quarto, em vez de me instalar no Condado como as outras fadas. Um lugarzinho no meio de livros empoeirados, em uma estante muito amada. Tenho uma cama feita de pedaços de algodão, e uma banheira – ou uma conchinha do mar cheia de água da chuva, como você preferir chamar. Da minha casa, consigo ver tudo o que acontece no quarto de Pietro.

Para mim, o cômodo é enorme, mas já o ouvi dizer mais de uma vez que ele se sente apertado aqui dentro (acho que essa é a única vantagem de ser tão pequena, nunca me sinto sufocada). Não há muitos móveis, apenas a estante onde moro, uma escrivaninha, uma cama – sempre desarrumada – e uma mesinha de cabeceira, onde Pietro coloca seus óculos de armação redonda na hora de dormir.

Pela janela, consigo ver os campos de girassóis da vila, balançando com a brisa fresca da manhã. Uma trilha de terra batida corta a plantação em direção a casa e, ao longe, consigo ouvir o cantarolar das gaivotas. Bem diferente das ilhas paradisíacas que costumo criar para seus sonhos, mas, ainda assim, uma ilha muito bonita e aconchegante.

É uma aldeia monótona, mas agradável. Um bom lugar para se viver, seja você humano ou fada.

— É um péssimo lugar para se viver. — A voz grave de Pietro faz com que me levante da cama, espiando por entre os livros.

Seus cabelos estão bagunçados e precisando de um corte, suas roupas, sujas de terra. Sorrio. Não é incomum vê-lo desse jeito, parecendo um porquinho que rolou na lama. Pietro parece que está sempre procurando por encrencas.

— Não exagera, Pê — uma voz mais aguda se infiltra no quarto. — Aqui só não tem muita coisa pra fazer, não quer dizer que seja péssimo.

Pietro bufa enquanto seu fiel escudeiro se recosta na cabeceira. Apesar de ter a mesma quantidade de anos que o amigo – vinte longos invernos –, ele é um rapaz tímido e baixinho. Ao contrário de Pietro, Fabrizio está sempre arrumado, com seus cabelos ruivos cacheados muito bem penteados, e a pele negra clara sempre reluzente. Ou seja, o exato oposto do meu humano.

— Pois eu acho um saco — respondeu Pietro. — Não posso nem mesmo montar em um vaca que já recebo um sermão.

— Nunca vi ninguém montando uma vaca.

— É exatamente esse o ponto! — Pietro se exalta. — Eu poderia muito bem ser o primeiro.

Fabrizio estala a língua, deitando-se do outro lado da cama.

— Talvez você tenha razão, Pê, mas em parte. Esse lugar é péssimo, mas só pra você e sua mente agitada.

Rio, sentindo minhas asas balançando atrás de mim. Tenho que concordar com o garoto.

Pietro sempre foi mais curioso que as outras pessoas, mais questionador e sensível. Isso podia cansar os moradores da ilha muito mais depressa do que meu humano gostaria. Não tinham paciência para ele, muito menos para suas perguntas absurdas e estripulias imparáveis.

Assim como os humanos o excluem no dia a dia por não entenderem suas ideias malucas ou raciocínios fora da caixinha, as fadas me evitam igual gato evita água. Para elas, sempre fui uma esquisita. Nem humana, por mais que eu sempre tivesse desejado ser, nem fada, uma renegação da própria natureza.

Pietro é como eu. Um furacão na mesmice de um copo d'água.

Eu o conheço o bastante para saber que por trás de sua rebeldia existe um desejo ardente de conhecer algo além dos campos de flores em que sempre viveu. Afinal, eu conheço todos os seus sonhos. Eu *sou* os seus sonhos.

Meu humano se deita ao lado do amigo, mesmo sujo de barro. Torço o nariz. Só porque amo Pietro, isso não quer dizer que apoio sua falta de noção. O desleixo faz parte de seu charme, mas às vezes até ele passa dos limites.

Depois de ficarem o dia todo fora – procurando mais encrencas para se enfiar –, os dois se preparam para trocar o dia pela noite. Esta é a minha deixa.

Mais um cochilo, mais um sonho a se criar.

Eu me impulsiono para fora da estante, batendo minhas asas pelo ar. Não demoro muito para pousar na cabeceira, encarando mais de perto os dois amigos. Pietro cheira a álcool e, embora não seja o mais agradável dos aromas, eu o invejo. Sempre quis provar a cerveja da qual ele tanto fala, sentir na boca a espuma do colarinho se dissolver e ficar tão alegrinha quanto os bêbados das tavernas.

Mas é claro que não posso. Isso não é comida de fada.

Então, em vez de me concentrar no que eu não poderia ter, me concentro no que eu tenho no momento. Logo encontrarei Pietro em seu sonho. Isso eu sempre poderia aproveitar.

Antes que eu pudesse passar para o colchão, entretanto, o bafo quente de Pietro me desestabiliza, e o cheiro de álcool arde em minhas narinas mais forte do que nunca.

— Francamente — ralho. — Você podia ao menos ter passado uma água na boca.

Mas ele não me responde, já está ressonando. Não que ele fosse me responder de qualquer maneira. Afinal, ele não me vê.

E não quero dizer de modo metafórico. Nada do romantismo de "ele não me enxerga, por isso não me ama". Ele literalmente não me vê. Não consegue. Sou invisível aos seus olhos.

Eu sou uma fada e, para mim, isso significa ser um absoluto *nada* para a pessoa que mais amo.

Suspiro, ignorando a vozinha em minha cabeça que grita sobre injustiças e esperança. Não adianta chorar sobre o leite que nem sequer foi ordenhado.

Caminho até a cama e dou um pulinho para chegar ao colchão de palha. Quase caio, mas me recupero bem a tempo, batendo minhas asas para me equilibrar.

Colchões são lugares traiçoeiros. Cheios de irregularidades e valas, prontas para engolir uma fada pouco experiente. Falo isso com propriedade. Já caí em um dos buracos da cama, e não foi nada agradável. Agora, entretanto, já faz anos que acompanho Pietro como sua fada dos sonhos. Sei todos os truques e tenho todas as cartas do baralho na manga. Aprendi a me mover por seu quarto para chegar até ele, atravessando móveis e pilhas de roupa suja apenas para fazê-lo sonhar.

Escalo seu braço com a ajuda das minhas asas para me equilibrar melhor. Seria mais fácil voar direto até ele, mas o meu pó de fada está quase acabando, não quero desperdiçá-lo. Eu teria uma grande dor de cabeça se ficasse presa do outro lado do quarto caso meu pó acabasse durante o trabalho. Já havia aprendido minha lição muito antes de hoje.

Caminho pelo antebraço de Pietro e alcanço seu peito. Sento em seu tórax, cruzando minhas pernas, me ajeitando sobre as montanhas móveis abaixo de mim. Ele está ofegante, me balançando para cima e para baixo junto ao seu peito.

Suspiro, me preparando para começar. Já estou atrasada. Consigo sentir o corpo dele entrando no Umbral antes de mim, e não posso deixá-lo entrar naquele lugar sem me ter como guia. É perigoso. Ele pode acabar encontrando um Noturno, e não queremos isso.

Estamos há vinte dias sem sermos frustrados pelo senhor dos pesadelos, e eu pretendia bater meu recorde.

Prendo meus cabelos ruivos em meu coque usual, preparando-me para o trabalho. Alguns fios escapam do penteado, mas faço o máximo que posso, enfiando-os de volta no emaranhado de mechas e tirando-os da minha visão. Não preciso de nenhuma distração nesse momento.

Ouço o barulho cristalino do bater de asas de uma fada e viro-me para a janela. Nissa, a fada de Fabrizio, voa em direção à cama, planejando-se para mais um dia de sonhos. Aceno em sua direção e recebo um sorriso amarelo em retorno.

Bufo e desvio os olhos. As outras fadas não somente me evitam. Na verdade, nenhuma gosta muito de mim, por mais que algumas tentem forçar uma simpatia. Nissa não é nenhuma exceção.

Minha vida é bem solitária por conta disso. Não que as fadas tenham amigos como os humanos. Amor e amizade são conceitos proibidos, perigosos. Melhor nos atentarmos ao trabalho e obedecer às regras da Mãe Lua. A vida de uma fada gira em torno de seu humano e de seus sonhos, e nada mais. Ou assim deveria ser.

Por mais que eu ame Pietro, sempre quis ter uma amiga com quem conversar, assim como ele tem Fabrizio. Queria uma fada com quem pudesse me abrir sem receios, desabafar sobre meus medos e transgressões, papear sobre tudo o que sentia e deixava de sentir. Mas eu sou a única com tal desejo. Ninguém gostaria de desafiar Mãe Lua e suas punições lendárias, e eu aprendi isso da pior maneira possível.

Formar laços ou ser transformada em um pesadelo ambulante?

Para muitas, a escolha é óbvia. Para mim, não foi tão fácil assim.

Eu sei que sou apaixonada por Pietro, e sabia que *gostava* disso. Talvez as outras fadas simplesmente não conhecessem o significado de amor, não soubessem o que de fato é amar alguém.

Eu sou uma exceção à regra, e devo tudo aos livros da minha estante.

Pietro sempre amou ler, desde pequeno, e eu sou uma curiosa enxerida. Adoro espiar as leituras dele, e conheço muito bem o aconchego de uma boa história. Mas, principalmente, aprendi o que é o amor através deles.

Quando meu humano não estava debruçado sobre cartas náuticas e livros técnicos sobre navegação, ele estava com um livro de aventuras na mão. Os casais das histórias de Pietro me ajudaram não só a compreender melhor o mundo humano, mas também meus próprios sentimentos, como por que meu coração bate mais forte apenas em sua presença ou por que eu fico triste sempre que não posso acompanhá-lo para algum lugar.

Comecei a ansiar por uma vida de liberdade e prazeres após perceber tudo que o mundo humano podia me proporcionar. Devido aos livros, eu renunciei ao meu lugar no Condado das Fadas e escolhi permanecer sempre junto do meu humano, acompanhando-o a cada passo, não somente em seus sonhos. Afinal, não queria passar um único instante longe do amor da minha vida.

Não foi um processo fácil, muito menos tranquilo, mas o pior já passou. Hoje vivo uma vida no limiar da solidão em minha estante, observando atenta o mundo do qual nunca poderei ser parte.

Pietro boceja, encerrando minha linha de raciocínio e me trazendo de volta à realidade.

É hora de sonhar.

Fecho os olhos. Concentro-me na minha ligação com Pietro, em seu fio de vida, tão ligado ao meu, e deixo-me levar. Sinto o hálito quente do rapaz me envolver com uma lufada de ar. Sinto seu coração batendo embaixo de mim, convidando-me para juntar-me a ele. Sem hesitar, me agarro ao fio que nos une e jogo-me no abismo do Umbral.

Sinto sua consciência ascendendo até o Umbral, e agarro-me a ela. Sou arrastada com força e velocidade por segundos intermináveis, levada até o plano dos sonhos, um lugar sombrio e vazio. Os pesadelos são vultos mais escuros do que a própria escuridão, e eles não perdem tempo em nos rodear. Nas trevas, o éter puro e poderoso está pronto para ser moldado à minha vontade, mas os pesadelos estão puxando a mim e a Pietro, tentando nos engolir, sugar nossa força vital.

O espírito do meu humano está inquieto, pronto para escapar das minhas mãos e vagar sem rumo pelo limbo, mas seguro firme em seu fio de vida. Não posso deixá-lo fugir, não posso deixá-lo encontrar um pesadelo.

Sinto o éter me envolver, e deixo minha mente manipulá-lo, do jeitinho que eu quero, até que um cenário familiar se construa à minha volta. Só então, libero o espírito de Pietro no limbo, permitindo que ele explore o lugar que criei para seu mais novo sonho.

Abro os olhos e lá está meu humano, me encarando com um sorriso travesso.

— Você de novo? — pergunta.

Sorrio de volta.

— Eu de novo, como sempre — respondo.

Estamos de volta à ilha do último sonho, com o mesmo sol imaginário queimando nossos corpos, e a mesma areia sob nossos pés. O vento lambe nossa pele, refrescando-nos neste dia de verão.

— Sentiu minha falta? — pergunto.

Pietro coloca as mãos nos bolsos, dando de ombros. O brinco de ferro em sua orelha balança com o movimento, e um dos cantos de sua boca se eleva em um sorriso torto.

— Eu acordo todos os dias esperando o momento de te ver de novo.

Sinto minhas bochechas corarem, mas continuo caminhando em sua direção.

— Às vezes, penso que você não virá — ele confessa.

Paro a poucos centímetros de distância.

— Eu não preciso ir a lugar nenhum. Estou sempre aqui, à sua espera.

Pietro sorri, e seus olhos verdes sob os óculos brilham como esmeraldas à luz do sol. Sua mão encontra a minha, e nossos dedos se entrelaçam.

— Você pode não precisar, mas eu sempre virei ao seu encontro, Tipper.

Sorrio de volta, mas no fundo algo se quebra dentro de mim.

Os livros do meu humano sempre mencionaram amores proibidos e a dor de se apaixonar por alguém impossível, mas história nenhuma consegue retratar a verdadeira angústia do que é amar alguém que nem sabe que você é real.

III

Não há muitas regras no mundo das fadas. Posso contar nos dedos os nossos dogmas, e ainda sobrariam alguns.

Primeiro, é claro, não devemos interferir nas decisões dos humanos. Devemos guiá-los pelo mundo dos sonhos sem qualquer viés, apenas proporcionando conforto em um espaço de relaxamento.

Segundo, não devemos interferir nos sonhos criados por outras fadas. Nosso trabalho é individual e solitário, algo a ser compartilhado apenas com nossos humanos. É expressamente proibido entrar na mente de outros humanos, sob o risco de causar neles inúmeros pesadelos.

E, por último, mas nem por isso menos importante, não devemos, em hipótese alguma, nos inserir dentro dos sonhos que criamos. Nossos humanos não devem nem mesmo sonhar – literalmente – com nossa existência. Fadas devem se portar como o que são: seres invisíveis, guias ocultos dentro do limbo do inconsciente.

Eu já havia jogado essa última regra pela janela há muito tempo. E não, não me arrependo nem um pouco.

Nunca gostei de ser uma fada, de viver em função de outra pessoa, mesmo que essa pessoa fosse Pietro. Nunca achei justo ter que viver sem poder experimentar todas as emoções das quais sei que sou capaz de sentir e sem todas as experiências que os humanos podem viver.

Somos ensinadas que a Mãe Lua, a mãe de todas as fadas, uma deusa que nos abandonou há anos, nos criou apenas para auxiliar sua melhor realização: os seres humanos.

Enquanto eu era uma aprendiz, me foi dito que a função de qualquer fada era tornar o mundo mais agradável para os humanos, cuidar destes seres tão frágeis e preciosos para que não se machucassem com a magia invisível aos seus olhos.

Nunca aceitei isso.

Eu não via como eu, uma estrela na terra, poderia não ter mais nenhum sentido na vida a não ser deixar outro brilhar em meu lugar. Porém, entendi desde muito cedo que nunca conseguiria a liberdade que tanto almejava entre minhas iguais.

Por isso, comecei timidamente a me colocar como personagem nos sonhos de Pietro quando nós tínhamos doze invernos. Eu era uma figurante, alguém que não tinha importância alguma dentro do enredo que estava criando para a noite, porém eu estava *vivendo*, mesmo que em uma ilusão de éter.

Até que ele me notou, e tudo em minha vida virou de cabeça para baixo.

Pouco depois de seu aniversário de quinze anos, criei seu primeiro sonho sobre piratas. Pietro sempre quis fazer parte de uma tripulação, explorar o mar e suas profundezas, porém nunca teve a chance de conhecer além das praias de Nimmerland. Talvez nunca teria. Era meu papel mostrar a ele as belezas pelas quais ansiava, ali mesmo, dentro de sua mente.

Pietro caçava crocodilos neste sonho (ele sempre foi fascinado por répteis gigantes). Com arpões enormes, meu humano perseguia monstros colossais que supostamente andavam aterrorizando vilas pesqueiras. Eu era apenas uma menina do deque, feliz em estar vestida com roupas humanas e viver mais uma de minhas pequenas aventuras.

Ele estava polindo sua arma quando seus olhos se desviaram para mim. Minhas bochechas se tornaram tão vermelhas quanto meus cabelos. Virei o rosto, voltando a esfregar o chão imundo da embarcação.

Conseguia ouvir o barulho de suas botas batendo contra a madeira, dando passos lentos em minha direção. Mesmo assim, não ousei encará-lo de novo.

Finja que não o está vendo, Tipper, pensei. *Finja e talvez ele vá embora.*

Mas a verdade era que eu não queria que ele fosse embora. Estava doida para ter uma desculpa para interagir com ele, para gritar aos sete mares que eu existia.

Sua sombra encobriu o sol à minha frente e, por fim, parei de atacar o chão com minha limpeza nervosa. Fiquei estática. Meu coração batia frenético, tão ansioso quanto jamais esteve.

— Já te vi antes — ele murmurou, mais para si do que para mim.
Arfei.
Sim. Sim, você já me viu. Sim, eu sempre estive ao seu lado.
Sim, eu não sou invisível.
Mas tudo o que consegui responder foi:
— Estamos no mesmo barco há alguns dias, senhor.
— Não — Pietro riu. — Não aqui. Em algum outro lugar.
Voltei meus olhos em sua direção, desacreditada.
Ele realmente estava me reconhecendo. Não estava seguindo o roteiro do sonho. Pietro havia desviado a atenção da história que criei para vir falar comigo.
— Onde, então? — perguntei, esperançosa.
Meu humano inclinou a cabeça, pensativo. Um sorriso brincalhão brotou em seus lábios, e vi que ele estava hesitante em me responder. Isso não era muito comum. Pietro sempre foi muito objetivo e decidido, e incerteza não fazia parte de seu vocabulário.
— Esqueça, você vai rir de mim.
Ele se virou para ir embora, mas eu segurei sua mão antes que pudesse me deixar.
— Não — supliquei. — Prometo.
Ele suspirou. Coçou a cabeça. Ajeitou os óculos.
— Se eu te falar que já a vi em meus sonhos, vai soar muito brega?
Mordi os lábios para impedir que um gritinho escapasse. Pietro estava falando comigo. Ele reconhecia a minha existência.
— Não, se for verdade — respondi.
A partir desse momento, não havia mais saída para mim. Estava completa e absurdamente viciada em quebrar as regras. A ter um gostinho da vida que desejava ter, mas que nunca teria.
Passei a encontrá-lo todas as noites, e arquitetei aventuras para dois. Não demorou para que eu me apaixonasse, e comecei a notar que Pietro também correspondia aos meus sentimentos.
Nosso primeiro beijo aconteceu embaixo de um arco-íris, em meio a um lago rodeado por sereias de caudas multicoloridas. Depois disso, nos tornamos um casal.
Quer dizer, nos tornamos a *nossa própria* definição de casal. Não houve pedido de namoro ou algo assim. Havia um entendimento entre

nós dois, do que representávamos um para o outro. Duas pessoas que se amavam muito.

Éramos uma boa dupla, eu e ele.

Éramos.

Até que Wendy chegou.

IV

A primeira coisa que percebo em Wendy é que ela parece estar prestes a chorar. Seu rosto está contorcido em um muxoxo, a pele marrom, enrugada e franzida. O cabelo preto, liso e sedoso é jogado de um lado para o outro enquanto ela nega com veemência algo que seu pai, um homem pequeno e magricela, fala. Seus braços estão cruzados e os olhos brilham em um misto de tristeza e irritação.

— Ela é linda — Pietro diz, ecoando meus pensamentos.

— Linda é pouco — Fabrizio completa.

Tive que concordar. Mesmo com a cara amarrada, Wendy é um colírio para os olhos.

Enquanto os meninos observam a filha do mais novo curandeiro da vila retirar algumas malas da carroça de mudança, eu tranço uma coroa de grama para passar o tempo, apoiada nas coxas de Pietro. Os dois estão sentados sob uma árvore em frente a uma casinha de dois andares. A fachada de pedra, coberta por hera, está com todas as janelas abertas, e o sol ilumina as partículas de poeira que flutuam para dentro da casa.

Nimmerland há muitos anos não tem um curandeiro. Desde a morte de Lilian, aquela antiga casa se encontrava desocupada, e a vila, sem alguém que cuidasse de seus enfermos. A mulher foi encontrada em sua própria cama, com os olhos arregalados e as mãos sobre a garganta, rígida como uma pedra.

Os aldeões haviam chegado a uma única conclusão plausível: demônios.

Lilian tinha visto algo horrível demais, bondoso de menos. Algo que ela *não deveria* ter visto. Um monstro que ceifou sua vida do jeito mais tenebroso possível, deixando-a em completo desespero em seus momentos finais.

Eles estavam certos, mas apenas em parte. Seu estado não era obra de *demônios*, mas o resultado de noites inteiras cheias de pesadelos. Noites regadas às vontades dos Noturnos, os seres sombrios que controlavam o Umbral.

Dormir, por mais que pareça algo tão fácil e prazeroso, é uma das coisas mais perigosas que um humano precisa fazer todos os dias para sobreviver. Quando uma pessoa dorme, seu espírito ascende até o plano do inconsciente, um lugar escuro e maleável. E é para lá que as fadas precisam ir atrás de seus humanos, quando estes dormem todas as noites.

Nós, assim como os Noturnos, podemos usar o éter presente no limbo para moldar a realidade como preferirmos. A diferença é que, enquanto as fadas são espécies de guardiãs dos sonhos, os seres da noite são os senhores dos pesadelos. Eles se tornam mais fortes diante do desespero de suas vítimas, e se alimentam de seu terror.

O mundo é cheio de histórias sobre pessoas de todas as idades que viram coisas durante a noite, monstros prontos para comê-los vivos. Lilian inclusive costumava murmurar sobre fantasmas e assombrações antes de sua morte, mas os aldeões a julgavam uma velha caduca.

A verdade era que ela estava longe de ser louca.

Afinal, um Noturno bem alimentado é poderoso o bastante para fazer uma visitinha ao plano consciente. Os humanos sempre dizem às suas crianças que os monstros embaixo da cama não existem, mas a realidade é que eles te observam dentro de suas próprias mentes.

Houve um tempo em que pesadelos não existiam, que fadas e humanos conviviam em harmonia e completude. Mas uma de nós resolveu se rebelar contra a Mãe Lua e se apaixonou pelo próprio humano. Ela manipulou o éter até que ele retirasse suas asas e a tornasse humana, e depois fugiu com o seu amado.

Mãe Lua ficou furiosa. Transformou a garota em um espírito maligno, e a aprisionou no Umbral. Assim nasceu o primeiro Noturno, a mãe de todos os senhores do pesadelo. E, assim, nossa deusa nos amaldiçoou com a invisibilidade, impedindo que qualquer humano pudesse sequer nos demonstrar o mínimo de afeto.

Depois disso, a Mãe Lua desapareceu. Não visita mais a Terra e suas criações rebeldes. Nos largou ao relento, deixando seu antigo corpo preso no firmamento, e escapou pela galáxia para criar novos e mais obedientes seres. Agora, nossas regras são rígidas e extremas, uma tentativa – que eu considero tola e inútil – de mostrar a nossa antiga deusa que merecemos sua atenção de volta.

Além disso, as fadas precisaram aprender a controlar as investidas dos Noturnos, e guiar os humanos para longe de seu chamado. Por isso mesmo, antes de tudo, a morte de Lilian foi responsabilidade de uma fada que não fez seu trabalho direito. Uma fada que não controlou os seres da noite.

Era incomum, mas acontecia.

É claro, também havia aquelas que se perdiam na própria ganância, e barganhavam com os Noturnos para receber um pouquinho de seus poderes: alterar a realidade e se infiltrar no mundo humano. Estudamos tudo sobre eles durante nosso aprendizado. Todas as fadinhas iniciantes odiavam as traidoras da própria espécie.

Eu sempre as vi com um olhar bem diferente.

Pietro suspira, me tirando de meus devaneios. Ele se levanta, e preciso bater minhas asas para não cair direto no chão. Meu pó de fada brilha no ar enquanto retomo meu equilíbrio e quase não tenho tempo de me recuperar do susto antes que meu humano se ponha a andar em direção a casa.

— Onde está indo? — Fabrizio pergunta, com os braços abertos e a expressão de cachorrinho abandonado.

Pietro, entretanto, só para de andar quando se aproxima da carroça com as malas, e espia pela porta da frente, esperando os novos donos voltarem para o lado de fora.

— Vamos ajudá-los — ele responde, gesticulando para que o amigo se levante. — Precisamos dar as boas-vindas a eles.

Fabrizio bufa e se ergue pesaroso. Por mais que ame Pietro, é perceptível que ele tem um gênio bem menos aventureiro do que o amigo. Acho que é isso que os faz ser uma dupla tão boa, um equilíbrio bem-vindo.

Eu sigo Fabrizio em direção a casa, voando tranquila pela brisa gentil. Pouso em cima das costas do cavalo, sentando-me de pernas cruzadas em seu lombo, acariciando seu pelo macio.

Pietro coça a cabeça e pega uma das malas na carroça.

— Vou me apresentar lá dentro. — Ele indica outro malote com o queixo. — Pegue aquele e vamos entrar.

Reviro os olhos e contenho um sorrisinho. Ele é sempre tão precipitado...

— Eu não gostaria que entrassem em minha casa sem minha permissão — Fabrizio resmunga, mas mesmo assim ergue um baú nos braços.

— Essa casa é deles há apenas alguns minutos — Pietro responde, já atravessando a porta. — Além do mais, estamos só ajudando.

Mas, antes que pudesse entrar na casa, a filha do curandeiro bloqueia sua passagem. Uma mão repousa no batente acima de sua própria cabeça, enquanto a outra agarra sua cintura. Uma pose bem confiante para quem estava quase chorando apenas alguns minutos atrás.

— Aonde pensam que estão indo?

Sua voz é doce e melódica, baixa e harmoniosa, quase como um carinho em minha pele. Entretanto, seus olhos são afiados como navalhas, atentos como os de uma águia. Percebo que Pietro sente o mesmo que eu quando o vejo engolir em seco, piscando para se recompor. Mesmo assim, não demora para que um sorrisinho travesso se alastre pelos lábios do meu humano.

— Estamos ajudando com as malas — ele responde. — Meu nome é Pietro, e este é Fabrizio. Muito prazer.

A garota mal se mexe, sua expressão não se altera. Ela encara Pietro e semicerra os olhos, do mesmo jeito que alguém observa uma mosca irritante.

— De onde venho, sabe como são chamadas as pessoas que tocam no que não lhes pertence, *Pietro*?

Ele inclina a cabeça, alargando o sorriso.

— Prestativas?

— Errado. — A menina cruza os braços. — São chamadas de ladras.

Fabrizio não consegue conter uma risadinha, e eu mesma me pego contendo um sorriso. Ranzinza e sem paciência, é assim que a descreveria. Sua irritabilidade parece entreter Pietro, porque ele se apoia no batente da porta, se aproximando da garota ainda mais.

— Sorte a sua que sou um ladrão muito bonzinho. — Ele lhe lança uma piscadinha. — E vou roubar suas malas só para colocá-las lá dentro. Com licença.

Pietro curva as costas e passa por baixo do braço que bloqueia a porta. A menina não parece surpresa ou chocada. Na verdade, o revirar de seus olhos denuncia o quanto está irritada.

Aposto todo meu pó de fada que essa garota não queria ter vindo para cá, penso, já voando ao encontro de Pietro.

Atravesso a janela e entro na casa. Caixas e malotes estão espalhados pela pequena sala, e a lareira ao fundo do cômodo já está acesa, aquecendo uma tarde atipicamente fria. Uma porta à direita leva à cozinha, onde um grande cachorro são bernardo — com uma estranha e pequena touquinha azul na cabeça — me espia debaixo da mesa, desconfiado.

Torço o nariz e mostro-lhe a língua. Houve um tempo em que eu era doida para fazer amizade com um cachorrinho. Ao contrário dos humanos, animais têm a capacidade de nos enxergar e interagir conosco, por isso adorava fantasiar sobre um melhor amigo de quatro patas, sobretudo um canino. Mas a recíproca nunca foi verdadeira. Para cachorros, as fadas eram apenas mais um brinquedinho de morder, mas com um gosto especialmente amargo. O são bernardo mostra os dentes, baba escorre por seus lábios caídos.

Estremeço e me afasto do cachorro. Do outro lado da sala, percebo uma escada em espiral. O curandeiro está em seu topo, descendo os degraus com um sorriso no rosto e animação na olhar.

— Visitas! — ele exclama, voltando sua atenção para a filha. — Wendy, por que não me avisou que tínhamos convidados?

— Porque não temos, papai. — A garota cruzou os braços e se afastou da porta, liberando a saída da casa. — Eles já estão indo embora.

O homem arregala os olhos e franze os lábios em uma linha fina, e eu bufo em alto e bom som. Mas o único que me escuta – o cachorro bravinho – ignora completamente meu ultraje.

Estava ficando de saco cheio dessa menina, de *Wendy*. Em apenas alguns minutos de interação, ela não havia sido educada em segundo algum. Muito pelo contrário, Wendy se esforçou para ser especialmente grossa com meu humano, e isso estava me deixando possessa.

Pietro só queria ajudar, e ela estava sendo uma megera. Se estivéssemos no Umbral, eu a teria mandado direto para a boca de um jacaré.

Faço uma anotação mental para criar um sonho parecido com esse de noite. Depois, volto a prestar atenção na conversa. Fabrizio e Pietro já haviam deixado as malas em cima de uma pilha num canto, e o curandeiro apertava suas mãos em agradecimento.

— Meu nome é George — ele se apresenta. — E esta é minha filha, Wendy. Fui contratado como curandeiro pela prefeitura, e viemos direto da capital para cuidar da ilha.

— Sejam muito bem-vindos a Nimmerland — Pietro responde, empolgado. — Mas tenho que dizer que espero nunca precisar de seus serviços, senhor.

— Se você não sair da minha casa em um minuto, vai precisar — Wendy se intromete, e aponta para a saída.

— Wendy! — o curandeiro ralha. — Onde estão seus modos, menina?

— Na nossa antiga casa, junto com toda a minha alegria.

Pietro ri enquanto pai e filha discutem, aos sussurros. Fabrizio parece querer enfiar a cabeça em um buraco, e eu estou inclinada a ir junto com ele.

Observo meu humano com atenção. Seus olhos brilham com curiosidade, e seus lábios estão presos entre seus dentes em uma tentativa falha de conter o entusiasmo (que exala por todos os seus poros). Pietro nunca resistiu a uma novidade.

Torço o nariz e voo até a pilha de malas, me sentando no topo. Cruzo as pernas e apoio o queixo na mão.

Wendy é grossa e mal-humorada, além de claramente não o querer por perto, mas mesmo assim Pietro parece extremamente atraído por ela, o que faz meu estômago revirar de ciúmes. Pode ser coisa da minha cabeça, claro, mas não costumo sentir raiva de Pietro por se interessar por outras pessoas além de mim (mesmo que parta meu coração ter que observar tudo de longe). Sou apenas um sonho para ele, enquanto seus vários amantes são bem reais e estão ao seu lado.

Não posso ser hipócrita e dizer que não me interessei por outras fadas antes de começarmos a nos relacionar, também. Entretanto, tive tantos traumas que retirei essa possibilidade da minha vida.

Lanço um olhar para o relógio acima da lareira. São quase seis da tarde, o que significa que está no horário do jantar. Pietro *nunca* se atrasa para a janta, uma das únicas chances que tem para passar um tempo com toda a sua família reunida.

Maldita Wendy.

— Peço desculpas pelo comportamento da minha filha, rapazes — George murmura, sua pele marrom levemente corada de embaraço. — A viagem foi longa e cansativa. Nós dois estamos exaustos.

— É claro. — Fabrizio dá um passo à frente. — Nós que pedimos desculpas pela invasão. Já estamos indo, vamos deixar vocês descansarem. Não é mesmo, Pê?

Relutante, Pietro desvia os olhos de Wendy e assente devagar.

— Sim, nós já vamos — ele pigarreia. — Foi um prazer conhecer vocês. Nos vemos por aí.

Fabrizio puxa o braço do meu humano, arrastando-o para fora da casa.

Finalmente. Há um limite para a minha paciência, e Wendy estava prestes a ultrapassá-lo.

Sinto-me um pouco culpada por sentir tanto ódio de uma menina que nem mesmo retribui os olhares de Pietro, mas a vida de fada me deixou assim, azeda como um limão. Wendy tem algo que eu não tenho, e isso me corrói de inveja.

Ela pode ser vista. Tocada.

Se o interesse de Pietro continuar, não tenho a menor chance no grande esquema das coisas.

Com o coração apertado, voo para fora da casa, atravessando a janela aberta, e sigo os meninos pelas ruas de pedra. Porém, antes de virar a esquina em direção aos campos de girassóis, olho sobre meus ombros para a casa do curandeiro uma última vez.

Wendy nos observa de uma janela do segundo andar, debruçada no batente. Ao seu lado, empoleirada em seu ombro, está uma pequena fada, pouco menor que eu. Ela olha para mim com um sorriso frio no rosto, os braços cruzados e a cabeça inclinada.

Estremeço e volto meu olhar para a frente. Mas, mesmo quando a casa da garota está a quilômetros de distância de mim, o escrutínio da fada ainda me persegue. Conheço esse olhar. É o mesmo que Pietro ostenta quando está prestes a executar uma de suas péssimas ideias.

Aquela fada me cheira a problemas, e não gosto nem um pouco disso.

V

Pietro custou a dormir. Ficou horas desenhando em sua cama, as mãos sujas de preto pelo lápis de carvão. Meu humano murmurava as canções dos marinheiros de seus sonhos – canções que eu mesma criei – enquanto retratava peixes exóticos, navios piratas e marinheiros armados até os dentes.

Em todos os desenhos da noite, uma figura se repetia, ora nadando com golfinhos, ora lutando contra bucaneiros, ora deitada na areia, observando a lua.

Eu, em meu vestido verde-folha, brilhando por causa do pó de fada incrustado em minha pele. Meu cabelo ruivo, solto, esvoaçava ao vento, e um sorriso brincalhão emoldurava meus lábios grossos. Eram desenhos lindos, com traços simétricos e bem detalhados, fiéis à visão de Pietro.

Sua arte sempre me aquece o coração, mas não de um jeito bom. Não é um quentinho gostoso, o aconchego morno de um abraço. É infernal, dilacerante. Um calor insuportável em meu peito, queimando-me de dentro para fora, transformando-me em cinzas prontas para se desfazerem ao vento.

Os desenhos de Pietro me permitem ver por seus olhos, me encarar do seu ponto de vista e, em sua visão, eu não sou apenas Tipper. Eu sou uma *deusa*. Resplandecente, confiante e alegre. Cheia de vida e paixão. Uma verdadeira estrela.

Mas eu sei que a verdade está bem longe disso. Sou tão bela quanto ele me retrata, mas nem de longe tão brilhante. Fora dos sonhos, quando sou apenas uma minúscula sombra na vida de Pietro, eu sou tão murcha como uma flor fora da estação.

Não tenho ninguém, além de mim mesma. Não tenho objetivo algum, a não ser correr atrás do meu humano o dia inteiro. E a maior ironia é que não tenho sonhos, mesmo sendo uma guardiã do inconsciente. O meu único desejo é ser desejada.

Fora do limbo, só sou lembrada pelo amor da minha vida em momentos como este: noites insones regadas à tristeza e à luz de velas.

Engulo em seco quando vejo Pietro retirar os óculos, colocando-os sobre a mesa de cabeceira. Posso sentir o seu sono através do nosso vínculo, cada vez mais intenso. Sei que logo devo começar a trabalhar, por isso preciso me recompor. Engolir o choro que ameaça subir pela minha garganta e erguer o queixo. Não quero ser lembrada como uma garota melancólica e triste. Quero que Pietro pense em mim – mesmo que raramente – como pensa agora: uma divindade. Como alguém a quem recorrer quando for preciso. Como alguém para confiar, se divertir e acolher. Afinal, não sei o que ele pensaria de mim se descobrisse o que sou de verdade.

Meu humano esfrega os olhos, lutando contra o chamado do inconsciente. Fecha o caderno de desenhos, lava as mãos sujas em uma cumbuca com água em sua cômoda e, ao se dirigir para cama, trava no meio do caminho.

Seu olhar se volta para a janela, e posso perceber que sua cabeça está longe daqui. Seus ombros estão encurvados, e a boca, presa em uma linha fina. Pietro observa o céu noturno, cheio de estrelas brilhantes ao redor da lua cheia. Ele analisa o firmamento como se nele estivessem contidas todas as respostas, como se pudesse ler as constelações da mesma forma que lê um livro de história.

Eu observo o céu junto a ele. Minha primeira e última casa. De onde eu vim e para onde vou retornar quando meu humano suspirar seu último fôlego.

— Quem é você? — ele pergunta às estrelas, e uma lágrima solitária escorre pela minha bochecha.

Eu não sei, mas quero responder.

Desta vez, o sonho começa sem grandes emoções.

Estamos em uma caverna que se conecta ao mar aberto. Algas fluorescentes cintilam em um tom incandescente de ciano e a lua brilha alta no céu, iluminando-nos através de uma grande claraboia. Pietro está sentado ao meu lado, com a barra da calça levantada até os joelhos e as pernas na água. Sua expressão está tão triste quanto quando adormeceu.

— Quer falar sobre isso? — eu pergunto.

— Não quero, mas sinto que preciso.

Assinto, balançando meus pés dentro da água.

— Estou aqui para ouvir.

Um pequeno sorriso brota em seus lábios caídos.

— Acho que isso é parte do problema, não é? — Ele dá de ombros. — Você sempre está aqui para me ouvir, mas amanhã cedo não vou me lembrar de metade das palavras que você disser.

Engulo em seco, pensando no desenho que ele acabou de pintar. Como meus traços estão perfeitamente ilustrados, porém exagerados, os detalhes bem diferentes do meu rosto original.

Pietro pode se lembrar de fragmentos de seus sonhos, mas nunca conseguirá memorizar sua totalidade. Apenas um sentimento nostálgico, uma vaga lembrança, permanecerá em sua mente após acordar. Uma coceirinha em seu âmago, que ele nunca conseguirá aliviar por completo.

Ao mesmo tempo que meu coração dói em vê-lo deprimido, ainda mais quando eu sou o motivo de sua infelicidade, uma parte de mim se sente confortada por saber que Pietro também sente minha falta no dia a dia, mesmo quando acordado.

Porém não é o momento de ser egoísta. Quero vê-lo sorrindo novamente.

— Mas eu estarei aqui todas as noites, e aqui você se lembrará de tudo.

— Não sei se quero passar meus dias construindo uma colcha de retalhos, me lembrando de você ora sim, ora não.

Sinto meu corpo estremecer e, mesmo sabendo que não é devido à temperatura da água, faço com que o éter com o qual ela é feita se aqueça. Sinto o gosto ácido de bile permear minhas próximas palavras.

— Prefere que eu pare de vir te ver?

Pietro arregala os olhos e balança a cabeça com veemência, me puxando para um abraço.

— Tip, é óbvio que não. Entre ter você em apenas alguns momentos e não ter você de forma alguma, eu sempre escolherei ter você em minha vida, mesmo que me destrua um pouco mais a cada dia.

Inspiro fundo, sentindo um alívio refrescante me preencher.

— Então o que quer que eu faça, Pê?

— Quero que me conte como encontrá-la.

— Você não precisa me encontrar, eu estou sempre aqui. Sabe disso.

— Não, Tip. — Ele deposita um beijo no topo de minha cabeça. — Quero que me conte onde posso encontrá-la lá fora... no mundo real.

Fecho os olhos com força e respiro fundo.

Não posso contar a ele o que sou. Não ao ter consciência de que o pedestal que ele construiu na mente seria destruído com apenas a verdade. Sou uma fada e, apesar de odiar cada fibra do meu ser, não quero que Pietro me odeie também.

— Não posso — eu murmuro.

— Mas *por quê*? — Ele se desvencilha do abraço e se levanta, andando de um lado para o outro na caverna escura. — Se nos encontramos aqui todos os dias, é por um *motivo*. Tem que ser. Senão, por qual razão eu sonho com você toda noite? *Preciso* te encontrar, Tip, e sei que você sabe de alguma coisa.

Aperto a borda da rocha na qual estou sentada até sentir as pequenas pontas irregulares da superfície fincarem em minha palma. Concentro-me na dor, forço-me a parar de tremer. Respiro fundo, inflo o peito e, finalmente, reabro os olhos.

Viro o pescoço em direção a Pietro com um sorriso nos lábios.

— Você está comigo agora, não podemos aproveitar isso? — eu pergunto e me levanto, com meu usual vestido verde pingando água das pontas. — Se o mundo tem um plano para nós dois, ele vai se encarregar de nos unir.

Pietro se aproxima de mim e coloca as mãos na minha cintura, me puxando mais para perto.

— Realmente acredita nisso?

Nossas testas se tocam e enlaço meus braços em seu pescoço.

— Tanto quanto eu acredito na Mãe Lua.

E eu o beijo, antes que ele possa me fazer mais perguntas, ou perceber minhas mentiras.

Os girassóis balançam a brisa da tarde, enquanto eu voo em direção ao Condado das fadas.

É meio-dia, e eu ainda estou exausta da noite anterior, minha energia completamente sugada. Preciso descansar e, embora eu não durma como os seres humanos (afinal, enquanto eles dormem, nós estamos trabalhando), preciso recuperar as minhas energias de vez em quando. Para isso, preciso tomar uma boa e relaxante imersão de pó mágico.

Fadas se organizam em pequenas cidadezinhas ao redor de fontes de éter. Não é difícil identificar uma fonte, embora sejam raras. Elas estão em lugares nos quais o éter do Umbral vaza para o plano consciente, criando um espaço seguro e confortável para todo tipo de fada.

O Condado de Nimmerland fica em uma árvore logo após os campos de girassóis, em uma campina repleta de flores de lavanda. O grande carvalho se ergue no centro da planície, e já posso ver algumas fadas a distância, voando por entre os galhos, indo e vindo de suas cachoeiras de éter em pó, escorrendo da árvore como seiva.

Já posso ver as pequenas casinhas abaixo de mim, construídas a partir de galhos caídos, folhas secas, flores sem caule e todo tipo de cogumelo. Sobrevoo a Casa dos Aprendizes – ou uma grande concha de caramujo repleta de bancos feitos com cascas de nozes – com as Fadas Auxiliares rodeando inquietas as jovens fadinhas. Observo o Fórum das Águas, uma pequena fonte de água termal que jorra de um aquífero no subsolo, envolvida em um círculo de cogumelos brancos onde repousam diversas Fadas das Águas. E, por fim, passo pelo Panteão dos Dentes, que fica em uma galeria subterrânea onde antigamente uma família de coelhos residia, e que hoje abriga todos os dentes que são coletados pelas fadas e armazenados até que se tornem pequenas pérolas de energia.

Pouso perto de alguns cogumelos vermelhos e ajeito meu cabelo bagunçado pelo vento. Ao meu redor, sussurros começam a viajar. Murmúrios atrás do capim alto, fofocas semiocultas sob folhas caídas.

Sei o que estão falando.

Tipper voltou.

Empino o nariz e sigo em direção às raízes da árvore, fingindo não ouvir nada.

O que acha que ela vai aprontar desta vez?
Fingindo não me importar.
Soube que ela ainda lê livros.
Agindo como se nada me afetasse.
E eu ouvi dizer que ela anda tentando usar maquiagem. Vê os lábios dela? É framboesa.

Paro no último lugar da fila que leva à imersão e resisto à vontade de esfregar minha boca.

Fadas são seres pragmáticos e objetivos. Tudo que não faz parte da natureza – tudo que é humano – é descartado como inútil e fútil. Precisamos nos ater à tarefa que a Mãe Lua nos deu, e isso significa não nos deixar levar pelo mundo dos humanos, que não nos é digno.

Fadas como eu não são bem-vistas. Somos párias, esquisitas, traidoras da própria raça. Sou observada com desdém todas as vezes que encontro uma igual, isso quando não me ignoram completamente.

— Vai querer a imersão ou vai ficar aí parada? — A fada atrás de mim me cutuca com mais força do que o necessário. — Tem fada aqui que precisa trabalhar.

Pisco, expulsando o desânimo dos meus pensamentos, e dou alguns passos à frente, sem me dignar a responder a grosseria da minha colega.

A árvore adiante se eleva majestosa até onde minha vista se perde. De seu tronco, feixes de pó mágico escorrem dourados e cintilantes. Próximo ao solo, as raízes formam pequenas piscinas naturais, onde algumas fadas se banham, submergindo completamente por alguns segundos.

Dirijo-me até a única piscina vazia, e me apoio nas raízes fortes para entrar no éter. Coloco os pés primeiro, testando a temperatura. O éter está morno, mas nem tanto, do jeitinho que eu gosto. Há dias em que as piscinas estão tão quentes quanto uma panela fervendo, mas hoje o calor está perfeito.

Escorrego pela raiz alta, e caio dentro do líquido áureo. Deixo-me submergir, afundando no éter. De modo quase instantâneo, sinto seus efeitos me acalmando. Sinto minha magia recarregar, uma sensação satisfatória que vem do fundo da minha alma.

Fico ali, flutuando dentro do éter como um bebê no útero da mãe (ou pelo menos, como eu imagino que bebês se sentem, mas eu não saberia dizer com certeza). Protegida, serena e completa.

Quando o líquido ao meu redor esfria, percebo que já fiquei na piscina por tempo o bastante. Já absorvi tudo o que precisava para me manter viva e cheia de poder.

Impulsiono o corpo até a superfície e tomo um longo fôlego ao sentir o ar novamente tocando minha pele. Saio da piscina mais tranquila, sem as preocupações inquietantes que antes rondavam minha mente.

Passo pelas fofoqueiras com o queixo erguido, me sentindo radiante e em completo controle de minha vida. Eu estou brilhando, transbordando magia em sua forma mais pura.

Mergulhar no éter é uma sensação inebriante, e também é fácil deixar que ele suba à cabeça. Por isso mesmo, é recomendado esperar um pouco antes de sair das proximidades da fonte, para evitar que façamos qualquer besteira sob o efeito da magia, mas eu não estou disposta a gastar mais do meu tempo na presença de fadas com cabeças tão duras quanto uma noz.

Voo para longe da árvore, para depois dos campos de lavanda e para o centro das plantações de girassol, onde a pequena casinha de madeira da família de Pietro repousa nas sombras de um pomar vistoso.

Neste horário, Pietro geralmente está trabalhando com os girassóis, mas sigo o puxão de nossa ligação para dentro de seu quarto. A janela está aberta, e atravesso o batente de madeira com toda a confiança do mundo. Ainda estou sentindo a leveza do éter sobre meu corpo, e faço meu caminho até o cômodo cantarolando baixinho.

Uma risada feminina derrete todo o açúcar da magia em meu sangue. Um gosto amargo faz seu caminho até minha língua, queimando-me a garganta.

Com um peso desconfortável sobre meus ombros, paro ao lado da fada sentada na escrivaninha de Pietro. Seus olhos estão fixados nas duas figuras perto da estante, analisando as prateleiras e folheando alguns exemplares.

Pietro trouxe Wendy para dentro de casa. Para seu quarto.

E agora eu serei forçada a vê-lo com aquela menina, sabe-se lá por quanto tempo.

Por um momento, sinto tudo que posso sentir ao mesmo tempo, uma incongruência de emoções e sentimentos: tristeza se mistura à raiva, traição se mescla com culpa e inveja se embaralha com asco.

Solto um arquejo dolorido, incapaz de conter minha frustração, mas me lembro que há mais alguém ali. Alguém que pode me ver.

Volto meus olhos marejados para onde a fada de Wendy está sentada, e engulo em seco.

Seus cachos castanhos estão jogados por seus ombros, e o rosto, virado em minha direção. Seus olhos cor de mel me analisam, frios e contemplativos.

Em sua boca repousa um sutil mas inconfundível sorriso.

VI

Sinto que meu espaço foi invadido, maculado. Com aquela garota e sua fada no quarto de Pietro, uma estranha sensação de vulnerabilidade me atinge, mas não quero mostrar mais da minha frustração do que já deixei transparecer.

Torço o nariz para a fada sentada como se fosse a dona do quarto, na cômoda do *meu* humano. Ela pisca os olhos cínicos como se não entendesse o meu desdém, porém o brilho em suas pupilas me dizem o contrário.

— Por que não está no Condado? — pergunto.

A fada cruza os braços.

— Sou nova na ilha, caso não tenha percebido. Por enquanto, não estou com vontade de organizar minha mudança.

Semicerro os olhos.

— E o que estão fazendo *aqui*? — insisto, cortante.

Ela dá de ombros, e volta sua atenção para os humanos.

— Ele a convidou para ver a cidade, e terminamos o passeio em casa.

— E ela aceitou a ideia tão fácil assim? — bufo. — Wendy deixou claro que não se deu bem com Pietro ontem à tarde.

— As coisas mudam.

— De um dia pro outro?

Ela revira os olhos, e trinco meu maxilar. O éter em meu organismo borbulha com furor, e percebo as partículas de pó mágico ao meu redor cintilarem com maior intensidade. Observo Pietro, recostado na estante e contando para a garota sobre o enredo de seus livros preferidos.

Wendy, por sua vez, não parece estar prestes a fazer chover canivetes. Com o pescoço inclinado e um leve sorriso nos lábios, ela parece verdadeiramente interessada no que Pietro está falando, embora seus ombros estejam um pouco tensos.

Mordo os lábios e cruzo os braços. Por mais improvável que fosse, algo realmente havia mudado. Nas poucas horas que fiquei longe, Pietro deu um jeito de puxar Wendy para o seu lado. Não que eu estivesse surpresa com sua capacidade, afinal meu humano tem esse efeito sobre as pessoas, mas não poderia dizer o mesmo de sua mais nova companhia.

Wendy é quadrada. Não havia outro jeito de descrevê-la. Irritadiça e grossa, representa tudo que Pietro evita nas pessoas. Meu humano nunca gostou de gastar tempo com gente rabugenta, então por que *ela*?

Respiro fundo e tento novamente.

— E o que mudou?

A fada direciona seu olhar para mim e bate na madeira ao seu lado, incentivando-me a sentar perto dela. Não pretendia ficar tão próxima dessa criatura, mas quero respostas. Ando os poucos passos que nos separam e me assento a alguns milímetros de distância (pode parecer pouco para um humano, mas é muito para uma fada como eu).

— George pediu que Wendy o encontrasse — ela respondeu. — Para pedir desculpas pelo comportamento de ontem, fazer as pazes com o novo vizinho.

— Isso não explica o bom humor.

Um dos cantos de sua boca se elevou, quase que imperceptivelmente.

— Não, não explica — ela suspirou. — Mas eu não teria que te explicar sobre o acordo dos dois se você estivesse aqui antes. Meu nome é Rosetta, aliás. Não que você se importe em saber.

Engulo a resposta afiada que já se desenrolava em minha língua e respondo com toda a calma que consigo reunir.

— Meu nome é...

— Eu sei quem você é, Tipper. — Ela ri. — Você é um assunto bem comentado por aqui, não é?

Mordo o interior da bochecha, me recusando a dar uma opinião sobre isso. Rosetta não precisa saber que eu odeio o desprezo das outras fadas tanto quanto odeio a ignorância de Pietro sobre minha existência. Devo tratar essa fada do mesmo jeito que trato todo mundo, com toda a frieza e distanciamento possível.

— Pietro queria saber sobre o continente — Rosetta continua. — Queria entender como era a vida na capital, para quando ele saísse de casa.

Volto a observar meu humano, seu sorriso fácil chegando até os olhos, o cabelo dourado caindo em sua testa. Ele está feliz, contente. Era sempre assim que ficava quando pensava em sair de Nimmerland. Pietro era um sonhador nato.

Mas Wendy... Wendy também está feliz, e essa garota poderia ser muitas coisas, menos sonhadora. Seu pé parece estar grudado no chão, incapaz de se elevar até as nuvens.

— Eles querem ir para a capital juntos — a fada proclama, mas não compreendo assim que ouço suas palavras.

— Por que eles precisariam ir juntos? — pergunto, me odiando internamente por ter escolhido o pior momento para recarregar o meu éter.

— Por que não? — Rosetta sussurra, e solta uma risadinha. — Ouvi dizer sobre a vontade de Pietro de sair daqui e mostrei a Wendy a possibilidade esta noite. Ela nunca quis vir para Nimmerland mesmo.

Meus olhos se arregalam e sinto um frio paralisante envolver o meu corpo inteiro. Finalmente reconheço o brilho em seus olhos, um lampejo de rebeldia que sempre se reflete nos meus.

Percebo em um estalo que Rosetta não mostrou uma possibilidade para Wendy.

Rosetta estava influenciado cada uma das decisões da garota em seus sonhos. Aquela ideia fora sua e somente sua. Ela implantou a semente do que Wendy deveria fazer durante o sono, sussurrando suas vontades no éter. A fada estava quebrando uma das primeiras regras da nossa existência e, assim como eu, estava se divertindo com isso.

Nunca havia conhecido diretamente outra fada transgressora. Nunca havia ficado cara a cara com alguém que talvez se sentisse tão aprisionada quanto eu neste corpo pequeno, nessa existência minúscula e oculta. E nunca pensei que, quando encontrasse, ela usaria a violação das regras para ir contra mim.

Rosetta sorri abertamente agora, e o tremor em minhas mãos me diz exatamente que estou lidando com algo pior do que eu imaginei. A fada sabia o que estava fazendo, sabia que estava me afetando. De algum jeito, conseguiu me ler tão bem quanto eu leio livros humanos.

Mas não faz sentido. Por que ela sequer se daria todo esse trabalho só para me atingir? Para atrapalhar a pouca felicidade que tenho? Ou seria tudo para tirar Wendy de Nimmerland? Há uma peça faltando nesse quebra-cabeça e eu não a vejo em lugar algum.

Volto minha atenção para Pietro, e o vejo se aproximando cada vez mais de Wendy, fazendo suas mãos roçarem uma contra a outra.

— Precisamos organizar melhor nossa partida — Wendy sussurra, e meu estômago se embrulha. — O navio em que precisamos embarcar zarpa em um mês.

— Então temos um mês para nos organizar. — Pietro sorri e eu engulo o vômito. — Não se preocupe. Não vou deixar que a viagem dê errado. Vamos embora daqui.

Em livros, o momento em que um coração se parte é sempre um divisor de águas, um momento dramático e exagerado.

Quando meu coração se estilhaça, nenhum grito sobe pela minha garganta, e nenhuma lágrima escorre dos meus olhos. O sol permanece brilhando, e o amor da minha vida continua alheio ao meu sofrimento.

Eu não tenho importância para Pietro, não realmente. Sou apenas uma garota que aparece em seus sonhos, fruto de sua imaginação fértil, uma de suas muitas fantasias que nunca se realizaram. Minha agonia é invisível, assim como eu.

Porém, Wendy é real. Wendy é palpável, de carne e osso, em vez de fumaça e sonhos doces. Ela é seu futuro, e eu, apenas uma mancha em sua história.

E nesse momento percebo que não quero continuar assim.

Não quero ter a ilusão de felicidade apenas algumas horas por dia. Não *posso* aceitar a existência miserável que Mãe Lua decidiu impor a mim, uma pária para minhas iguais e um nada para o único ser humano que me ama.

Eu farei o necessário para que Pietro se importe comigo, nem que precise me destruir no processo.

VII

Uma fada não deve entrar no Umbral sem o seu humano. Não há motivos para enfrentar a escuridão daquele lugar, ficar à mercê dos Noturnos, ainda por cima, sem motivo algum. Ou melhor, sem nenhum motivo que seja útil à Mãe Lua.

Embora não tivesse muito apreço pelas regras das fadas, essa era uma norma que tenho como lei. Nunca gostei dos senhores dos pesadelos, de suas sombras maliciosas e formas volúveis, inconstantes. Eles me lembravam muito de mim mesma. Por isso, nunca havia me aventurado no limbo fora do sono de Pietro.

Nunca, até agora.

Espero Wendy sair de casa, levando Rosetta junto, para me concentrar sem interrupções. Finjo não ver a fada me dando tchau, e tento ignorar a pontada em meu coração quando vejo Wendy abraçando Pietro. Fico quietinha em minha cama, esperando que sumam.

Pietro deita em sua cama e pega o caderno de desenho, colocando-o sobre as pernas. Suspiro, espiando por entre os livros da estante.

Eu nunca me contentaria em vê-lo ser feliz com Wendy, não quando já sei o que é estar em seus braços. Não é justo que ele não se lembre de mim, de todos os nossos beijos e promessas, enquanto eu fico remoendo as memórias por nós dois. Não é justo que ele faça planos com outra garota no dia seguinte a uma discussão sobre finalmente me encontrar.

Nada é justo comigo, e eu estou cansada de seguir as vontades da Mãe Lua.

Não é nada contra Wendy. Tudo contra eu mesma.

Deixo meu humano com seus desenhos e volto para o interior da estante. Cruzo as pernas sobre a prateleira, apoiando as mãos nos joelhos. Fecho os olhos, buscando a entrada para o limbo em minha própria mente.

Estou um pouco desnorteada, pois nunca me interessei em descobrir como poderia chegar ao plano inconsciente sozinha. Sinto meu próprio fio de vida, e o puxão de minha conexão com Pietro, bem suave agora que ele está acordado, mas sempre ali. Procuro mais fundo dentro de mim por alguma porta, portal ou janela que possa me levar até o Umbral, mas não encontro nada.

Depois de minutos com as pálpebras cerradas, encarando o nada por trás dos meus olhos fechados, desisto. Esfrego o rosto, resmungos indignados deixam minha boca como pingos de chuva em uma tempestade.

Sinto-me ridícula. Como se estivesse lutando contra um monstro que não tenho nenhuma chance de superar. Deixo meu corpo cair para trás e bato as costas na prateleira.

Sei que não é impossível chegar até lá sem meu humano, afinal há casos de outras fadas que assumiram o mesmo risco. Mas, mesmo assim, não consigo pensar em um caminho diferente do que eu normalmente faço.

É tão fácil com Pietro. Posso simplesmente deixá-lo me levar, me agarrando à nossa conexão e ascendendo junto com seu espírito ao limbo. Sem ter a alma dele como guia, me sinto perdida.

O sorrisinho de Rosetta se abre em minha mente, debochando do meu fracasso.

Abro os olhos de supetão, uma ideia brilha em meus pensamentos.

— Nunca ouvi falar disso — digo, em voz alta. — Mas pode funcionar.

Coloco-me de pé e espano a poeira do meu vestido. Inspiro fundo, empurro alguns livros para o lado – com muito sufoco e força nas costas, diga-se de passagem – e encaro a madeira da estante. Algumas teias recobrem os cantos, acumulando sujeira e ocultando pequenos vaga-lumes, mas sem nenhuma aranha à vista. Não há mais nada no fundo da prateleira além de mim.

Eu me aproximo mais da madeira, sentindo o éter formigando pelo meu corpo. Encosto minha mão na parede e fecho os olhos, pronta para tentar mais uma vez.

Imagino uma porta sobre minha mão, uma maçaneta entre meus dedos. Nada de extravagante ou complexo demais, apenas um batente, uma fechadura e algumas dobradiças. Sinto algo me puxar, algo afiado e gelado, além do laço que me une a Pietro.

Dobro meus dedos, e minha palma se fecha sobre uma superfície lisa e redonda. Um sorriso ameaça elevar meus lábios, mas contenho minha animação. Ainda não estou no limbo, sei disso. Ainda sinto a brisa vinda dos campos de flores, e o sol queimando minhas asas. Exalo de forma ruidosa e, mesmo com uma pontinha de medo bem no fundo do meu estômago, giro a maçaneta.

O frio se torna insuportável, e uma corrente de ar pesado me puxa para dentro. Deixo que o vento me leve, me jogando de vez no caminho entre os planos.

Caio na escuridão eterna, sinto meus cabelos chicotearem o ar ao meu redor, e os sussurros ásperos dos Noturnos preencherem meus ouvidos. Vejo uma fusão de cores por trás das minhas pálpebras fechadas. Azul-marinho, verde-escuro, roxo intenso. E vermelho-escarlate. Muito vermelho. Borrões carmim que passam apressados pela minha vista protegida, indo e voltando e clamando para que eu abra os olhos.

Mesmo assim, não os abro. Não até sentir o baque do éter em meu corpo.

Chegar ao limbo é como mergulhar na imersão. Quente, aconchegante, silencioso.

O plano inconsciente é éter puro, em sua forma mais poderosa e abundante. Ele queima nossa pele, nossos órgãos e nossa alma, implorando para ser transformado. Manipulado em uma realidade tão intensa quanto seu potencial.

Porém, há sempre um problema.

Os Noturnos.

— Tipper... — ouço a voz de Pietro ecoando pela escuridão.

Finco minhas unhas nas minhas palmas e me forço a continuar com os olhos fechados.

— Minha estrela, o que está fazendo aqui tão cedo? — ele continua.

O timbre de Pietro sempre me pareceu tão único e singular, simplesmente inconfundível.

Inconfundível, pelo menos, enquanto eu permanecesse no plano consciente. Porque, nas bocas monstruosas dos senhores do pesadelo, era impossível discernir entre a voz real e a simulada.

Afinal, a Mãe Lua não poupou esforços para punir suas fadas.

Os Noturnos se tornaram seres que se alimentam do pavor de suas vítimas. Eles se moldam a partir dos nossos maiores medos, assumindo a face dos nossos infernos pessoais.

— Estrela, por que não me responde? — Pietro lamenta. — Não me deixe sozinho aqui.

E o meu pior pesadelo sempre foi, e sempre será, o meu maior amor, porque não há nada mais aterrorizante do que a pessoa que segura seu coração nas mãos.

— Tipper, por favor.

Aperto meus lábios, contendo a vontade de responder-lhe. Tenho que me lembrar repetidas vezes de que aquela voz não pertence ao meu humano, e sim a um monstro que deseja apenas meu mal.

Normalmente, eu manipularia o éter ao meu redor para afastar o Noturno o mais rápido possível, prendendo-o fora da minha realidade mágica. Assim, nasceria um sonho. Porém, não estou aqui para ver arco-íris e unicórnios hoje.

Não. Hoje estou aqui para barganhar com um monstro. Me esgueirar pelas brechas da punição da Mãe Lua e fugir de seu olhar impiedoso.

Abro os olhos lentamente, permitindo que eles se acostumem à escuridão à minha volta. Mesmo imersa em trevas absolutas, vejo vultos impossíveis rasgando o breu do limbo, enviando correntes de vento gelado até mim. Me arrepio inteira, odiando cada segundo da minha presença ali.

— Minha estrela...

A voz de Pietro começa a enroquecer, se tornando áspera nas bordas. Um ranger perturbador por trás da meiguice da voz de meu humano.

Isso significa que o Noturno está se aproximando, deixando para trás seu disfarce. Meu coração está acelerado e as palmas da minha mão suam de ansiedade, mas permaneço imóvel, aguardando.

Por mais estranho e antinatural que isso pareça, preciso que os monstros venham até mim.

Sinto um hálito frio queimar a minha nuca, e minhas costas se enrijecem imediatamente. Todos os pelos do meu corpo se arrepiam com a sensação glacial da respiração do Noturno em meu pescoço, e minhas asas coçam para voar para longe dali. Porém, continuo firme em minha posição.

— *Olá, pequena estrela* — o Noturno sussurra em meu ouvido.

Não há mais nenhum resquício da doçura da voz de Pietro nos ruídos cavernosos do monstro. Se me concentrar o bastante, posso sentir os tentáculos sombrios de fumaça pura que compõem a parte debaixo dos Noturnos se enrolando em meus tornozelos.

Inspiro fundo e, movida apenas pela impulsividade desesperada que corre pelas minhas veias, viro-me em direção ao monstro. Não me demoro olhando para seus dentes enormes e pontiagudos, para seu rosto pálido, o cabelo escorrido, nem para seu corpo disforme, metade humanoide, metade sombras. Encaro o fundo dos grandes olhos negros de íris vermelhas da criatura e digo as palavras que teimam em sair de minha garganta.

— Quero fazer um trato.

VIII

Noturno me analisa de cima a baixo, deslizando seu olhar tenebroso por meu rosto rígido.

Não qualquer Noturno. O rei deles. O original. O responsável por todas as barganhas do Umbral. A pequena estrela que ousou desafiar a mãe e foi jogada em um buraco negro.

Um arrepio percorre minha espinha quando ele se aproxima ainda mais. Um dedo longo e ossudo resvala minha bochecha, e o monstro arrasta a unha por meu pescoço, até chegar ao meu vestido e perfurar o tecido bem acima do meu coração.

— Um trato, é? — ele sibilou. — E o que é que essa fadinha quer?

Sinto a sua garra penetrar a pele do meu peito, e um ardor se espalha pelo meu corpo. Um filete de sangue mancha minhas roupas limpas, e a dor incômoda me cega momentaneamente.

— O que seu coração mais deseja?

Mesmo trêmula sob suas mãos, não me deixo levar pela intimidação do Noturno. Não me permito pensar demais sobre o que estou fazendo ou o que está a minha frente. Não deixo meu medo se apossar de mim, e assim impeço que aquele monstro fique mais forte. Ele não vai se alimentar do meu terror, pois não o entregarei a ele. Preciso conversar com o Noturno de igual para igual.

Pelo menos por agora.

— Quero me tornar humana — digo, tão firme quanto consigo ser nesse momento.

Uma risada rouca escapa dos lábios finos do Noturno, ecoando pelo vácuo do limbo, e ele finalmente retira as mãos de cima de mim. Tento não demonstrar meu alívio, mas é quase impossível segurar o suspiro dentro do meu corpo. O monstro nota essa mudança, mesmo que sutil, e expressa todo o seu prazer ao ver que me afeta, em um sorriso cheio de dentes podres.

— Ah, sim. Você quer ser gente grande. Ter um belo par de pernas longas e poder dormir à noite. E, deixe-me adivinhar, seu pedido tem algo a ver com um certo rapaz, não é?

Desvio o olhar, incapaz de admitir que fora tão fácil para aquela criatura me ler, tão fácil descobrir meus sentimentos mais bem guardados.

O Noturno ri, balançando os tentáculos no ar.

— Wendy é o nome dela, posso ver — o monstro me provoca. — Mas o problema não é ela, certo? É a fada. Você teme que ela esteja ameaçando tudo que você construiu com Pietro e está preocupada, que gracinha.

Trinco os dentes e concentro-me na pressão em minhas gengivas para não gritar.

— Você quer se salvar, pequena estrela? E você acha que pode me pagar por esse favor? — a criatura ousa debochar de mim. — Uma fada tão anormal como você?

Inspiro fundo novamente e tento não deixar suas palavras me afetarem, mas elas acertam em cheio o meu coração.

— Me diga seu preço — murmuro.

Uma língua comprida e triangular percorre os lábios do Noturno e quase posso ver as engrenagens rodando na cabeça vazia do monstro.

— O que você está disposta a me dar em troca?

Engulo em seco.

— Qualquer coisa.

A criatura semicerra as pálpebras, alargando o sorriso.

Mordo meus lábios, irritada.

— Qualquer coisa que eu *possa* te dar.

O Noturno vira-se para o lado, rindo sozinho. Seus tentáculos sombrios percorrem o vazio do limbo, e ele circula ao meu redor, analisando-me de todos os ângulos.

— Fadinha tola — ele sussurra. — Tudo bem. Você quer ser humana. Posso fazer isso. Em troca... vou querer suas asinhas.

Meu coração pula, e contraio minhas asas quase que instintivamente.

Não posso dar a ele a parte mais preciosa de mim, minhas companheiras mais fiéis, a única parte de mim da qual me orgulho. Por mais que eu odeie ser uma fada, não consigo deixar de sentir que estarei doando uma fração de minha alma a um ser desprezível.

Pela primeira vez, sinto o medo me assolar, e sou incapaz de controlar a onda de terror que percorre o meu corpo inteiro. Como um tubarão que fareja sangue, o Noturno se aproxima de mim, silvando. Seus braços esqueléticos estão esticados em minha direção, prontos para me agarrar e sugar toda a minha força vital.

Dou alguns passos para trás, escapando por pouco de suas garras afiadas. Inflo o peito, empurrando todos os meus receios para os recônditos do meu ser.

— Escolha outra coisa — eu ordeno, erguendo um braço entre nós dois, impedindo que ele se aproxime ainda mais.

O Noturno deixa as mãos tombarem ao seu lado, e um riso de escárnio preenche seus lábios ressecados.

— *Não, acho que não. Está gastando meu tempo aqui, estrelinha. Volte quando tiver algo valioso o bastante para isso, ou não volte mais.*

Cerro minhas mãos em punhos e travo a mandíbula. Não sinto nem mesmo os calafrios que o monstro antes me proporcionava. Tudo que consigo sentir agora é raiva e frustração.

Não vim até o Umbral, esse lugar ambíguo e obscuro, para sair de mãos vazias. Fico em paz com minha decisão, inspiro fundo e digo:

— Você pode ter minhas asas, mas com uma condição.

O monstro inclina o pescoço, se divertindo comigo, assim como uma cobra se diverte com o rato enrolado em seu abraço.

— *Você não é a responsável pelas regras aqui, fadinha. Foi você quem me procurou, não o contrário.*

Ignoro seu comentário, apesar de saber que é verdadeiro. Mas há uma mínima chance de eu sair daqui com o que eu quero sem perder nada do que tenho, e não irei desistir antes de tentar conquistá-lo.

Há uma coisa ainda mais saborosa para os Noturnos do que o pavor, uma coisa esguia e sinuosa, difícil de captar, mas que, nesse momento, eu seguro nas palmas das minhas mãos.

A incerteza.

A insegurança.

O *azar*.

Afinal, o que é mais assustador do que as coisas que não podemos controlar?

— Você pode ficar com minhas asas, *se* eu falhar com Pietro. Se eu não conseguir fazê-lo se apaixonar por mim em minha forma humana. — Tomo fôlego, antes de terminar a explicação. — Mas, se eu conseguir, você vai me transformar em uma humana definitivamente, e vai destruir completamente minhas asas. Eu não ficarei com elas, mas você também não.

Quando termino de falar, me sinto poderosa e inflamada. Consigo perceber que captei a atenção do monstro e aticei seu interesse mórbido. Estou confiante de que logo, logo terei tudo que sempre quis. Uma vida humana e liberdade.

Tenho a vantagem, pois Pietro já me ama, mesmo que no mundo dos sonhos. Eu só preciso mostrar a ele que somos a mesma pessoa, e que o destino decidiu finalmente agir. Perderei minhas asas e minha magia no caminho, mas sacrifícios são necessários. Se eu não poderei tê-las, não é um monstro arisco que as terá.

Quero minha felicidade, e não vou deixar nada me impedir de conquistá-la.

O Noturno pisca seus grandes olhos negros em minha direção e arreganha a boca monstruosa.

— *Você é esperta, pequena estrela. Muito esperta* — ele ri. — *Mas eu também tenho minhas condições.*

Meu peito estufado murcha devagar, tal qual a morte de uma flor. Todo o orgulho que senti de mim mesma desaparece, substituído por uma aflição agonizante.

— *Você terá um mês para fazer o que precisa. Trinta dias e nenhum a mais. E, enquanto isso, suas asas ficam comigo. Na manhã do trigésimo primeiro dia, eu lhe farei uma visita. Se você não tiver obtido sucesso até lá, eu ganho a aposta, e você volta a ser uma fada ainda mais inútil que antes. Uma fada sem asas, que tal?*

O monstro me encara com expectativa, sua boca ligeiramente aberta e as mãos entrelaçadas, seus dedos ansiosos brincando uns com os outros. Eu me obrigo a me concentrar, a medir todas as suas palavras com cuidado e atenção.

Por um lado, posso ganhar minha tão sonhada humanidade e ainda poderei ser feliz com Pietro como fomos destinados a ser. Por outro, posso perder absolutamente todo o pouco que tenho.

Uma fada sem asas mal poderia ser considerada uma fada. Elas fazem parte de nós tanto quanto a Mãe Lua faz parte do céu. Se já sou considerada uma aberração agora, se perder a parte mais importante de mim mesma, serei apedrejada.

Não seria nem fada nem humana. Um ser como nenhum outro, uma desgraça para a comunidade. Isso se eu conseguisse deixar o limbo depois de perder as asas.

Eu poderia me transformar num monstro pior do que aquele que me ameaçava.

A questão é: o risco realmente vale a pena?

Penso em tudo que sempre quis e nunca pude ter. Os pequenos prazeres da vida humana que são negados a todas as fadas: rir e sonhar, correr sem preocupação por campos de flores, pintar e desenhar o que bem entender, poder ser feliz apenas por ser.

Fecho os olhos com força e inspiro fundo.

— Eu aceito.

A risada do Noturno preenche o limbo e abro os olhos quando uma ventania gelada me desequilibra. Os vultos na escuridão giram ao meu redor, me envolvendo em um tornado de fumaça e sombras cada vez mais rápido. O monstro se aproxima, seus tentáculos serpenteiam no éter, esticando-se em minha direção.

Quero gritar, implorar para que ele pare, que me deixe em paz, mas travo minha garganta e sofro em silêncio. Se este é o único jeito de me tornar humana e ser feliz com Pietro, que seja. Posso me destruir no caminho, contanto que isso me traga pelo menos um dia ao seu lado como mulher, não como fada.

Um dos tentáculos do Noturno agarra meu antebraço, flexionando-o à força. Tento resistir, me debater, mas é inútil. Ele é muito mais forte do que eu jamais serei.

O senhor do pesadelo nota minha hesitação, e aperta ainda mais seu tentáculo, constringindo minha circulação, deixando minha mão dormente, e eu acabo a abrindo de modo involuntário.

— Não há como voltar atrás agora, estrelinha — ele murmura.

Um ardor se espalha pela palma da minha mão, e eu finalmente libero os gritos entalados em minha garganta. A dor é excruciante, e lágrimas transbordam dos meus olhos, embaçando minha visão. Mesmo através da turbidez das gotas salgadas, consigo ver as linhas sendo gravadas em minha palma, traços retos e delicados, porém profundos e permanentes.

O cheiro de pele queimada preenche o limbo, e minhas cordas vocais doem com a vibração constante dos meus berros. A cada segundo que passa, o desenho na minha mão toma forma, e tudo que quero fazer é correr dali e voltar para casa, para o conforto da minha estante.

Mas é impossível.

Eu fiz minha escolha e agora vou lidar com as consequências.

A queimação termina quando o símbolo em minha palma fica completo, e os tentáculos do Noturno me libertam. Um círculo – uma lua cheia – cortado por linhas finas e ininterruptas. O símbolo dos pesadelos.

Ergo meu olhar em direção ao monstro, meu coração pesando com a ansiedade do que está por vir. Se uma marca já doeu tanto, o que será de mim quando eu for transformada em humana?

Mas meus olhos não encontram o rosto assombroso do Noturno quando olho para a frente.

Eles encontram o nada.

O monstro não está mais lá, e os vultos continuam girando ao meu redor, me impedindo de mover ou sequer girar meu pescoço. Meu coração ribomba em meus ouvidos, e tudo que consigo ouvir além dos meus próprios batimentos são os sussurros sibilantes das sombras do limbo em uma língua antiga e desconhecida para mim.

Antes que eu possa decidir o que fazer, algo agarra as minhas asas. Uivo de dor, sentindo garras atravessarem o tecido dos meus membros mais delicados, perfurando a malha brilhante de minhas asas. E, sem aviso prévio, o monstro as puxa.

Arranca-as, dilacerando carne, pele e ossos. O Noturno me rasga de cima a baixo, enviando uma onda de dor torturante por todo o meu corpo. Sinto a ausência do peso das asas imediatamente, e meu equilíbrio é rompido. Toda a minha determinação é extirpada do meu ser, junto com minha dignidade.

Caio de joelhos no chão, sem força alguma restante em meu corpo. Dobro-me em posição fetal, apertando meus braços em torno de mim mesma enquanto sangue escorre pelas minhas costas e fica empoçado ao meu redor. Consigo sentir a pele aberta e meu interior exposto, consigo sentir o vento frio do furacão de sombras pinicar meus músculos dilacerados.

A última coisa que vejo antes de apagar é o rosto do Noturno, o sorriso largo em sua face tenebrosa admirando minhas asas ensanguentadas.

Então, o limbo me engole.

IX

Ela está morta.

A voz de Pietro é a primeira coisa que ouço quando recobro os sentidos, ainda cansada e dolorida. O som é abafado e distante, e penso que estou alucinando.

Não sinto as minhas asas, o que significa que nem tudo foi uma ilusão. Lágrimas ameaçam tomar meus olhos, e meu instinto é esticar os braços para buscar os membros em minhas costas, mas não tenho forças para me mexer, falar ou sequer abrir os olhos.

Ouço passos se aproximando, e algo farfalhar, mas não consigo identificar o que exatamente está acontecendo, abrir os olhos exigiria um vigor que agora não tenho. Sinceramente, nem tenho vontade. Só espero que toda a dor tenha valido a pena, mas não sei se ao menos terei forças para descobrir isso.

— O que acha que está fazendo? — dessa vez ouço Fabrizio, assustado como um ratinho. — Não se aproxime do cadáver, droga!

— Mortos não mordem, Fabrizio — Pietro diz. — Não podemos simplesmente deixá-la aqui.

A dor me envolve como um cobertor, e minhas costas pulsam em agonia, mas é bom ouvir a voz de Pietro. É reconfortante ser embalada pela melodia de seu timbre.

Ele diz que estou morta, e talvez eu esteja.

Talvez eu tenha retornado para as estrelas, minha primeira casa, minhas verdadeiras mães. Talvez eu tenha me tornado o pó estelar do qual nasci, e viajado pelo universo até me espalhar pelo firmamento.

Sinto alguém se aproximando, parando ao meu lado. Sua sombra encobre a luminosidade que incomoda minhas pálpebras fechadas, e um alívio preenche minha cabeça sensível. Sem me conter, solto um arquejo de satisfação.

Mas a sombra se move assim que minhas cordas vocais vibram. Ela se assusta, praguejando alto.

— Fabrizio, nosso cadáver está vivo — a voz de Pietro grita, ansiedade transbordando por entre as sílabas.

Franzo o cenho.

Estou viva?

Sinto duas mãos quentes me envolverem, e meu corpo se torna leve, sem peso, à medida que sou erguida. Minhas costas, porém, reclamam pelo movimento.

A dor pulsa ainda mais forte pelo meu corpo, mas pelo menos agora há esperança. Se eu estou viva, então aquela voz, estas mãos...

Com dificuldade, abro os olhos apenas para encontrar outro par de pupilas me encarando de volta. Um par verde como pântanos ensolarados e as esmeraldas mais reluzentes desta terra.

— Pietro — é a única coisa que consigo dizer antes de apagar novamente.

X

Acordo com alguma coisa gelada se espalhando por minhas costas doloridas. A sensação é pastosa e encaroçada, e um alívio divino toma conta de mim à medida que a substância é colocada onde, antes, ficavam minhas asas. O cheiro de calêndula e camomila invade os meus pulmões, tornando meu despertar um pouco mais tranquilo.

Sei que estou deitada de lado, mas mal consigo me mexer. Minha cabeça lateja e minha garganta está seca. Abro os olhos com dificuldade, minhas pálpebras coladas uma na outra, ainda pesadas com o sono.

Estou em um quarto simples, deitada em uma cama estreita e virada para a parede de tijolos aparentes.

Pisco.

Estou em uma cama. Uma cama de verdade. Grande e de palha e madeira, feita por mãos humanas para corpos humanos.

Meu coração acelera e, subitamente, meu sono já não está mais presente.

Deu certo. Sou humana.

Eu me remexo, sentindo todas as maravilhosas sensações do meu novo corpo. Um corpo com grandes pernas – estico os dedos dos pés –, grandes braços – remexo as mãos –, e uma altura absurda – balanço meu quadril, e...

Tento me levantar.

Preciso encontrar Pietro, preciso conhecê-lo de verdade, tocá-lo e abraçá-lo com meus novos braços, senti-lo com meus novos dedos, mas a mão de alguém me prende em meu lugar, deixando-me ainda mais ansiosa.

— Calma lá, moça — uma voz familiar tenta me tranquilizar. — Ainda não terminei de aplicar a pomada. São dois baita machucados que você tem aqui.

Viro a cabeça, já sabendo quem vou encontrar, mas nem um pouco feliz com isso. Queria que a primeira pessoa com quem conversasse fosse Pietro, mas aparentemente as estrelas tinham outro plano para mim.

Wendy me encara com os olhos atentos e preocupados, sentada em um banquinho ao lado de minha cama. Ela segura um grande pote de uma pasta esverdeada, repleta de bolinhas marrons. Ela besunta os dedos e os estica em minha direção.

— Falta pouco agora, não vai demorar muito — Wendy diz, gesticulando para que eu me vire de costas novamente.

Engulo em seco.

Não sei o que dizer.

É tão estranho olhar para um humano olho no olho. Estar à altura do seu rosto e ter a possibilidade de conversar com ele. Sinto meu pescoço se inclinando, e analiso todos os detalhes e nuances que eu não poderia ver ao meu redor com meu corpo diminuto.

Tudo parece tão... pequeno. Claustrofóbico até.

O quarto em que estamos é estreito. Há apenas a cama onde estou deitada, o banquinho de Wendy e uma cabeceira. Está abarrotado, apertado demais para nossos corpos grandes demais.

A sensação é angustiante, e provoca ansiedade em mim. Sinto como se estivesse presa e enjaulada, sem liberdade alguma para me mexer ou sequer respirar. Subitamente, puxar o ar para dentro do meu corpo se torna uma dificuldade enorme, e meu coração acelera, descompassado.

Preciso de espaço. De ar puro. Do céu e das nuvens, e não de quatro paredes se fechando ao meu redor, apertando mais e mais, prontas para me esmagar a qualquer momento e...

Levanto-me em meio à dor e aos protestos da curandeira, tão depressa quanto posso, mas não rápido o suficiente. Sou jogada – abrupta, mas delicadamente – de volta ao colchão. Arfo, meu corpo protestando contra o impacto inesperado.

Wendy pigarreia, chamando minha atenção de volta para ela.

— Moça, se me deixar terminar eu prometo que te tiro daqui em segundos.

Pisco, meu peito subindo e descendo em um ritmo preocupante. Ela parece cansada, mas minha vontade é de mandar ela ir embora. Quero falar que não deixo, que preciso sair daqui agora, mas minha garganta está fechada em desespero. Não consigo emitir som algum, então apenas balanço a cabeça em concordância, e me viro de costas para Wendy.

Cinco minutos se tornam uma eternidade em meio a minha agonia, e é difícil me manter quieta enquanto a garota espalha a pomada em minhas costas. Fico o mais firme que consigo, embora ainda trema um pouco. Sei que toda a dor valerá a pena.

Sou humana.

Wendy, porém, cumpre sua promessa. Assim que suas mãos oleosas deixam meu corpo, ela fecha os botões do meu vestido e me apressa:

— Vamos, moça. — A garota toma minha mão, erguendo-me gentilmente da cama. — Vamos tomar um ar.

Não hesito em segui-la, deixando-a me guiar para fora do horrível quarto. O corredor em que saímos, porém, não é nada melhor.

Muito pelo contrário, ele é pior.

Não há espaço para que eu fique ao lado de Wendy, e ela segue na frente, sem soltar a minha mão. Minhas pernas estão trêmulas e meus pés, incertos. É difícil manter o equilíbrio sem minhas asas para me estabilizar. Meus ombros — largos demais, grandes demais — roçam as paredes, e sinto que elas vão cair em cima de mim.

Dou um pulinho quando esbarro na moldura de um quadro pendurado na parede, e quase trombo com Wendy. Não demora para a garota perceber meu desespero, pois acelera o passo e me leva para uma escada espiralada, por onde descemos rapidamente para a sala de estar, que já conheço.

Bem, ou achava que conhecia.

O mundo não mudou nada, mas ao mesmo tempo tudo está tão diferente e assustador. Ele é estranho e intimidante, e tudo o que eu quero fazer é berrar toda a agonia para fora do meu corpo.

Finalmente, saímos pela porta da frente e chegamos à rua principal de Nimmerland, uma avenida larga o bastante para que meus pulmões se sintam livres para respirar outra vez. Expiro aliviada, fecho os olhos e inspiro fundo, deixando todos os aromas da vila acalmarem os meus nervos.

Estou em Nimmerland, eu me lembro, e inspiro novamente.

Conheço cada canto e cada pessoa dessa cidade.

Expiro.

Nada é novo, apenas diferente.

Inspiro.

Sou humana, e não vou estragar tudo.

Libero todo o fôlego que estava segurando quando meu coração parece se satisfazer com minhas palavras. Uma mão cuidadosa repousa sobre minha lombar. Abro os olhos novamente e pisco para me acostumar com a luz do sol.

Wendy me olha de esguelha, atenta porém contida. Ela não faz perguntas nem comenta nada, apenas espera eu me acalmar. Agradeço-a com um sorriso, e ela retribui, seu rosto marrom-claro reluzindo à luz do sol.

— Eu também não gosto de lugares apertados — Wendy diz. — E depois do que você passou... bom, só posso imaginar que deve ter sido assustador acordar em uma casa desconhecida com uma completa estranha ao lado.

Pisco novamente.

O que eu passei?

E aí o quebra-cabeça se encaixa em minha mente.

Eu sei quem eles são, mas eles não sabem quem *eu* sou, nem sequer o que eu *era*. Tudo parecia tão familiar que eu quase me esqueci deste *pequeníssimo* detalhe. Eles me encontraram com dois cortes nas costas, desacordada sei lá onde. É óbvio que concluíram que passei por maus bocados.

Mas o que responder? Não posso simplesmente lhe contar a verdade. Seria taxada de louca antes mesmo de poder falar com Pietro.

Sinto o pânico aflorar novamente e minhas bochechas se esquentam, mas logo Wendy toma minhas mãos nas suas, confortando-me.

— Não precisa nos contar, se não quiser — a garota me acalma. — Sei que deve ter sido difícil. Vamos entender as coisas no seu tempo, está bem? Um passo de cada vez.

Assinto, ainda hesitante. Ela está sendo tão gentil comigo, nem um pouco parecida com a imagem que pintei dela da primeira vez que a vi. Teimosa e mimada, assim como sua fada.

Meu estômago se contrai com a lembrança daquela que me fez colocar toda minha vida em risco, mas fico feliz por não ver Rosetta por perto.

Ser humana já está valendo a pena.

— É provável que você tenha que falar com o xerife em algum momento, mas por enquanto você pode ficar tranquila aqui em casa. O tempo que precisar.

Meus pensamentos sobre a fada abusada somem no mesmo instante. Meus olhos se arregalam e eu me afasto de Wendy. Não demora para que ela note que falou algo errado e logo tenta se retratar.

— Não se preocupe, moça. Nós só queremos ajudar. Pegar a pessoa que fez isso com você e fazer justiça.

Solto uma risada seca.

Boa sorte com isso, penso.

Que beleza. Não sei onde Pietro está e o xerife quer me colocar em um interrogatório para poder prender um monstro que ele nem sequer pode ver. Tudo está indo do jeitinho que eu esperava!

Tento responder-lhe, dizer que não é preciso, que é melhor deixar quieto, mas tudo o que sai da minha boca são sons ásperos e indistinguíveis. A tentativa deixa a minha garganta pegando fogo e entro em uma crise de tosse insuportável.

— Ah, pobrezinha. — Wendy dá leves tapinhas em meu ombro, tentando ajudar a fazer o acesso passar, mas ele é imparável. — Depois de três dias dormindo, é claro que sua garganta estaria neste estado.

A tosse piora.

Três dias? Passei três dias inteiros desacordada?

Paro de respirar, o peso da verdade desaba sobre meus ombros. Eu só tenho um mês para salvar Pietro! Não tenho tempo para gastar dormindo como um bicho-preguiça.

A tosse piora.

Wendy pragueja baixinho e fala em meu ouvido:

— Não saia daqui. — Ela parte em uma corrida de volta para dentro da casa e grita: — Vou buscar um copo d'água e já volto!

Fico sozinha, quase morrendo sufocada com minha própria respiração e em um mundo cem vezes maior do que o que estou acostumada. Que delícia! Talvez eu me jogue na frente da primeira carruagem que passar.

Ser humana não deveria ser mais agradável?

— Eu chamo isso de carma — uma vozinha irritante e familiar chega até meus ouvidos.

Engulo a minha tosse o melhor que posso e olho ao meu redor, procurando a criatura azeda que eu estava torcendo para não encontrar por aqui.

Esqueço o que pensei sobre ser humana valer a pena. Ainda tenho muito trabalho pela frente.

Talvez amassar uma fada com meus novos e grandes pés seja minha primeira tarefa.

Rosetta está sentada no parapeito da janela do primeiro andar da casa, balançando as pernas alegremente. Um sorriso presunçoso estampa seus lábios finos, e ela me analisa como se estivesse observando um prêmio que está prestes a ganhar.

Trinco o maxilar e jogo meu cabelo para trás, me preparando para enfrentá-la. Mesmo agora, metros menor do que eu, essa fada ainda consegue me irritar como ninguém.

— Eu chamo isso de fazer o que preciso fazer — respondo, rouca, me aproximando da janela em que ela está sentada. — Duas podem jogar esse jogo, e eu não vou perder pra você.

Rosetta pisca e estala sua língua.

— Não sei do que está falando. Talvez esse corpo humano tenha feito seu cérebro parar de funcionar... — Um dos cantos de sua boca se ergue em um sorriso ladino. — Se bem que, quando era fada, ele também não funcionava muito bem.

Cruzo os braços, contendo minha vontade de lhe dar um peteleco e fazê-la voar igual uma mosca morta.

— Eu tenho vinte vezes o seu tamanho. Tem certeza de que quer me provocar?

Antes que ela possa responder, porém, uma voz a interrompe.

— Com quem está falando?

Rosetta ri, enquanto meu coração volta a se acelerar. Mordo os lábios com força, até sentir o gosto de sangue em minha língua.

— Boa sorte explicando isso para ele, querida — Rosetta diz, já voando para longe de mim.

Lentamente, me viro em direção à voz que conheço tão bem.

Pietro me encara como se eu tivesse batido a cabeça e pirado – o que, para ele, não deve estar longe do que já imaginava – e posso ver a hesitação em seu andar enquanto se aproxima de mim.

Meus olhos lacrimejam ao ver o menino de carne e osso à minha frente. Seus cabelos dourados, a pele bronzeada, as roupas bagunçadas como sempre. Um nó se forma de novo em minha garganta, e estico um braço trêmulo em sua direção, tentando alcançá-lo apesar de não conseguir sair do lugar.

Meu humano se aproxima e entrelaça nossos dedos, parando a poucos centímetros de distância. Sua pele na minha é a sensação mais extasiante que já senti. Cada milímetro tocado por Pietro arde em chamas bravas, e sinto meu rosto corar mesmo em meio às lágrimas. Sorrio até minhas bochechas doerem, e solto uma risadinha incrédula.

Ele, entretanto, me analisa de cima a baixo, como se buscasse mais ferimentos.

— E então? — Ele me lança um sorriso fraco, mas encorajador. — Não vai me contar por que estava brigando com a janela?

XI

Wendy retorna antes que eu consiga encontrar as palavras para me explicar, me salvando de mais minutos em silêncio enquanto Pietro me encara paciente.

— Dê espaço para a garota — ela ralha com ele, me entregando um copo d'água e colocando a mão em meus ombros para me guiar para dentro da casa. — Não a assuste ainda mais.

Meu coração se aperta.

Pietro nunca poderia me assustar, mas não posso explicar isso a eles, por isso deixo-me ser levada.

— Não foi a intenção — meu humano murmura baixinho, e nos segue até a cozinha de Wendy, parando na porta enquanto ela me senta em uma das cadeiras espalhadas ao redor da mesa de madeira.

— Ela já passou por coisas demais para vir um brutamontes como você pressioná-la por respostas.

Pietro franze o cenho.

— Não sou brutamontes.

Termino de beber minha água e já sinto um alívio da dor em minha garganta. Acho que estou segura o bastante para tentar falar novamente.

— Está tudo bem — arranho as palavras. — Eu só não esperava encontrá-lo ali.

Os olhos de Pietro se estreitam em minha direção.

— Fala como se nos conhecêssemos.

Subitamente preciso de um novo copo de água, pois minha boca está seca como uma ravina.

— De novo, Pietro? — Wendy fica ao meu lado e pousa a mão em meu ombro. — Já disse para parar com perguntas. Deixe-a se ajustar primeiro, depois nos preocupamos em entender tudo.

Não ouso erguer meus olhos, apenas foco as botas sujas de Pietro enquanto ele passa as mãos no cabelo, frustrado. Por mais que eu tenha consciência de que não há como ele saber de minha existência, uma parte de mim ainda acreditava que meu humano se lembraria da garota que ocupava seus sonhos todas as noites, a garota que ele mesmo estava desenhando apenas dias atrás.

Pietro semicerra seus olhos, analisando todos detalhes de minhas feições, desde as belezas até as imperfeições.

— Já te vi antes? — ele pergunta, mas não respondo.

Ele acha que eu o conheço, mas não consegue me associar à mulher com que já trocou juras de amor em meio a ondas gigantes e navios piratas. Afinal, como poderia? Sou apenas uma miragem para ele, uma ilusão, um delírio de sua mente desacordada. Não chego nem aos pés da imagem idealizada que ele tem de mim.

Odeio ter que mentir para Pietro, ou mesmo omitir a verdade.

Um mal-estar pesado se apossa do meu corpo, e penso que irei vomitar, mas Wendy me entrega uma pequena botelha com um líquido amarelado e quente.

— Chá de gengibre — ela diz — para o enjoo.

Pisco, surpresa.

Ela está sendo tão boa para mim, tão cuidadosa e perceptiva. Enquanto eu planejava afastá-la de Pietro das piores maneiras possíveis, Wendy cuidava de mim em meu sono profundo e dolorido, e ainda está ao meu lado zelando pelo meu bem-estar.

A culpa que eu pensei que não poderia piorar me arremata por completo, e as lágrimas que eu lutei tanto para segurar deslizam pelo meu rosto em cascatas rápidas.

— Ih, ferrou — Pietro suspira.

— Olha o que você fez! — Wendy grunhe, se agacha ao meu lado e limpa os rios salgados que molham as minhas bochechas. — Você fez a moça chorar, cabeça de bacalhau.

— Ti-tipper — eu consigo murmurar entre um soluço e outro.

— O quê? — Pietro pergunta, se aproximando devagar. — O que disse?

Inspiro fundo e me forço a encarar os olhos atentos do meu humano. Algo parecido com reconhecimento cintila em seu olhar, mas desaparece tão rápido que me fez pensar que era só minha imaginação. Mesmo assim, junto a toda a escassa esperança que ainda resta em meu novo corpo, volto a falar.

— Meu nome — fungo. — Meu nome é Tipper.

Os lábios de Pietro se entreabrem, e seus olhos, antes tão fixos nos meus, analisam todas as minhas expressões minuciosamente, suas íris movendo-se rapidamente de um lado para o outro. Minha coluna está rígida e não consigo me mover, esperando meu humano encontrar em mim algo que ele possa identificar.

Engulo em seco, sentindo meu sangue borbulhar, a dor retroceder e a minha cabeça ficar mais leve.

Tudo ao meu redor fica embaçado, e a única coisa em foco é Pietro, tudo o que realmente importa. Ele volta a caminhar em minha direção, tão devagar quanto possível, como se estivesse com medo de se apressar e quebrar o pequeno momento mágico que se desenrola entre nós dois, com receio de furar a bolha no tempo que havíamos criado apenas com nossos olhares. É quase como a sensação que sinto ao mergulhar em éter puro, encantadora e refrescante.

Meu humano se agacha à minha frente, nossos rostos no mesmo nível, quase encostando um no outro. O ar ao nosso redor se torna estático e posso pressentir um choque na ponta do meu nariz. O coração em meu peito bate apressado, quer pular aos pés dele, entregar-se de bandeja para o amor da minha vida. Não sou capaz de conter o sorriso que se alastra pelos meus lábios, o mesmo que sempre aparece na presença de Pietro.

Ele sorri de volta, e meu estômago se desfaz em borboletas agitadas. A covinha em sua bochecha esquerda está ali, a centímetros de distância das minhas mãos, dessa vez de carne e osso, em vez de magia e pó de fada.

Pietro morde os lábios carnudos e solta uma risadinha deliciosa, o som mais prazeroso para os meus novos ouvidos hipersensíveis.

— Tipper? — ele pergunta, pedindo minha confirmação.

Mordo meus próprios lábios, e balanço a cabeça, animada. Até mesmo a dor em minhas costas parece mais fraca, seu sorriso, um oásis em meio ao meu sofrimento, um bálsamo para minha dor.

— Sim — eu disparo, com medo de que ele possa chegar a uma conclusão diferente se eu demorar mais do que um segundo para lhe responder. — Sou eu.

Pietro volta a rir, inclinando a cabeça em divertimento. Ele coloca uma mecha rebelde de cabelo atrás da minha orelha, e sinto minha pele formigar onde seus dedos me roçam.

— Que tipo de nome é Tipper? — ele pergunta, e meu mundo se desfaz em pó de estrela.

XII

Se eu pudesse me encolher até voltar a ser uma fada, eu me esconderia no primeiro buraquinho que encontrasse na pequena cozinha do curandeiro de Nimmerland. Uma vergonha nauseante percorre meu corpo e minha visão se anuvia novamente, me deixando zonza.

Pietro ainda está ajoelhado a minha frente, e Wendy, para seu crédito, finge que nada acontecera. Conseguia ver a curiosidade em seu olhar, mas ou ela achava que eu era doida ou estava já pensando no que relataria ao xerife sobre a estranha que fora levada a sua casa. Pela primeira vez, torci para que fosse a primeira opção.

Eu ainda seguro a botelha com o chá de gengibre, e decido que é uma boa hora para voltar minha atenção para o gosto forte da bebida, em vez de me deixar levar pela confusão nos olhos do meu humano.

— Não seja grosso com ela, Pietro — Wendy sussurra rispidamente. — Você não tem direito de atrapalhar sua recuperação.

Viro o chá em minha boca, sorvendo-o em grandes goles. O sabor não ajuda muito com o enjoo nos primeiros instantes, mas logo consigo sentir seus efeitos calmantes em meu estômago.

Meu humano morde os lábios e abaixa a cabeça, derrotado. Um suspiro deixa sua boca, e ele volta o olhar cheio de remorso para mim.

— Tem razão — ele concorda. — Me desculpe, Tipper. Não queria te deixar nervosa. Não imaginei que isso fosse te deixar tão magoada. Foi só uma brincadeira.

Engulo em seco e assinto.

— Não tem problema — sussurro, de modo quase inaudível.

Não sei como agir ao lado desse Pietro, que me é tão familiar e tão desconhecido ao mesmo tempo. Queria poder rir de sua confusão, xingá-lo por não me reconhecer e tomar suas mãos nas minhas, mas sei que minha jornada como humana não será tão simples assim.

Se não tomar cuidado, eles podem me afastar de Pietro para sempre, me enviando para os grandes hospitais da capital. Não posso deixar que isso aconteça. Além do mais, não quero assustá-lo. Não quero espremer sua memória e torcê-la até que o suco de nossas lembranças caia em seu colo.

Não. Quero que ele se lembre de mim porque sou digna de lembranças. Quero que se lembre de mim porque percebeu que sou real. Que sou seu destino.

Pietro abre a boca para falar algo a mais, porém o barulho de dobradiças rangendo chega até nossos ouvidos antes que ele possa proferir uma sílaba sequer. Não demora para que George apareça na cozinha, carregando uma maleta que tilinta a cada passo e um grande livro a tiracolo.

Seu rosto imediatamente se ilumina ao me ver, e enrugo a testa diante de tanta animação.

— Ela acordou! Que beleza! — George coloca sua maleta no chão e o livro na mesa, e Pietro se levanta para dar espaço ao curandeiro.

— Como está se sentindo, pequena? — ele pergunta.

Pisco. Sim, como estou me sentindo?

Minhas costas pinicam com desconforto, mas a maior parte da dor já foi aliviada e minha garganta já está bem melhor. Ainda é estranho ter membros maiores do que meu antigo corpo inteiro, mas esse é um problema que não posso dividir com ninguém.

— Acho que estou bem — respondo, ainda incerta.

Mesmo assim, ele ainda corre os olhos por mim, seu olhar atento procurando por qualquer sinal de mais ferimentos ou doenças ainda desconhecidas. George ergue meu queixo com os dedos, gentilmente movendo minha cabeça de um lado para o outro. Quase encolho diante da sensação áspera de seus dedos calejados em minha pele, mas consigo me manter firme enquanto o curandeiro me analisa. Ele me pede para levantar, caminha ao meu redor, cutuca minhas articulações, abre minha boca, analisa minha garganta, e mil coisas mais.

Estou cada vez mais vermelha de irritação, quase perdendo a paciência.

Muita gentileza, pelo visto, pode cansar.

Quando já estava ficando de saco cheio de tanta comoção, ele anuncia.

— Você está melhor do que eu imaginava!

Enrubesço, sem saber o que dizer. É esquisito ter alguém cuidando de você, se preocupando com sua saúde e bem-estar. Nunca sequer tive um resfriado, agora tenho dois rasgos em minhas costas e há três pessoas me rodeando, zelando por mim. É mais do que eu posso aguentar.

Fadas são seres solitários e mesquinhos, somos criadas para viver isoladas, cada uma em seu canto. Eu posso ser odiada pela minha comunidade, mas as outras fadas também não são amigáveis entre si. Elas meramente se *toleram*. A única pessoa que chegou a me tratar como uma igual, alguém com sentimentos e emoções próprias, foi Pietro e, para mim, ele sempre foi o único capaz de me amar.

Não sei como reagir a tamanho cuidado, por isso permaneço imóvel e em silêncio, absorvendo toda a situação. Não tenho certeza se quero gritar para que me deixem em paz ou para que me coloquem no colo e me embalem. Lágrimas brotam em meus olhos e uso todas as minhas forças para evitar derramá-las.

Wendy me abraça por trás, afastando-me dos homens do recinto.

— Acho que por hoje está bom, não é? — ela diz, me guiando para fora da cozinha. — Vamos descansar.

Não me despeço nem de George nem de Pietro, pois não consigo. Estou usando toda a minha concentração para evitar que eu desabe bem ali, na frente de todos.

Tudo é *tão* mais intenso do que eu esperava...

· ✦ ·

A falta de reconhecimento de Pietro me causou uma grande decepção, além de todas aquelas mãos diferentes me tocando em pontos diferentes de um corpo diferente à qual estou acostumada. Estou trêmula, e não sei quando comecei a vacilar.

Olho para trás uma última vez, antes que a escada tampe minha visão.

Pietro ainda me encara e sei que ele está procurando em mim algum sinal de familiaridade. Ele levanta o braço em um aceno confuso, mas nem ao menos consigo lhe retribuir com um sorriso.

Wendy me leva de volta ao quarto em que acordei, e me deita na cama gentilmente, me cobrindo com uma coberta quentinha e aconchegante. Eu me enrolo nos lençóis, apreciando a maciez do tecido contra meu rosto inchado e molhado pelas lágrimas que se libertaram sem permissão. Passo meus dedos recém-nascidos pelos pelinhos do pano, tentando me acalmar novamente.

— Boa noite, Tipper — Wendy diz, descolando algumas mechas do meu cabelo das bochechas molhadas de tristeza. — Nem imagino como você possa estar se sentindo, mas queria que soubesse que ninguém aqui deseja seu mal. Estamos todos aqui para te ajudar, por quanto tempo precisar.

Fecho os olhos com força, com a culpa retornando com potência.

Eu sequer merecia tal tratamento. Estava mentindo para cada um deles, uma farsante descarada.

Wendy se dirige até o batente e se apoia na madeira, me olhando com um carinho tão genuíno que me leva aos soluços.

— Qualquer coisa, é só chamar. Estou no final do corredor, a sua disposição. — Ela fecha a porta do quarto silenciosamente.

Demorou muito para que eu dormisse após sua saída.

Não conseguia parar de pensar nas mentiras que teria de contar para conquistar meu humano, na dor que ainda passaria por não poder abraçá-lo e contar-lhe sobre mim, sobre *nós*. Eu pensava em Wendy e em sua fada. Em como ela era uma garota incrível que eu havia julgado mal, e ainda por cima estava à mercê de uma criatura vil e manipuladora como Rosetta.

Mas, sobretudo, pensava em mim. No mundo humano em que finalmente estava imersa, em uma vida mortal e desencantada.

A experiência não estava sendo nada do que eu já havia imaginado. Não havia a leveza, nem a simplicidade, que eu costumava retratar nos sonhos de Pietro, que eu via por cima do seu ombro a cada dia. Até mesmo o carinho me era sufocante, e as sensações, intensas demais.

Tudo doía, e tudo era mil vezes mais complicado do que poderia parecer. Mesmo assim, fechei os olhos, vencida pelo cansaço.

Nesta noite, não tive sonhos, apenas escuridão e pesadelos.

Seu nome é Kipp e ela é tão bela como o mais ensolarado dia de verão. Os cabelos loiros beiram o incandescente, e sua risada, grave e alta, reverbera por todo o meu peito, deixando um formigamento ansioso como rastro em meu corpo.

Por algum motivo, ela está de volta. Mas não consigo me lembrar de por que ela não deveria estar ali, não quando seus dedos estão entrelaçados aos meus, me puxando pelo Condado apressadamente, abrindo a porta de sua casa feita de cogumelo para podermos fofocar em paz.

Ela é uma das únicas fadas que continuou conversando comigo depois de sermos dispensadas para trabalhar sozinhas nos sonhos de nossos humanos. Ainda estávamos sob observação, mas não precisávamos mais ir à escola todos os dias. Eu ainda morava na concha, achava mais confortável estar rodeada de outras fadas, como colegas de quarto, mas Kipp sempre quis ter o próprio espaço. Era bom estar com ela, e sempre senti como se eu pudesse contar-lhe tudo, desde os acontecimentos diários do meu dia a dia até meus sentimentos mais profundos.

— Pietro deu seu primeiro beijo hoje — eu lhe digo, e a lembrança do meu humano se entrelaçando na grama com Fabrizio, seu melhor amigo, retorna a minha mente. Estamos com apenas doze anos, mas sei que Pietro vem sonhando com beijos há tempos.

Kipp ergue uma das sobrancelhas e pega um espinho de rosa para pentear seus cabelos dourados.

— Ah, é? — Ela se aproxima, sentando-se na cama de algodão ao meu lado. — Acha que ele vai namorar?

Paro para pensar, mas rapidamente chego a uma conclusão.

— Acho que não — Sou sincera. — Eles só pareciam estar curiosos. Eu só...

Fecho a boca. Balanço a cabeça.

— Não. Esqueça. — Dispenso o pensamento com um gesto de mãos. — É bobagem.

Kipp ri da minha confusão e se recosta no travesseiro de folhas que ela costurou há poucos dias.

— Agora que começou, vai ter que falar.

— Ah, não é nada. Seria um comentário inútil.

Tento me afastar de Kipp, mas ela puxa minha cintura para perto dela, me deitando na cama ao seu lado. Nossos narizes estão tão próximos um do outro, que consigo sentir o seu hálito de hortelã esquentando meu rosto.

— Você sabe que eu sou curiosa, Tip. — Ela me cutuca nas costelas, conseguindo retirar algumas risadinhas de mim. — Conta logo, vai.

Não preciso de um espelho para saber que minhas bochechas estão tão vermelhas quanto minhas mechas. Desvio os olhos, envergonhada. Não tenho coragem para dizer o que quero enquanto encaro seu rosto perfeito.

— Você não tem vontade?

Um pequeno vinco se forma entre as sobrancelhas de Kipp, mas um sorrisinho de canto se eleva ao mesmo tempo.

— De quê? — ela pergunta. — Namorar? Pra que uma fada ia querer namorar?

Eu rio, um pouco envergonhada.

— Não, não disse. — Umedeço os lábios, secos pelo nervosismo. — De beijar.

A boca de Kipp se entreabre em um pequeno "o". Ela pensa por alguns segundos, olhando para o teto. Enquanto isso, eu luto contra o instinto de sair correndo e nunca mais olhar para trás. Continuo paralisada, até que ela decide me responder, mas suas palavras só me fazem me sentir ainda mais deslocada.

— Nunca tinha pensado nisso antes — ela confessa, e uma pedra se afunda em meu estômago. — Mas agora que você mencionou...

Kipp encurta o espaço entre nós duas, e sou pega de surpresa quando seus lábios se unem aos meus, uma sensação macia, úmida e estranha.

Consigo fechar os olhos, apesar do nervosismo, imitando tudo que vi Pietro fazendo mais cedo. Movendo meus lábios em sincronia com os dela, minhas mãos se entrelaçam em seu cabelo sedoso.

Até que a porta da frente abre com um baque e nos viramos assustadas para encarar o invasor.

Um grito entala em minha garganta quando o rei dos Noturnos avança com seus tentáculos casa adentro, nos englobando em escuridão. Tudo que consigo ver são seus olhos, pretos e vermelhos, sangue e trevas, e dentes afiados, tão pontiagudos, se aproximando mais e mais e mais e...

XIII

O canto dos pássaros é a primeira coisa que ouço quando desperto de meu sono inquieto. Meu corpo está colado aos lençóis por um suor gelado que me cobre dos pés à cabeça, e meu coração ainda está desritmado pelos pesadelos.

Fadas não dormem, muito menos têm sonhos próprios. Somos seres nascidos do éter das estrelas, e mágica nenhuma pode nos enganar, nem aqui nem no Umbral. Mas, na forma atual, não sou fada nem humana. Sou algo no meio, um híbrido incomum, uma anomalia em forma física. E, aparentemente, anomalias como eu não estão imunes às ilusões do éter e aos sussurros malignos dos Noturnos.

Sem fada alguma para me guiar pelo limbo, estou à mercê dos senhores dos pesadelos pelos próximos dias, e preciso me acostumar com isso o quanto antes. Mesmo com o sol reluzindo em um céu limpo e sem nuvens, mesmo com a luz do dia penetrando pela janela aberta, um arrepio percorre minha espinha.

Foi um golpe baixo usar uma memória tão dolorosa como aquela como meu primeiro pesadelo no mundo humano. Tenho certeza de que o Noturno sabia que isso me abalaria.

Trinco os dentes e inspiro fundo.

Não vou deixar que Kipp mexa com meus sentimentos de novo. Não vou deixar que ela estrague mais uma parte da minha vida, minha *nova* vida, com seus sorrisos falsos e intenções covardes.

Expulso a fada de meus pensamentos quando ouço o barulho de panelas vindo do andar de baixo, o cheiro de café fresco inundando meus sentidos. Meu estômago ronca e chego à conclusão que, nestes dias em que fiquei desacordada, não devo ter ingerido uma única semente de girassol. Estou faminta, e só consigo pensar em como estou louca para provar os quitutes humanos que sempre quis, mas nunca pude comer.

Desço as escadas um pouco cambaleante, mas bem mais confiante com minhas novas pernas do que no dia anterior. Quando chego ao andar de baixo, sinto que já estou pegando o jeito. Entro na cozinha e sou embalada pelo delicioso aroma de café coado e pão fresco. Wendy está tirando uma fornada de pequenos bolinhos do fogão a lenha quando me vê. Um sorriso brilhante toma seus lábios, e ela deixa a bandeja sobre a mesa para ir até mim.

— Acordou cedo! — Ela me abraça apertado, e instantaneamente enrijeço sob seu toque.

Não estou acostumada a abraços, com exceção de Pietro. Me sinto desconfortável e sufocada e luto para não afastá-la com um empurrão. Wendy logo nota meu incômodo e se retrai, mordendo os lábios com uma desculpa estampada nos olhos preocupados.

— Está tudo bem — asseguro-a com um sorriso fraco. — Você não sabia.

Wendy suspira e retira o avental, pendurando-o atrás da porta.

— Mas deveria ter desconfiado, sinto muito — ela diz e gesticula para uma das cadeiras ao redor da mesa. — Sente-se. Como está se sentindo hoje?

Assento-me e fico de frente para os apetitosos pãezinhos de Wendy. Açúcar e canela cobrem a superfície da massa em formato de caracol. Minha boca se enche de água e, sem pensar muito, pego um dos deliciosos quitutes da bandeja.

Está quente, queimando, mas não me importo com a temperatura enquanto mordo esse pequeno pedaço do paraíso. O açúcar derrete em minha boca, e a canela atiça meus sentidos. A maciez da massa é como algodão em minha língua, acariciando minhas papilas gustativas. Muito melhor do que os farelos de pão que costumava roubar, devo admitir.

Solto um gemido de apreciação e uma risada baixinha me tira dos meus devaneios culinários. Wendy está me observando sentada do outro lado da mesa, com uma mão sob o queixo e as costas inclinadas em minha direção.

Franzo o cenho e olho ao redor, mas não há nada ou ninguém que ela possa ter achado engraçado na cozinha.

— O que foi? — pergunto, ainda com a boca cheia.

Wendy balança a cabeça negativamente e dispensa minha pergunta com um aceno de mão.

— Não é nada — ela diz. — Só parece que você nunca provou um rolinho de canela antes.

Dou mais uma mordida no pãozinho. Penso em dizer que sim, ela havia imaginado certo, mas me impeço antes que as palavras deixem minha boca. Isso traria muitas perguntas e, quanto menos eu deixar transparecer sobre minhas origens incertas, melhor.

— Só estou com fome — digo, lambendo os dedos. — E você cozinha muito bem.

Wendy sorri.

— Ah, isso eu sei. Aprendi com minha mãe.

— Deve ser legal. — Pego mais um rolinho. — Quero dizer, saber cozinhar.

Ou ter uma mãe de verdade, mas este comentário engulo junto com uma nova mordida.

— Depende. Eu gosto, mas minha mãe odiava.

Ergo as sobrancelhas, mas não desvio minha atenção do pãozinho perfeito em minhas mãos ao perguntar:

— E por que o ódio?

— Era o trabalho dela. — Wendy dá de ombros. — E ela odiava os patrões. Já eu, sempre gostei de cozinhar porque isso significava que eu a ajudava a fazer uma tarefa que ela mesma detestava. Acabei pegando gosto pela cozinha por conta dela, mas não dividimos o sentimento.

— Sinto muito — digo, tentando parecer o mais genuína possível.

Não sei como é sentir luto por um ente amado, mas não desejo tristeza para ninguém, muito menos para uma humana que foi tão gentil comigo nos poucos dias em que nos conhecemos, apesar dos pesares. Mas Wendy não reage como eu esperava. Ela não agradece ou concorda com meus pêsames. Wendy inclina a cabeça e contrai a testa, me analisando sem entender.

— Por que sente muito? — ela pergunta.

Pisco. Agora sou eu que estou confusa.

— Bom — eu começo, um pouco perdida com as palavras. Como falar sem ser rude? — Sua mãe... sua morte...

A boca de Wendy se entreabre com o entendimento e suas sobrancelhas sobem em um arco.

— Ah, não. — Ela pigarreia, seu rosto lívido contorcido em uma careta triste. — Minha mãe não morreu.

Quase engasgo com o pãozinho de canela.

Se eu pudesse enfiar minha cara em um buraco, faria isso.

O tamanho de uma fada poderia vir a calhar em momentos como este.

Mas eu não tinha entendido errado. Não podia ter imaginado. Ela falava sobre a mãe no passado. Em todas as suas frases, Wendy discorria sobre ela como se fosse algo findado, sem continuação. E, por tudo que eu sabia, não havia mais ninguém na casa do curandeiro além da própria Wendy e de George.

Sua mãe podia não ter morrido, mas *algo* com certeza havia acontecido.

Eu estava debatendo mentalmente sobre como seria invasivo lhe perguntar sobre sua vivíssima mãe quando uma batida na porta da frente interrompe nosso café da manhã.

— Com licença — Wendy se desculpa ao ir atender o visitante. — Não sei quem poderia ser a essa hora, ainda está tão cedo.

Pelo jeito que ela correu para fora da cozinha, acho que este não é seu assunto favorito.

Termino de comer meu pão e me sirvo de uma xícara do café fumegante. Estava ansiosa para provar a bebida, mas decidi logo no primeiro gole que não gostava nem um pouco. Era amargo e ácido, absolutamente desagradável.

Olho ao redor e, aproveitando que Wendy não tinha voltado, cuspo o líquido de volta na xícara, e a deixo na mesa como se nada tivesse acontecido. Não precisaria dizer a Wendy que havia odiado o café se eu não o tivesse provado, certo?

Dou uma nova olhada em direção à porta, mas a menina ainda não havia retornado. Posso ouvir uma conversa sussurrada vinda da sala, e tento me concentrar para entender as palavras.

O tom não é amigável. Mais parece uma discussão do que uma visita amistosa, e não consigo entender exatamente o que está se passando. Decido que não vou ficar esperando Wendy sentada por dois motivos. Um, é claro, se ela estiver em uma briga, posso ajudá-la. Estou ansiosa para testar meus novos membros em uma situação como esta.

E, dois, estou mais curiosa do que jamais admitiria.

Saio da mesa e dou alguns passos até a sala, porém paro antes de chegar perto da porta de entrada.

Um homem magérrimo, do tamanho da porta, está se insinuando para dentro da casa. Seu cabelo oleoso bate nos ombros, caindo nas mangas bufantes da túnica vermelha. Em seu peito, um broche em formato de estrela reluz à luz do sol.

O xerife veio me ver.

Sufoco um palavrão que estava quase deixando minha boca e tento me esconder atrás de uma coluna, o bastante para não ser vista, mas não o suficiente para não conseguir enxergar o desenrolar da cena.

Stefano, o xerife, não é um homem de boa fama. Patife, salafrário e mequetrefe, estas são as palavras que Pietro e sua família costumam usar para descrevê-lo e eu assino embaixo. O xerife tem o péssimo hábito de arrumar encrenca onde não há nenhuma, pedir mais impostos do que os descritos nas leis da vila, e ainda gastar todas as moedas corruptas que consegue em sua coleção insalubre de animais de taxidermia.

Um nojento de primeira linha, e agora ele estava ali para me ver.

Wendy está tentando bloquear sua passagem, argumentando que ainda estou fraca e debilitada, mas o homem não parece se importar nem um pouco com minha saúde.

Não quero falar com ele. Nem mesmo sei o que lhe responder quando vier com suas perguntas invasivas. Não estou pronta, preciso de tempo para preparar minha história.

Dou alguns passos para trás, tentando sair da sala sem ser vista, mas esbarro no armário de porcelanas, e a louça tilinta com o impacto.

Lá se vai minha saída sorrateira.

Os olhos do xerife se voltam diretamente para mim. Tão pretos quanto seu cabelo, suas íris escuras contrastam com a pele pálida e doentia.

— Então esta é a nossa menina misteriosa? — o homem pergunta, sua voz rouca me dando arrepios.

Engulo a resposta abusada que me vem à mente e me viro para Wendy em busca de ajuda. A menina morde os lábios e dá de ombros. Não há mais nada que ela possa fazer.

O xerife passa pela curandeira e entra na sala, como se estivesse na própria casa.

— Se importa se eu me sentar aqui? — ele pergunta, já se sentando na maior poltrona do cômodo.

Cerro os punhos e cruzo os braços.

Espero que esse homem se perca em um pesadelo.

Wendy não responde, apenas fecha a porta e se posta ao meu lado, também cruzando os braços.

— Tipper ainda não tomou seus remédios diários, xerife, então sugiro que andemos logo com as perguntas.

O homem sorri, mostrando os dentes sujos.

— Ah, um pequeno atraso não fará diferença.

Wendy trinca o maxilar, e eu prendo a respiração.

— A curandeira aqui sou *eu*, senhor xerife. *Eu* digo o que fará bem ou não para os meus pacientes. E, agora, eu digo que você não está fazendo *nada* bem para Tipper. — Wendy aponta um dedo na cara do homem impertinente. — Ande logo com isso ou te expulso daqui. Você pode ser o xerife da cidade, mas quem manda em minha casa sou eu.

Preciso me esforçar para não deixar uma risada surpresa surgir em meus lábios. O xerife não parece nem um pouco feliz com a postura de Wendy, mas ela não se intimida pelas caretas do homem. Posso tê-la achado irritante no começo, mas vejo agora que ela só é tão determinada quanto eu.

Talvez meu desgosto seja mais sobre mim do que sobre ela.

Franzo meu cenho.

Não sei se quero pensar nisso agora.

— E então? — pergunta, ríspida.

O homem cruza as pernas e repousa as mãos sobre o joelho.

— Suponho então que possamos começar. — Ele volta a sorrir — Pronta para minhas perguntas, garotinha?

⋆ ✦ ⋆

O cheiro de tabaco domina a cozinha, predominando acima do aroma delicioso dos rolinhos de canela e fazendo minha garganta coçar. A fumaça do charuto do xerife serpenteia o cômodo, e eu tenho que me segurar muito para não abaná-la com as mãos.

— Você entende por que estamos aqui, Tipper? — ele pergunta.

Olho para Wendy, sentada ao meu lado na mesa. Minha anfitriã não parece nem um pouco satisfeita com a situação, mas assente para mim, um incentivo para que eu responda às perguntas do xerife.

Quanto mais rápido acabarmos com isso, melhor.

— Sim, senhor — murmuro, encarando as mãos em meu colo.

— Ótimo. Então você entende que, se você mentir ou esconder qualquer informação, você pode estar colocando toda Nimmerland em perigo?

Mordo o interior da minha bochecha.

A única pessoa em perigo aqui sou eu, seu cabeça de bacalhau.

Porém, respondo em palavras bem mais amáveis.

— Claro, senhor.

O xerife sorri, dando batidinhas na traseira de seu charuto e deixando as cinzas caírem na mesa sem a menor cerimônia.

— Então acho que estamos prontos para começar — o homem declara, me lançando uma piscadela. — Meu nome é Stefano, querida. *Xerife* Stefano, e eu vou acompanhar seu caso bem de pertinho.

Impeço meus olhos de se revirarem em suas órbitas. Sei muito bem quem ele é, para meu grande desgosto.

O xerife traga mais uma vez, o barulho de sua aspiração alto e irritante. Depois de alguns segundos, o homem libera toda a fumaça, que viaja em minha direção. Não consigo conter a tosse e o lacrimejar dos meus olhos, o que só parece entretê-lo ainda mais.

Stefano não é – nem parece – um homem da lei em busca de um criminoso. Aposto todo meu pó mágico que esse homem já cometeu mais crimes do que todos os presos em sua cadeia juntos.

Os olhos do xerife se semicerram, seu escrutínio intensifica a cada segundo, como se ele pudesse ouvir os meus pensamentos.

— De onde você é, Tipper? — ele pergunta, ríspido.

Engulo em seco.

— Não me lembro, senhor.

Stefano inclina o pescoço, parando o charuto a centímetros da boca.

— Não lembra? — ele repete. — Mas não é daqui, disso tenho certeza.

Dou de ombros.

— Então deve ser do continente... — ele reflete em meio a uma tragada. — Está um pouco longe de casa, não? Como veio parar aqui?

Em meu colo, minhas mãos brigam uma com a outra. Belisco a almofada de um dedão, cutuco a cutícula de outra unha. Meu coração está inchando, inchando e sinto que ele pode explodir em meu peito a qualquer momento.

Ao meu lado, Wendy relaxa um pouco sua postura felina. Ela toma uma de minhas mãos entre as suas, e a aperta gentilmente.

Inspiro fundo. Decido ir pelo caminho mais prático.

— Eu não me lembro, senhor.

O xerife não parece gostar dessa resposta.

— Como assim não se lembra? De nada?

Dou de ombros, mantendo meus olhos baixos. Estou com medo das mentiras que ele pode encontrar se puder me olhar por completo.

— Não sei, senhor. Apenas não me lembro.

— Mas se lembra do seu nome?

— Apenas disso.

— Como?

Dou de ombros novamente, mantendo a cabeça baixa.

O xerife pragueja, tragando seu charuto com brutalidade. Seus olhos percorrem meu rosto, buscando qualquer evidência que denuncie minhas mentiras. Eles descem para a minha mão, e toda sua postura se enrijece.

Pisco, e volto minha atenção para onde seus olhos me queimam.

A marca em minha palma está à vista, o símbolo do demônio tatuado em minha pele para todos verem e julgarem. Recolho minha mão, envergonhada, e a fecho em um punho firme.

Sinto-me exposta demais com a marca à mostra. Minha barganha não pode ser descoberta por nenhum dos humanos ao meu redor, muito menos por esse xerife enxerido. Essa parte de mim precisa continuar bem escondida se eu quiser sobreviver depois desse mês.

— E o que é isso? — ele pergunta, indicando o lugar onde a minha mão estava há apenas segundos atrás.

— Um machucado — Wendy dispara, assustando a mim e ao xerife. — Mas já está sendo tratado, assim como os outros.

Stefano ergue uma de suas sobrancelhas e minha boca se entreabre.

Tenho certeza de que Wendy sabe que o que há em minha mão está bem longe de ser um machucado. Ela está me ajudando, ou melhor, me encobrindo. O que ela ganha com isso?

— Um ferimento com um formato bem inusitado, eu diria — Stefano comenta.

— Preocupe-se com o seu trabalho xerife. Do meu cuido eu — Wendy rebate.

O xerife bufa e cruza as pernas, sem largar seu charuto por sequer um minuto. Se ele já estava desconfiado de mim antes, agora seu escrutínio está redobrado. Ele revira os olhos para Wendy e volta sua atenção para mim em seguida.

— Não gaste meu tempo, Tipper. Achei que estávamos entendidos. Nada de omitir informações.

— Não é o que estou fazendo aqui, senhor xerife. — Engulo em seco.

O homem estala a língua, impaciente.

— Está me dizendo que você foi sequestrada...

— Nunca disse isso, senhor.

— ... E não se lembra de nada desse período inteiro?

— Foi você quem chegou a essa conclusão.

— E a qual outra conclusão deveria ter chegado? — Ele solta um riso de escárnio. — Você não é daqui, disso eu tenho absoluta certeza. Conheço cada cidadão de Nimmerland, cada rostinho, e o seu não está entre eles. O que nos leva a uma única resposta: você é do continente. Unindo isso ao fato de que foi encontrada sozinha e desacordada em um estado deplorável, tenho certeza de que você não chegou aqui a passeio. Você está nos levando a crer, mesmo sem dizer, que é uma vítima, se não de sequestro, de algum crime similar.

Pisco, abalada com a linha de raciocínio do homem, porém não ouso tentar contrariá-lo. Ele pode pensar o que quiser, desde que não atrapalhe minha missão ali.

O xerife coça a testa, pensativo. Ele bate um dedo no queixo, analisando-me de cima a baixo.

— Quanta baboseira — ele conclui.

Consigo sentir Wendy crescendo ao meu lado, uma leoa prestes a defender a cria impotente. Coloco minha mão em seu joelho, impedindo-a de falar qualquer coisa.

Por mais que aprecie o fervor com que Wendy cuida de seus pacientes – e consequentemente, de mim –, há coisas que preciso fazer sozinha.

Esta briga é minha.

— Se eu pudesse, eu lhe contaria tudo, mas não me lembro de nada.

— Se eu descobrir que está mentindo, senhorita...

— Não estou — respondo sem hesitar. — Sinto dores horríveis. Estou mutilada e ferida. Se pudesse, se *conseguisse,* eu lhe diria tudo para que pudesse fazer justiça por mim. Mas não há nada em minha memória.

— É o que você diz. Mas não sei se acredito em você.

Wendy empurra sua cadeira para trás, e se levanta bruscamente, espalmando as mãos na mesa. O barulho do baque assusta a mim e ao xerife. Pulamos em nossos assentos, surpresos com a ferocidade de nossa companheira.

— Já chega — ela anuncia. — Tipper não está bem o bastante para um interrogatório, e pior ainda para uma sessão de críticas e ameaças.

O xerife empina o nariz, e eu escondo minha boca sorridente embaixo da mão. Wendy pode ser boazinha, mas não deixa ninguém passá-la para trás. Consigo admirar isso nela.

— Por favor, xerife. Preciso pedir para que saia.

Por um instante, ficamos em silêncio, nos entreolhando. Ninguém move um músculo, todos paralisados em seus lugares. Até que Wendy vai até a porta dos fundos da cozinha, seus passos pesados ecoando pela casa silenciosa, e a abre com um puxão.

— Por favor — ela torna a pedir, mas sem abertura alguma para debates.

O xerife a encara com os olhos em brasas, mas se levanta e caminha lentamente até a porta.

— Você chegou aqui a Nimmerland há pouco tempo, senhorita Darling. — Ele aproxima o rosto do dela, e vejo Wendy se retrair com asco. — E é apenas por isso que atenderei o seu pedido. Mas esteja avisada que, da próxima vez, não serei tão gentil assim. Esta é a minha cidade, estando em sua casa ou não, e não tolerarei desobediências.

Ele olha para mim uma última vez, sua boca se abrindo em um sorriso parecido demais com os dos monstros da noite para meu gosto.

— Bem-vinda a Nimmerland, Tipper. Estarei *torcendo* por sua recuperação.

A resposta de Wendy foi apenas abrir ainda mais a porta e indicar a saída ao visitante indesejado. Depois de encará-la por mais alguns segundos, o xerife se vai, e minha anfitriã nos tranca dentro de casa mais uma vez.

Solto a respiração que estava me sufocando e aperto os olhos com as mãos.

Essa passou perto. Muito perto.

Um deslize, me lembro, e esse homem me colocará na cadeia, ou pior, em um hospício. O xerife já não gosta de mim, e minha história tem furos o bastante para deixá-lo desconfiado, mas por enquanto, estou a salvo.

Por enquanto.

XIV

Wendy me deixa logo após a saída do xerife e vai para o consultório do pai preparar mais da pomada verde que usa para tratar meus ferimentos. Sentada em uma banqueta da cozinha, mordiscando mais um dos deliciosos pãezinhos de canela, consigo ver Pietro se aproximar pela avenida principal com Fabrizio ao seu lado, até chegar à janela da casa.

Ele nem se incomoda em bater na porta.

Saio da cozinha limpando a boca, e vou para sala recepcioná-lo.

— Bom dia, moça. — Ele sorri, debruçando-se no peitoril. — Está melhor hoje?

Assinto e sorrio. Ainda não me acostumei com Pietro falando diretamente comigo.

Preciso segurar o palpitar do coração, o rubor que sobe pelas minhas bochechas, e tentar não me perder em seu olhar. Não quero mentir pra ele, por isso opto por falar a verdade, mas de uma forma bem menos detalhada do que gostaria. As palavras, porém, saem emboladas e eu tropeço nas sílabas, titubeando nas sintaxes.

— Minhas já não doem, mas ainda um pouco.

— Ah, sim, quem nunca, não é?

Sinto a queimação familiar da vergonha tomar conta de mim. Meu humano ri e me oferece alguns segundos para me recuperar.

Minha frase não fez sentido algum. Pietro vai achar que, além de doida, sou uma mula.

Engulo em seco e passo as mãos nos meus cabelos. Respiro fundo e tento de novo.

— Minhas *costas* já não doem, mas ainda me sinto um pouco estranha.

Pietro concorda e morde os lábios. Ele dá um tapinha em Fabrizio e se impulsiona sobre o batente da janela, ultrapassando a madeira e caindo dentro da sala. Não consigo impedir uma risada, e Pietro parece achá-la encorajadora, pois me lança uma piscadinha e faz uma reverência. Ainda na rua, Fabrizio balança a cabeça em desaprovação, e some de minha vista, reclamando sobre as dificuldades de se abrir uma maçaneta.

Quando os dois já estão dentro da sala, sentados ao meu redor, sinto meu sorriso se desfazer.

Conheço Pietro o bastante para saber que ele está aqui porque se sente responsável por mim. Afinal, foi ele quem me encontrou. Mas também sei que sua curiosidade e apego podem não durar muito. Sua vida é agitada e está sempre cheia de novidades. Não demorará para que eu passe a ser apenas um peso em seus ombros, um fardo tedioso para se carregar.

Mas é claro que não vou deixar isso acontecer. Só preciso descobrir como mantê-lo em minha nova vida.

Os dois garotos se entreolham.

— Desculpe, senhorita — Fabrizio engole em seco. — Não queríamos assustá-la.

Inspiro fundo e forço um sorriso no rosto.

— Não me assustaram. Eu só... — suspiro. Os boatos correm pela cidade, então é melhor que eu fale a verdade. — Eu tive uma conversa com o xerife agorinha.

Pietro bufa, cruza os braços e se recosta na parede.

— Stefano é um idiota. Não ouça nada do que ele falar pra você.

Que bom que não sou só eu que penso assim.

— Não sei como ele ainda é xerife — Fabrizio adiciona. — Ele assusta mais a população do que os próprios bandidos.

Estremeço. Não duvido que isso seja verdade. O cheiro do charuto ainda permeia a sala, uma constante lembrança da ameaça de que não sou realmente bem-vinda aqui.

— Ele com certeza não é a pessoa mais simpática que já conheci — sussurro.

— É claro que não é — Pietro concorda, sério. — Esse posto é meu.

Meu sorriso retorna aos lábios, e por um segundo esqueço que Pietro não se lembra de mim.

— Está com medo de que um velho caquético possa te destronar?

Ele retribui meu sorriso, se aproxima e senta no braço de minha poltrona.

— Claro que não, Tip. Sou abençoado com mais confiança do que beleza, e olha que já sou muito bonito.

Porém, antes que eu possa responder, Fabrizio tosse, chamando nossa atenção. Viro-me assustada em sua direção, a bolha nostálgica entre mim e meu humano furada pela interrupção. Meu apelido saiu pelos lábios de Pietro com tanta naturalidade que mal notei a estranheza de nossa interação. Tecnicamente, ele não se lembra de mim, mas agora tenho a esperança de que no fundo – talvez nem tão fundo assim – seu coração me reconhece como sua dona.

Fabrizio olha de mim para Pietro com tanta curiosidade que consigo prever suas próximas palavras antes mesmo que elas deixem sua boca.

— Vocês se conhecem?

Pietro pigarreia e muda de assunto, mas consigo ouvir sua resposta não dita.

Eu não tenho certeza.

— O que ele disse para te deixar tão chateada? — ele finalmente pergunta, e ignora o olhar de indignação de Fabrizio com o desvio da conversa.

Se Pietro não responderá ao melhor amigo, prefiro não entrar nesse tópico também.

Pelo menos, não por enquanto.

— Não é bem algo que ele disse — começo, buscando as palavras certas, tentando falar a verdade sem denunciar o que há por trás dela. — Mas sim o que *eu* não disse.

— Não confia nele? — Fabrizio pergunta com a voz baixinha e encorajadora. — Eu entenderia se você não quisesse se abrir com um homem daqueles.

Balanço a cabeça negativamente e mordo os lábios com raiva, até sentir o gosto pungente do sangue em minha boca. Não tenho muitos dias para mostrar a Pietro que ele me ama, e ainda preciso lidar com um xerife enxerido enquanto isso.

Suspiro e me recosto na poltrona, massageando as têmporas.

— Se pudermos ajudar em alguma coisa... — Pietro apoia a mão em meu ombro e borboletas flutuam em meu estômago.

Será que um dia me acostumarei com isso?

— É só dizer — ele finaliza.

Abro a boca para recusar a proposta, mas algo me impede de dizer as palavras de agradecimento. Uma fisgada em minha mente, uma coceirinha bem lá no fundo.

Não recuse ajuda, Tipper, use a situação a seu favor.

— Você pode nos contar o que quiser, estamos aqui para te ajudar — ele insiste. — Não é, Fabrizio?

O garoto concorda, me lançando um sorriso gentil.

— Não somos tão delicados quanto Wendy, mas temos bons ouvidos.

— Vocês não são nada delicados. — Minha anfitriã entra na sala limpando as mãos em um paninho úmido, e se senta ao lado de Fabrizio. — Mas estou aqui para mantê-los na linha.

Wendy se inclina em minha direção e toma minha mão nas suas. Embora seus dedos sejam calosos e um pouco enrugados, seu toque é gentil e suave, e acolhe todos os meus temores.

— Faço das palavras dos meninos as minhas — ela diz, baixinho, só para que eu ouça. — Você falou que não se lembra de nada, mas qualquer coisa que desejar compartilhar comigo, estarei aqui para ajudar a carregar seu fardo.

Com estas palavras, uma ideia se ilumina em minha mente e, assim, sei com exatidão o que preciso fazer, como matar dois coelhos com uma cajadada só. Sinto o sangue correr mais rápido pelo meu corpo, avermelhando minha pele e acelerando meu coração, a emoção da descoberta tomando conta de mim.

Pietro semicerra os olhos, o ar brincalhão já de volta ao rosto.

— No que está pensando?

Mordo o interior da minha bochecha, nervosa com a sugestão que estou prestes a dar. Se eles não aceitarem, estou de volta à estaca zero. Se aceitarem... talvez minha forma humana não seja tão temporária quanto é agora.

— Não quero atrapalhar ninguém — começo, mas Pietro logo me interrompe com uma mão em minha cabeça.

Ele inclina meu pescoço para cima, e não tenho escolha a não ser encontrar seu olhar.

— Você não incomoda — ele diz, o rosto tão perto do meu que sinto o calor de seu hálito. — O que me incomoda é não te ajudar.

Pisco, incerta sobre o que fazer. Sua mão em meus cabelos me aquece por inteiro e preciso engolir saliva para aliviar minha garganta seca.

— Odeio ver um problema e não poder fazer nada. — Ele sorri, dissipando as sombras obscuras de seu olhar. — Além disso, a rotina estava entediante. Vai ser bom ter uma distração.

Sabia que poderia contar com a curiosidade de Pietro. Sorrio de volta e olho de esguelha para os outros dois sentados na sala comigo e tomo minha decisão.

— Vocês podem me ajudar a lembrar.

XV

— Absolutamente não! — George sentencia, cruzando os braços e elevando a voz.

Wendy junta as mãos na frente do peito, implorando.

— Pai, é pelo bem de Tipper! Como curandeiro, você não pode negar isso. Por favor!

George solta uma risada anasalada, deixa a mesa do jantar e coloca seu prato em um balde com água de lavagem.

— Como levar Tipper de volta ao lugar onde foi encontrada fará bem a ela? Por tudo que sabemos, o campo também é o último lugar em que o palerma que fez o que fez esteve com ela! Imagine se ele ainda está vagando por lá? — ele nega novamente, esfregando o prato com um pano cheio de sabão (e os movimentos cheios de ódio). — Não, de jeito nenhum. Está fora de cogitação. — George me olha com compaixão e dá de ombros. — Desculpe, querida, estou preocupado com você, mas alguém tem que ter juízo nessa situação.

Wendy torna a reclamar, e eu me encolho na cadeira. Sei que nada que eu falar agora vai ajudar em nosso caso, por isso me mantenho quieta, descontando meu nervosismo em meu lábio inferior.

Pedir aos meninos que me ajudem a me lembrar do meu suposto sequestro foi uma manobra arriscada, mas não consigo deixar de sentir certo orgulho por esta jogada. Ao mesmo tempo que posso manter o xerife em rédea curta – pois supostamente estarei cooperando em encontrar meu misterioso sequestrador –, eu também estarei passando tempo com Pietro, que até então não tinha motivo nenhum para me visitar além de uma pura – e tragicamente passageira – curiosidade.

Agora, só preciso manter meus três aliados empenhados em me ajudar enquanto me aproximo de Pietro e abro seus olhos para o casal que formamos.

Porém, primeiro Wendy precisa convencer o pai de que nossa estratégia é a melhor que há.

— Por favor! — ela torna a suplicar.

George trinca o maxilar e larga o pano na bancada.

— Chega, Wendy — ele declara, batendo o punho na pia. — Não quero que continue a insistir nisso. Apoio a decisão de ajudar Tipper, e concordo que é o certo a se fazer, mas voltar ao lugar onde ela foi encontrada não é uma possibilidade!

Visitar o campo foi ideia de Fabrizio, e nós quatro concordamos que seria um bom começo.

— Para refrescar a memória — ele argumentou algumas horas atrás. — *Sempre que eu perco algo, tento refazer meus passos. Talvez ir ao último lugar em que esteve antes de perder a memória a ajude a se lembrar.*

Entretanto, George não parece apreciar o plano tanto quanto nosso grupo.

— Vocês querem morrer? — ele pergunta, olhando de mim para Wendy com as mãos indignadas na cintura. — Ficaram loucas, é?

Fico quietinha e deslizo em meu assento, querendo enfiar minha cabeça em um buraco.

Relações humanas são estranhas. Ao mesmo tempo que se amam, eles se odeiam em momentos recorrentes. Gritos e brigas podem ser um sinal de afeto tanto quanto podem ser uma bandeira vermelha. É difícil acompanhar.

— Mas nós não vamos sozinhas — Wendy torna a argumentar. — Pietro e Fabrizio estarão conosco.

George estala a língua, voltando a lavar a louça do jantar, mas dessa vez não responde nada. Minha anfitriã toma isso como uma oportunidade e continua a pleitear seu pedido.

— Nenhum maluco tentaria algo com duas moças acompanhadas — ela diz. — Além do mais, não seria mais perigoso esperar para ver o que esse bandido fará em seguida? Se ele continuar à solta, quem sabe qual pode ser sua próxima vítima?

O curandeiro suspira, apoiando-se na beirada do balcão.

Tento manter minha ansiedade controlada, mas estou visivelmente nervosa com sua decisão final. Meu joelho treme debaixo da mesa, batendo na madeira ora sim, ora não, e as feridas em minhas costas começam a me incomodar, coçando e pinicando.

— Certo — George assume sua derrota e Wendy corre até ele, envolvendo o pai em um abraço apertado. — Mas só se os meninos forem com vocês.

Sorrio, mas não demonstro minha animação. Preciso parecer pelo menos um pouco assustada, no mínimo intimidada pela ideia de reviver os fatos do meu sequestro.

— Obrigada, obrigada — minha anfitriã agradece. — Vamos tomar cuidado.

— Mas a qualquer sinal de perigo...

— Sim, papai. — Wendy lasca um beijo na bochecha dele. — A qualquer sinal de perigo, nós corremos para longe.

Ou em direção a ele, penso, e abro um largo sorriso.

．＊．
＊＋＊
．＋．

Uma pequena bolsa de teia de aranha descansa em minha cama dentro da concha onde morava junto a outras aprendizas. Ninguém ousa chegar perto enquanto eu jogo todos os meus poucos pertences dentro da mala, apressada e desajeitadamente.

Um graveto com cerdas que uso para limpar os dentes, um pedaço de vidro que uso como espelho, algumas roupas feitas de folhas e um amarrador de cabelo que fiz com grama. Não é muito. Na verdade, é mais do que muitas fadas ousam coletar, mas ainda assim são meus, e não tenho coragem de me desapegar deles, mesmo que sejam prova de minha natureza errática. Sempre mais perto de humanos do que de fadas, sempre um passo mais longe da Mãe Lua.

Minhas mãos tremem enquanto eu reúno todos meus objetos para levar embora e passo a bolsa pelos ombros. Posso ouvir os sussurros acusatórios das minhas antigas colegas de quarto, várias versões do que aconteceu de verdade sendo distorcidas de orelha em orelha.

"Ela agarrou Kipp pelo pescoço."

"Ouvi dizer que ela juntou os lábios das duas à força."

"Pobre Kipp, está com tanto medo de que Tipper vá atrás dela de novo."

Mordo minha bochecha, impedindo que novas lágrimas caiam pelo meu rosto. Eu já chorei demais por aquela fada, não iria derramar minha decepção por meio de lágrimas salgadas.

Quando voltei para o Condado nesta manhã, logo vi que algo estava errado. As fadas me olhavam torto – bem mais do que o usual – e se afastavam para que eu pudesse passar, abrindo caminho para meus passos como se eles fossem tóxicos e contagiosos.

Não demorou para que uma das minhas instrutoras me encontrasse e me arrastasse, puxada pelas asas, até a concha.

Kipp me aguardava, de olhos marejados e cabeça baixa, sentada em um pequeno cogumelo. Ela não teve coragem de erguer o olhar enquanto era punida, sal jogado em minhas asas, e mel passado em meus pés.

Havia me tornado uma predadora da noite pro dia. Havia sido vítima de uma mentira e de uma facada nas costas, e minha antiga amiga nem mesmo teve a decência de pedir perdão.

Quando minhas asas pararam de arder e meus pés se desprenderam do grude melado, fui direto buscar meus poucos objetos de valor.

Não queria ficar mais ali. Não precisava e não iria ceder às regras do Condado.

Enquanto voava para a casa de Pietro, entretanto, uma grande nuvem de tempestade tomou o horizonte. O dia se tornou escuro, sombrio, e não demorou para que o céu derramasse seus prantos sobre mim. As gotas, grandes e geladas, me atingiam com força, atrapalhando meu voo.

Não quis parar. Precisava estar o mais longe possível de Kipp e das fadas do Condado, não suportaria mais um dia sequer junto a seres tão desprezíveis.

Continuei voando, até que um relâmpago se chocou com uma árvore bem a minha frente. Lascas de madeira foram lançadas em minha direção, e não consegui me desviar a tempo, cega pelo clarão.

Caí. Rolei na grama, agora enlameada pela chuva. Não conseguia me levantar. Estava ensopada e dolorida, minhas asas incapazes de alçar voo.

Uma sombra me encobriu enquanto lutava para me por de pé. Ergui os olhos e encontrei Pietro.

— Precisa de ajuda, estrelinha?

Deixei que as lágrimas que tanto guardei se soltassem, misturando-se à água da chuva. Um sorriso tímido e agradecido se formou em meus lábios, e estiquei minha mão em direção ao meu humano, aceitando sua oferta, mesmo que ele tivesse vários e vários metros a mais do que eu.

Um dos cantos de sua boca se elevou, em seu costumeiro e familiar sorriso travesso. Mas ele não pegou minha mão.

Não.

Ele lentamente ergueu uma das pernas, deixando a grande sola de sua bota visível para mim.

Um grito horrorizado se entalou em minha garganta, e mal tive tempo de esticar as mãos acima da cabeça antes que a perna de Pietro descesse com toda a força em cima de mim.

XVI

Wendy bate na porta pouco depois do amanhecer, para que eu possa tomar meu tônico matinal. O efeito, segundo ela, depende da posição do sol e da lua, e este é o melhor horário para tomá-lo. Conheço muito bem a influência da natureza na magia, por isso mesmo não reclamo, mas estou mais preocupada com o tique-taque do relógio e o passar dos dias do que com a melhora das minhas costas.

Isso, é claro, não lhe digo quando ela entra no quarto trazendo meu café da manhã e meu remédio em uma bandeja, para que eu possa fazer o desjejum ainda na cama.

— Eu poderia ter descido, Wendy.

Esfrego os olhos, ainda um pouco sonolenta. Como fada, eu não precisava dormir. Como humana, eu não *consigo* dormir. Os Noturnos estão se certificando disso. Já estava acordada há tempos, incapaz de pregar os olhos sabendo que encontraria apenas pesadelos no Umbral.

— Não precisava se dar ao trabalho — sussurro, após ela deixar o tônico e a refeição na cômoda ao lado da cama.

— Não vamos dar sorte ao azar — Wendy diz, abrindo a janela e arejando meu quarto abafado.

Já posso ouvir os murmúrios vindos da feira na avenida principal, o trotar apressado dos cavalos e os gritos dos vendedores.

— Hoje vamos andar bastante, então você precisa de toda energia que puder angariar.

Abocanho um dos deliciosos rolinhos de canela e provo um pouco dos ovos mexidos. Acho que nunca me cansarei do sabor e das nuances da culinária humana. Bem diferente das folhas secas e frutinhas silvestres que estou acostumada a comer.

Pego a pequena botelha com o tônico e a levo ao nariz.

— É um pouco amargo — ela diz, logo após ver minhas caretas pelo cheiro asqueroso da mistura. — Mas é para o seu bem.

Não vai trazer minhas asas de volta, mas pelo menos não vai deixar as feridas infeccionarem. Tento pensar positivo antes de virar todo o líquido garganta abaixo.

Estremeço com o gosto terrível, e recebo algumas tapinhas reconfortantes de Wendy.

— Viu, não foi tão mal assim!

Engulo a resposta ácida que estava pronta para cair de minhas presas, e forço um sorriso. Ainda estou exausta, mas o sol quentinho que entra pela janela já está surtindo efeito sobre minha sonolência.

Wendy me olha de cima a baixo quando me levanto da cama para ir ao banheiro, e torce o nariz.

— Não, não está certo.

Congelo a meio caminho da porta.

— O que não está certo? — pergunto, com o coração acelerado.

— Este vestido. Está todo esfarrapado e cheio de sangue. — Ela suspira. — Pensei que a lavagem que fiz antes de você acordar seria o bastante, mas ele está além da salvação. Vamos ter que trocar.

Olho para baixo, para as minhas roupas sujas e maltratadas pelos últimos acontecimentos. De algum modo, minha vestimenta de fada se tornou tão grande quanto minha forma humana, o único resquício da minha verdadeira natureza que continua comigo.

Mesmo destruído, o vestido verde, feito de folhas e seda, me traz um conforto raro em meio ao mundo humano. É algo a me apegar, que me lembra que eu ainda sou a mesma Tipper de antes, mesmo que eu não saiba exatamente quem a Tipper de antes é.

— Eu gosto dele — respondo, ríspida.

Wendy morde os lábios e se aproxima devagar.

— Também gosto dele — começa. — Ele é... diferente.

Enrugo a testa.

— Qual o problema com isso?

— Nenhum. Só é incomum, não é como nenhum dos vestidos que já vi.

— Então posso continuar com ele.

Wendy ri, me puxando pela mão até o corredor, atravessando o andar até seu próprio quarto.

— Eu não vou roubá-lo, Tipper. Só vou remendá-lo para você. Enquanto isso, tenho certeza de que meus vestidos vão servir perfeitamente no seu corpo.

Chegamos aos aposentos de Wendy. Cruzo os braços e troco o peso entre minhas pernas.

— Nesse caso, acho que tudo bem.

Ainda estou no processo de me descobrir e, embora não goste de pensar que terei que abrir mão do vestido, sei que é somente mais um dos sacrifícios que terei que fazer durante minha jornada.

Só espero que ao final disso tudo eu consiga me entender (e ter de volta meu vestido).

O quarto de Wendy é um pouco maior que o meu, com uma cama baixa junto a uma mesinha de cabeceira, uma escrivaninha sob a janela e um guarda-roupa logo ao lado. O são bernardo mau encarado que conheci alguns dias atrás está deitado no colchão, e faz questão de me mostrar suas presas assim que entro no cômodo.

— Nana, seja educada com a visita — Wendy ralha, empurrando a cadela gentilmente para fora da cama e gesticulando para que eu me sente em seu lugar.

Ela volta sua atenção para mim enquanto eu me acomodo no colchão de onde foi expulsa, ainda mais irritada do que antes. Sorrio para Nana, minha inimiga peluda, e cruzo as pernas, apreciando o conforto da cama. Ela solta alguns ganidos indignados e rebola para fora do quarto. Vê-la ir embora me causa uma estranha satisfação.

Meus dias de voar correndo para fugir de mordidas chegaram ao fim. Posso me acostumar com isso.

— Aqui está. — Wendy se aproxima novamente, dessa vez com um longo vestido em mãos, e eu desvio os olhos da porta para analisar a vestimenta.

A roupa é simples, de mangas bufantes que deixam a clavícula à mostra, com um laço na altura da cintura, e padrões quadriculados no peito. O tecido é tão verde como o meu antigo vestido, da cor das florestas mais vistosas.

— Achei que você poderia gostar deste — ela diz, e me entrega o vestido.

— É perfeito — respondo, alisando a saia e sentindo a maciez do tecido sob meus dedos.

— Ótimo! Vou deixar você se trocar. Qualquer coisa, estarei no final do corredor.

É incrível como o artesanato humano pode ser belo, delicado e complexo, tudo ao mesmo tempo. Me faz pensar sobre por que as fadas odeiam tanto qualquer expressão artística. Acho que a proximidade da arte com as emoções humanas, as mesmas contra as quais minhas colegas insistem em lutar, é muito perigosa.

Um passo em falso, seja ele em forma de pintura, vestido ou dança, e lá estaremos nós, sentindo coisas que não deveríamos sentir. Mais próximas de nos tornarmos os pesadelos que tanto detestamos.

É injusto que as melhores coisas da vida sejam aquelas que nos levarão à ruína. Mãe Lua não aprovaria este vestido, disso tenho certeza, e isso me faz amá-lo ainda mais. Espero que ela esteja cuspindo cometas lá de cima, me vendo quebrar todas as regras. Apreciando a textura delicada do tecido em minhas mãos, ansiando por tê-lo em meu corpo, me sinto ainda mais apegada a minha forma humana.

Visto o vestido com reverência, temendo que tanta beleza possa se desfazer em minhas mãos pouco acostumadas. Fecho os botões da parte da frente um a um, com um sorriso no rosto durante todo o processo. Faço alguns ajustes finais no vestido, e estou pronta.

Na escrivaninha, um pequeno espelho de mão repousa sobre alguns papéis. Mordo os lábios e levanto-o na direção dos olhos, inclinando-o apenas o suficiente para poder enxergar o reflexo do meu torso recém-vestido.

Sufoco um soluço, enterrando-o em minha garganta. Engulo em seco e reprimo as lágrimas.

Eu pareço humana.

Inegável e esplendidamente humana.

Até agora, eu me *sentia* humana, mas não tinha a certeza, a confirmação. Agora, é inegável.

Já não consigo mais ver a fada que antes resguardava minha alma. Estou mais confortável nesta pele, mesmo com todas as estranhezas e adaptações, do que jamais estive em minha antiga forma.

Não sei por quanto tempo fico ali me admirando no espelho, hipnotizada pelo meu próprio reflexo. Apenas desvio os olhos da minha imagem quando sou acordada por pequenas batidinhas na porta.

— Estou pronta — aviso, com a voz embargada.

Wendy entra no quarto com cautela, colocando a cabeça pra dentro antes do restante do corpo, espiando meu estado antes de se introduzir por completo no cômodo. Um sorriso logo brota em seus lábios, tão gentil e meigo que quase me faz derramar as lágrimas que estava guardando.

— Você está linda — ela diz, me escrutinando. — Sabia que esse vestido ficaria ótimo em você.

A gratidão inflama meu peito. Levo minhas mãos ao coração e digo:

— Obrigada. De verdade. Por tudo que está fazendo por mim.

Wendy dispensa meu comentário balançando as mãos.

— Não tem o que agradecer. Faz parte do trabalho da família.

Ela se aproxima e ajeita as mangas de meu vestido, tirando algumas linhas soltas das barras. Meu sorriso aumenta. Estou exultante com este pequeno momento, com a simplicidade desse gesto tão cotidiano. Me sinto mais humana do que já me senti durante todos estes dias.

— Curanderia é mais do que administrar remédios — ela diz, colocando algumas mechas do meu cabelo atrás de minha orelha. — Curanderia é cuidar do paciente como se fosse a extensão do próprio ser. É só se sentir bem quando os pacientes estão bem. Não seria uma boa profissional se você não estivesse confortável em minha casa. Fico feliz que esteja se recuperando rápido, mas não vou descansar até suas costas se curarem completamente.

Wendy franze o cenho e me analisa com pesar nos olhos.

— Ou, pelo menos, o mais próximo disso quanto possível, não é? Sei que algumas cicatrizes você vai levar para sempre, mas enquanto estiver comigo eu ajudarei a carregá-las. Todas elas.

Primeiro, penso que ela se refere às feridas em minhas costas, mas percebo que a mente de Wendy parece se concentrar em outro ponto. Pisco, um pouco confusa, e desvio meu olhar para onde ela encara.

A marca do pesadelo em minha mão, e minha ilusão se estilhaça.

Este é o lembrete profano de todos os meus pecados, a constante recordação de que nunca serei verdadeiramente humana, livre de verdade. Pelo menos, não até completar minha missão. E não tenho sequer um mês para isso.

Lembro-me dos olhos atentos do xerife em minha marca, do brilho revelador deles. O desenho, por mais que possa não significar nada aos olhos de um humano, não é algo comum para eles, muito menos para uma garota da minha idade. Já posso ouvir as conclusões que os aldeões podem tirar.

Demônios, eles diriam. E, como sempre, não estariam tão errados.

Os humanos podem não reverenciar a Mãe Lua como nós, fadas, mas seu Deus Sol, seu suposto criador, tem uma fama tão impiedosa quanto a de nossa própria deusa, enviando monstros à Terra para punir todos os que ousem desafiar suas leis.

Não quero ver este desenho todos os dias, mas, acima de tudo, não quero que os outros o vejam também. Este símbolo cria mais perguntas do que sou capaz de responder, por isso deve ser mantido longe da vista dos humanos à minha volta.

— Posso te pedir um favor, Wendy? — sussurro.

— Claro — ela responde prontamente. — O que eu puder fazer por você.

— Teria como... — fecho a palma de minha mão, e encubro-a com a outra — cobrir isso?

A expressão de Wendy se suaviza, e ela concorda.

— Sim, acho que é mais prudente. Vou pegar um pano para você e já volto.

Respiro aliviada quando ela sai do quarto. Porém, minha tranquilidade dura pouco.

— Cuidado, Tipper — a irritante e familiar voz de Rosetta ecoa pelo quarto. — Não abuse dos favores de Wendy. Não gosto quando mexem com minha humana.

A fada está sentada em cima da caixa de joias, com as pernas cruzadas e um olhar ameaçador. Rosetta parece preparada para me destruir, mas não vejo como não sorrir diante da situação.

— Isso se parece com algo que eu te disse apenas dias atrás. — Ergo as sobrancelhas. — Como é estar em meu lugar agora?

— Não nos coloque no mesmo nível, Tipper. Ao contrário de você, eu só quero o bem de Wendy.

Trinco o maxilar e cerro os punhos. Estou a um passo de esmagar aquela fada com a palma da minha mão.

— E o que te faz pensar que eu não fiz o que fiz pensando em Pietro?

Rosetta se levanta e voa até meu rosto. Seus pequenos olhinhos me encaram furiosos, enquanto o tilintar de suas asas irrita meus ouvidos e o pó de éter me gera uma coceira insuportável no nariz.

— Você não me engana — a fada murmura, apontando um dedo na minha face. — Você age como se fosse uma *grande* heroína, a salvadora do seu príncipe encantado, mas lá no fundo você é como qualquer outra fada que barganhou com os Noturnos antes de você. Gananciosa e egoísta.

Abro a boca para responder Rosetta com atrevimentos à altura, mas percebo, tarde demais, que não há palavra alguma em minha língua. Não sei o que falar, por isso permaneço encarando a fada de Wendy com a boca entreaberta e meu coração na mão.

Demoro demais para recuperar minha postura. Rosetta percebe prontamente que atingiu seu alvo, e esboça um sorriso torto enquanto cruza os braços.

— Acha que não sei por que você fez a barganha, Tipper? Acha que não sei que está apaixonada por Pietro? Que sempre desejou a humanidade que ostenta agora?

Uma pontada em meu peito quase me faz dobrar ao meio. Engulo em seco e inspiro fundo na tentativa de controlar meu desespero. Não contente em me machucar uma vez, ela decide jogar sal em minhas feridas e espalhá-lo até não sobrar quase nada da minha dignidade.

Eu já havia admitido para mim mesma que amava meu humano. Estava em paz com isso. Porém, ouvir as palavras em voz alta, vindas da boca de outra fada...

Absolutamente aterrorizante. Humilhante. Desonroso.

Falhei em todos os aspectos como fada e, por mais que eu queira esconder meu fracasso, enfeitá-lo com motivações bonitas, ele está à vista de todos da minha espécie. Me tornei humana para perseguir minha própria felicidade, ao passo que as outras lutavam para manter seus humanos felizes.

Exceto Rosetta.

— Quem é você para me julgar, sua fadinha atrevida? — Com um movimento rápido de minha mão, eu a pego no ar e prendo-a em minha palma.

Rosetta grita e se debate, chutando, esperneando e socando meus dedos com suas mãozinhas minúsculas. Continuo a segurá-la firme. Não quero soltá-la e continuar escutando suas ladainhas.

Não, agora é minha vez de falar.

— Sei que anda manipulando Wendy — confesso, enquanto a fada ainda se debate em minha mão. — Você está quebrando as regras tanto quanto eu, Rosetta, então não venha me dar uma lição de moral.

Ela rosna e finca suas pequenas – porém irritantemente afiadas – unhas em minha carne.

— Você não tem *ideia* do que está falando.

— Não? — Solto uma risada seca. — O que pode ser tão diferente na sua história que pode justificar suas atitudes? Você não é melhor do que eu, Rosetta. Somos filhas do mesmo verme.

Antes que a fada possa responder, o ranger da porta nos interrompe. Solto Rosetta rapidamente, e ouço seus xingamentos enquanto espero por Wendy.

Minha anfitriã para no batente da porta, olhando ao redor, até encontrar os meus olhos.

— Estava falando sozinha?

Ajeito meu vestido novo, sentindo minhas bochechas enrubescerem.

— Sim — concordo e engulo em seco. — Isso me ajuda a pensar.

Rosetta ri de algum lugar no cômodo, preciso me controlar para não procurá-la por entre os móveis e jogá-la pela janela.

— Certo...

Suspiro aliviada. Pela postura de Wendy e seu olhar desconfiado, percebo que ela não acredita totalmente em mim, mas vejo que não pretende me pressionar, e isso me tranquiliza. Ela se aproxima, e enfaixa com rapidez e precisão minha marca profana em uma retalho de algodão. Sem perguntas, sem comentários. Posso respirar de forma mais leve.

— Está pronta? — ela pergunta.

Viro minha mão de um lado para o outro analisando o trabalho, averiguando se cada detalhe do símbolo do Noturno está coberto, até que lhe concedo um sorriso agradecido.

— Ótimo! — Ela se vira em direção à porta e me chama com um aceno. — Agora vamos à caça de suas memórias.

XVII

Sempre invejei as invenções humanas de locomoção. Voar é exaustivo, apesar de ser a única alternativa para uma fada, visto que nossas perninhas não nos levam muito longe em um mundo de gigantes. Já havia tentado pegar uma carona nas carroças enquanto eu ainda tinha minhas asas, mas ficava extremamente enjoada com o balançar do veículo, além de ser jogada de um lado para o outro a cada curva, mesmo que pouco acentuada. Não, era mais fácil – e seguro – nem tentar acompanhar.

Um dos meus maiores desejos enquanto fada era poder aproveitar a praticidade e comodidade das locomotivas humanas sem sentir que minhas tripas iriam sair pela boca. Por isso, abro um largo sorriso quando vejo uma carroça e um cavalo nos aguardando na entrada da casa.

Wendy sobe no assento sem hesitar, já tomando as rédeas em suas mãos. Observo com atenção seus passos até se sentar na carroça, mas ainda estou hesitante. Por mais que já tenha visto Pietro fazer a mesma coisa inúmeras vezes durante a vida, eu nunca de fato entrei em um carro com meus próprios pés, ou melhor, com meus pés *humanos*.

— Está tudo bem? — Wendy pergunta, de cenho franzido ao notar minha incerteza.

Assinto com a cabeça, dando um par de passos à frente. Mas, em vez de subir, decidi acariciar o cavalo.

— Tudo ótimo — minto descaradamente. — Eu só estou um pouco nervosa.

O olhar de Wendy se suaviza.

— Não deve ser fácil para você... um mundo novo, lugares novos. E pode ser um pouco estressante voltar ao lugar em que foi *resgatada*.

— Não sei o que posso encontrar lá — respondo, mesmo sabendo exatamente o que vamos achar lá: nada. — É um pouco assustador.

Wendy escorrega pelo assento, até ficar bem perto de mim. Ela pousa a mão em minha cabeça, e faz uma carícia lenta e agradável, como se eu fosse um filhote de cachorrinho.

— Seja lá o que estiver nos aguardando nos campos, eu estarei ao seu lado.

Sorrio, mas por dentro estou perto de desabar. As palavras de Rosetta rodeiam minha mente como um tornado furioso que insiste em destruir tudo em seu caminho. E, em sua rota, está toda a minha capacidade de continuar escondendo meu segredo de todos que apenas querem o meu bem.

Preciso dar um jeito de dispersar essa tempestade antes que ela arruíne minhas chances de continuar humana.

Estou perdida em meus pensamentos quando duas mãos enlaçam minha cintura e me levantam do chão. Em um segundo, estava em pé, sentindo as consequências de minhas ações pesando sobre mim. No outro, estou leve como uma pluma, sendo colocada dentro da carroça sem que eu precise enfrentar o degrau intimidador.

Eu estaria nervosa se já não conhecesse a sensação destas mesmas mãos em minha pele tão bem, e em lugares ainda mais agradáveis.

— Sentindo-se melhor hoje, moça? — meu humano pergunta, dependurado na carroça.

Dessa vez, meu sorriso é genuíno.

— Mais ou menos — falo a verdade. — Minhas costas ainda me incomodam um pouco, mas não doem tanto quanto antes.

— Bom, não há nada que uma caminhada ao ar livre não resolva.

— Discordo — Fabrizio grita de longe, se aproximando da carroça em um passo arrastado, com o rosto vermelho e a respiração ofegante. — Caminhadas com você e suas pernas de dois metros são infernais.

— Não seja invejoso, Fabrizio — Pietro sorri. — Não tenho culpa de você ter parado de crescer aos nove anos.

Meu humano me ajuda a subir na carroça e eu chego mais perto de Wendy para que ele e Fabrizio possam se acomodar. Estamos os quatro apertados, mas é de certa forma mais confortável do que eu jamais imaginaria. É aconchegante e seguro, e me sinto protegida em meio aos três.

Wendy balança as rédeas e o cavalo se põe a marchar. Não demora muito para a carroça pegar ritmo e voarmos pelas ruas de Nimmerland.

Bom, o mais perto de *voar* que um humano pode chegar, pelo menos.

Uma brisa suave bate em meu rosto e bagunça meus cabelos, enquanto o sol esquenta os meus braços descobertos. Finalmente estou experimentando um passeio de carroça como uma humana, aproveitando a paisagem bucólica da vila ao meu redor e os acenos amistosos dos aldeões, desfrutando da tranquilidade matinal, sendo embalada pelo balanço irregular, desconfortável e...

A quem eu queria enganar?

Carroças continuam desagradáveis tanto para uma humana quanto para uma fada, talvez até pior.

Meu sorriso é substituído por um muxoxo de descontentamento, e todo meu corpo luta para manter meu café da manhã dentro do estômago. O carro sacode e trepida, jogando-me ora contra os ombros de Pietro ora contra os de Wendy.

Não quero ter que explicar para meus companheiros que nunca andei em um coche. Esse fato poderia ser visto como estranho e suspeito. Forço meus olhos, atordoados pelo enjoo, a observarem cada um dos passageiros. Wendy está atenta ao caminho, desviando dos pontuais obstáculos da estrada de pedras. Fabrizio parece ter cochilado contra a madeira da carroça, mas quando me volto para Pietro, encontro seus olhos cravados em mim.

— Está tudo bem, Tipper? — meu humano sussurra em meu ouvido, seu rosto invadindo o pouco espaço que tenho para respirar em meio ao banco espremido.

Um tronco aparece em nosso caminho, e Wendy puxa as rédeas bruscamente para a direita, desviando-nos da obstrução.

Meu estômago não gosta *nada* disso.

Não consigo responder a Pietro, não tenho forças para isso. Toda minha concentração está em impedir que tudo que eu comi de manhã faça o caminho de volta para minha boca.

Engulo em seco e fecho os olhos, tentando focar a atenção nas sensações boas da viagem ao invés das ruins. O vento frio contra minha pele quente, o canto dos pássaros...

A mão de Pietro na minha.

Abro os olhos, e encontro nossos dedos entrelaçados, apoiados em seu joelho.

Meu humano está com os olhos fixos no horizonte, mas aperta minha mão um pouco mais forte, como se dissesse que ele está ali, presente e vigilante. O carro ainda balança e meu equilíbrio ainda é errôneo, mas este pequeno momento é o bastante para fazer meu mal-estar desaparecer.

Sei que isso não significa nenhum grande avanço em nosso (in)existente relacionamento, só que não posso controlar os saltos do meu coração. Meu corpo ainda não se acostumou a ter Pietro tão perto, ao alcance de minhas mãos, e ainda assim tão inalcançável. Todo meu ser implora para que eu apoie minha cabeça em seu ombro. Mas não posso fazer isso sem levantar suspeitas.

Pelo menos, ainda não.

É torturante não ser reconhecida pela pessoa que você mais ama no mundo inteiro. Mas é a minha realidade, e preciso aprender a lidar com ela se quiser ter meu amor de volta.

Inspiro fundo e volto minha atenção para a estrada à nossa frente. Meu estômago permanece reclamando, mas já não me parece tão impossível controlá-lo.

Os pequenos e estreitos prédios e casinhas da vila vão sendo deixados para trás enquanto eu me forço a manter a compostura. Em seu lugar, grandes plantações tomam conta da paisagem. Pomares multicoloridos, de uvas, limões e cerejas, são um contraste com as grandes extensões de hortas de alecrim, manjericão e orégano.

Não demora muito para que as primeiras lavandas sejam vistas e, logo depois, os girassóis se estendem sobre o sol, um grande tapete amarelo e vistoso, balançando com a brisa fresca do meio da manhã.

A carroça finalmente para e só então noto o quão rápido o trajeto passou, e meu enjoo não dá nem sinal de vida.

— Não foi tão ruim, foi? — ele pergunta com um sorriso no rosto. Ele se aproxima um pouco mais e sussurra em meu ouvido: — Quando era pequeno, também odiava carroças. Sempre preferi o mar. Ele é bem mais imprevisível do que uma estrada de terra à primeira vista, mas depois que você aprende a falar a língua das ondas, não há como deixar de amá-lo. Mas pra mim as carroças são o cúmulo da chatice.

Sorrio, mas não tenho coragem de lhe contar que já sabia disso.

XVIII

O silêncio no campo de girassóis já me fez muito bem antes. A tranquilidade e a paz do balanço das pétalas amarelas sob o sol em tardes como esta, sem uma única nuvem no céu, faziam eu me sentir infinita.

Hoje, a ausência de som apenas me deixa mais nervosa. A quietude se estende até os meus nervos, e deixa cada um dos meus fios de cabelos em pé. O pior, entretanto, é que não consigo entender o *porquê*.

Ficamos os quatro parados na entrada da plantação, apenas observando o grande horizonte da cor do sol. Há uma trilha em meio às flores altas que leva diretamente para a casa de Pietro, rodeada pela selva de girassóis. Sei que os outros estão esperando um sinal meu, algo que lhes diga que estou pronta para enfrentar os demônios do meu passado, mas não sei o que fazer.

O que eu devo falar quando eles perceberem que minhas memórias não estão voltando como deveriam? O que eu devo dizer a Pietro quando ele entender que minhas memórias não vão voltar de jeito nenhum?

Qual mentira vou precisar inventar se eles compreenderem que na verdade não há nada de errado com minhas memórias?

— Não pense muito — diz Pietro, que se aproxima da minha lateral e apoia uma de suas mãos na base de minhas costas. — As lembranças devem voltar naturalmente enquanto estivermos andando pelo campo. Se não voltarem...

Ele pausa e morde os lábios, e é Fabrizio que complementa sua fala.

— Se elas não voltarem com essa visita, acharemos outro modo de fazê-las aparecerem.

Assinto e dou um passo hesitante em direção à trilha. Isso é tudo que Pietro precisa para tomar a dianteira e avançar pelo caminho sulcado na terra fofa. Me embrenho na mata florida logo atrás dele, seguida por Wendy e Fabrizio na retaguarda. Quando olho para trás, noto uma quinta presença, essa nem tão bem-vinda assim.

Rosetta voa acima do ombro de Wendy, me encarando com cautela e frieza. Queria poder mandá-la embora, mas não posso falar com a fada sem que pareça que eu estou louca. Já basta fazê-los acreditarem que eu falo sozinha.

Volto minha atenção para a trilha à frente, e percebo que Pietro já está a muitos passos de distância. Acelero minha caminhada e estico uma das mãos, dedilhando as flores enquanto ando pela trilha.

Noto algo que me incomoda.

Os girassóis sempre foram uma das flores mais cheirosas da região de Nimmerland. Com a fragrância doce, um pouco amadeirada, sutil e suave. Agora, como humana, não sinto nem mesmo um resquício deste perfume. Um vazio me preenche com a descoberta.

Como fada, eu estaria me deliciando não somente com as fragrâncias do campo, mas também com o néctar de cada flor, voando de pétala em pétala.

A visão das costas de Pietro, porém, logo desfaz este saudosismo, e me seguro para não deixar meus dedos passearem sobre seus pequenos músculos também, delineados pelo tecido fino da camisa.

Tudo que consigo ver ao meu redor são os longos caules das plantas e suas pétalas amareladas. Na trilha, Pietro caminha tranquilo, entretido chutando pedrinhas, enquanto atrás de mim, Wendy e Fabrizio estão envolvidos em uma conversa silenciosa sobre receitas com as sementes de girassol, assunto que prontamente classifico como irrelevante (embora delicioso).

Os três estão distantes de mim, como se quisessem me dar privacidade para enfrentar o lugar em que supostamente perdi minhas lembranças. Consigo apreciar a atitude, mas me sinto péssima andando sozinha em meio ao mato.

— Há algo errado — uma voz sussurra em meu ouvido.

Giro meu pescoço para a direita, e lá está ela, empoleirada em meu ombro. Grunho e remexo minha articulação, tentando fazê-la sair.

— Pare com isso, sua tonta — Rosetta reclama, fincando as minúsculas unhas afiadas em minha clavícula. — E preste atenção. Ouve alguma coisa?

Reviro meus olhos e cochicho de volta, tentando mover meus lábios o mínimo possível.

— Não ouço nada. Agora, quer fazer o favor de sair de cima de mim?

— Não — ela retruca. — Também não estou ouvindo nada.

Bufo e encaro a pequena fada em meu ombro.

— Aqui sempre é silencioso. Qual o seu problema com isso?

— Nenhum lugar é tão silencioso assim. — Ela franze o cenho e gesticula para a plantação ao nosso redor. — Veja. Não há um inseto ou beija-flor. Algo está errado.

Observo novamente os arredores e mordo o interior de minha bochecha.

Por mais que odeie admitir, ela está certa.

Não há uma única abelha nas flores, e o canto dos pássaros não pode ser ouvido em lugar algum. O silêncio que me incomodava não é o mesmo silêncio de sempre.

Não.

Ele também é perceptível por minha audição humana, é denso e carregado, como uma nuvem prestes a soltar seus raios. E nós quatro, sozinhos em um corredor estreito em meio ao matagal, somos as vítimas perfeitas para as centelhas fatais.

— Esperem — peço para meus companheiros, e paro no meio da trilha.

Meus companheiros me encaram com expectativa, e tenho certeza de que pensam que alguma lembrança obscura está lutando para ganhar espaço em minha mente, mas a verdade é que estou me preparando para criar novas memórias tenebrosas.

Algo ruim está para acontecer.

— Se lembrou de algo, Tipper? — Pietro me pergunta, se aproximando de mim.

Quando percebo, estou buscando sua mão no ar, entrelaçando-a na minha quase que instintivamente. Não tenho tempo de me envergonhar ou pensar nas consequências de minhas ações.

Um vento gelado nos atinge com força, e eu cambaleio. Quase perco o equilíbrio antes de Wendy me amparar. Um grito agudo acompanha a corrente de ar. Meu coração para por um segundo, e volta a bater em ritmo acelerado.

Eu conheço essa voz.

E tenho certeza de que Pietro, com seus meigos olhos arregalados e despertos de puro terror, também a reconheceu.

Ele solta minha mão e se põe a correr pela trilha, desesperado para ir em direção ao som.

Em direção a sua casa.

XIX

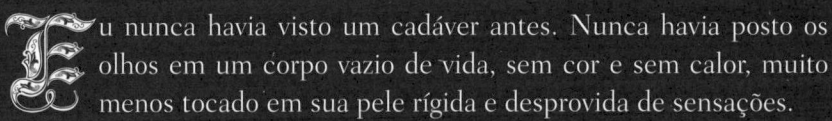

Eu nunca havia visto um cadáver antes. Nunca havia posto os olhos em um corpo vazio de vida, sem cor e sem calor, muito menos tocado em sua pele rígida e desprovida de sensações.

Tudo em que conseguia pensar, enquanto ajudava a carregar o pesado corpo de um dos lavradores de girassol para dentro da casa de Pietro, é que a morte era algo ainda mais feio do que eu imaginava. Não apenas pela dolorosa saudade para os que ficam, nem somente pelo aspecto repulsivo do cadáver, mas também pela impiedade repentina.

Em um segundo, Otello simplesmente *existia*. No outro, não havia mais nada dentro daquele corpo. Ele agora era apenas uma massa de membros e órgãos, restos mortais prestes a apodrecer e definhar.

Entretanto, havia algo ainda mais horrendo sobre aquele cadáver em específico. Algo que eu não poderia negar nem mesmo se quisesse. Aquele homem não havia tido uma morte natural.

Otello não morrera de velhice, ou de um mal súbito qualquer. Não. O terror estava esculpido em todos os traços de seu rosto, o medo eternamente preso em seus olhos arregalados.

Aquela morte havia sido obra de um Noturno.

Arianna, a caçula da família Santorelli, irmã de Pietro, encontrou o trabalhador deitado sob a árvore em que costumava cochilar em dias ensolarados como esse, e seu roncar tranquilo havia sido substituído por uma expressão do mais puro pavor.

Agora, enquanto Pietro consola a garotinha em meio às próprias lágrimas, eu e meus dois companheiros restantes carregamos o cadáver para dentro da pequena casa de campo.

Colocamos Otello deitado na cama dos pais da família, enquanto Wendy se encarrega de fechar seus olhos. A curandeira ainda teve o cuidado de checar a pulsação do homem, mesmo que fosse evidente que já não existisse há algum tempo.

Eu não tive coragem de encarar seu rosto durante todo o percurso. Dentro da casa, ainda é possível ouvir os lamentos abafados de Arianna, e as tentativas falhas de consolo de Pietro.

Ficamos os três ao redor do defunto, olhando para nossos pés, atordoados com a morbidez repentina da situação. Fabrizio chora baixinho, e Wendy morde os lábios com preocupação. No final, ela é a primeira a quebrar o torpor:

— Vou até a vila — murmura, sua coragem definhando. — E volto com meu pai e o xerife. Acho que eles precisam ver isso.

Fabrizio assente e eu me encolho contra a parede.

— Vou com você — o garoto funga e esfrega os olhos. — Preciso encontrar meus tios e trazê-los de volta para casa.

Os dois se viram para mim com olhares preocupados e inquisitivos. Wendy se aproxima e coloca a mão em meu ombro, com tanto cuidado que me sinto como uma boneca de porcelana.

— Pode cuidar deles enquanto isso, Tipper? — ela pergunta. — Acha que dá conta?

Engulo em seco, mas concordo mesmo assim. Me sinto uma intrusa, uma invasora sem utilidade alguma, apenas atrapalhando o fluxo de acontecimentos. Afinal, se não fosse por mim, nosso grupo nem estaria ali.

E se eu não estivesse ali, diz uma vozinha soturna em minha mente, Otello ainda estaria vivo.

※

O sol estava alto no céu quando Wendy e Fabrizio partiram com a carroça de volta à cidade, deixando-me com os melancólicos irmãos Santorelli.

Otello era um querido amigo da família e quase um segundo pai para Pietro. Ajudou em sua criação, desde o nascimento, e agora não passava de um pedaço de carne fria na cama de seus pais. Meu coração dói só de ouvir a agonia na voz do meu humano, e amaldiçoei o momento em que renunciei aos meus poderes.

Se eu ainda fosse uma fada, poderia ao menos aliviar sua dor com belos sonhos. Como humana, eu sou uma desconhecida, uma mulher estranha e forasteira que apareceu misteriosamente poucos dias antes de um grande amigo da família falecer de uma forma ainda mais suspeita.

Pietro e Arianna estão sentados à mesa da cozinha, enquanto eu aqueço água para fazer um chá. Os dois, de mãos dadas, secaram suas lágrimas, e agora encaram a superfície da mesa com olhos pesarosos e soturnos. O choque inicial passou e deu lugar a uma resignação inconsolável.

Pego algumas xícaras no armário e sirvo o chá para os irmãos, tomando cuidado para não derramá-lo com minhas mãos vacilantes. Não consigo me eximir da culpa pela morte daquele homem.

Noturnos conseguem matar humanos com seus pesadelos, sugar toda a energia vital de um ser e transformá-la em poder de uso próprio. Porém, esse fenômeno é algo raro. Nós, fadas, nos certificamos para que seja.

Algo no fundo da minha mente, entretanto, insiste em me dizer que dessa vez não é um deslize normal. São muitas coincidências.

Otello era querido por todos em Nimmerland. Um bom homem, sempre alegre e pronto para contar uma fofoca ou piada engraçada. Os outros trabalhadores do campo de girassol já começam a se aglomerar em frente a casa, derramando suas lágrimas diante daquela perda repentina. Homens e mulheres de diversas idades, com os chapéus em mãos e dor nos corações.

Desvio os olhos da multidão enlutada e sento à mesa com os Santorelli, tentando fazer o mínimo de barulho possível. Até o arrastar da cadeira contra o piso parece um desrespeito à recente perda dos irmãos. O silêncio da cozinha é interrompido apenas pelas fungadas inconstantes dos humanos, que ainda soltam uma lágrima ou duas, mesmo enquanto tentam parecer fortes um para o outro.

Arianna havia se aninhado nos braços do irmão, e seus olhos encaram o além através de mim. Sem saber o que falar ou o que fazer, baixo os olhos e mordo o interior de minha bochecha, pois não me sinto digna de chorar por Otello. Ficamos assim, quietos e paralisados, esperando a comitiva fúnebre retornar à casa.

O fato de que havia um corpo – um cadáver – a meros passos de distância me dá arrepios.

O barulho de asas se aproximando me tira de meus devaneios macabros. Lentamente, viro minha cabeça em direção à janela, bem a tempo de ver Rosetta pousar no batente de madeira.

Sua expressão me diz tudo que preciso saber.

Engulo em seco, e aumento a pressão entre meus dentes e o interior de minha boca, até sentir um familiar gosto metálico empossar minha língua. Mesmo se os lábios da fada não estivessem espremidos em uma linha fina, mesmo se seus olhos não estivessem cheios de lágrimas e suas bochechas, molhadas de sal e água, eu ainda teria entendido perfeitamente a situação.

Afinal, não é todo dia que se vê o corpo dilacerado de uma fada nos braços de sua inimiga.

XX

Não demora muito para que os outros voltem, junto com George, Anna e Tommaso Santorelli e, é claro, o maldito xerife. Enquanto a maioria dos lavradores vela o cadáver no quarto onde seu corpo repousa, o restante de nós permanece na cozinha, conversando baixinho.

Eu, entretanto, não ouso levantar os olhos. Sei que se os erguesse, encontraria o escrutínio feroz de Stefano. Não preciso de outra pessoa me culpando pela morte de Otello, quando isso é tudo em que consigo pensar.

Rosetta voou para longe horas atrás, levando consigo a fada do homem morto. Não pude ajudá-la, nem sequer dirigir-lhe a palavra por estar rodeada de humanos, mas não sabia se conseguiria conversar com a fada mesmo se tivesse a oportunidade.

Aquela havia sido toda a confirmação de que eu precisava, não havia mais dúvidas de que estas duas mortes haviam sido provocadas pelas mãos sombrias de um senhor dos pesadelos. Fadas são seres compostos de éter e pó de estrela, não somos criadas para permanecermos na terra após a morte do humano que nos liga ao mundo. Nossa natureza exige que voltemos para o céu, para rodear a Lua, nossa grande criadora. Se uma fada não retorna para seu lugar de origem... bem, é porque falhou em sua missão.

O remorso e o arrependimento entalam minha garganta, criando um bolo ácido e difícil de engolir.

Eu tinha a esperança de que George chegaria com sua maleta a tiracolo e seu conhecimento, e acabaria com todas as minhas apreensões.

A morte de Otello havia sido um acidente. Coisa da idade. Uma tragédia que poderia ter sido evitada, talvez, com um tônico ou dois. Seu laudo, porém, apenas criou mais dúvidas.

Inconclusivo.

— Isto é obra de um demônio — Stefano bafora por sobre sua xícara de chá.

George coça a testa e solta um longo e exausto suspiro.

— Não acredito em demônios, xerife.

— Mas tem que admitir que *aquilo* — ele aponta para o quarto com o dedo indicador tremendo — não é natural.

— Só porque nunca vi algo parecido, não quer dizer que seja magia obscura, Stefano.

— Mas aquele rosto...

— Aquele rosto pode ter sido resultado de muitas coisas. — George troca o peso entre as pernas, abaixando ainda mais o tom de voz. — Inclusive de um assassinato.

Engulo em seco e lanço um olhar para Wendy. Sua expressão está tão preocupada quanto a minha, talvez até mais. Ela me nota e sua carranca se suaviza.

— Você está bem? — pergunta, inclinando-se em minha direção.

Faço um inventário mental de todos os meus problemas.

Minhas costas voltaram a doer, e tenho certeza de que há sangue vazando de meus curativos. Minha cabeça parece prestes a rachar em mil pedacinhos com as constantes marteladas que estou sofrendo. Além, é claro, da culpa e preocupação corroendo minhas entranhas.

— Não — respondo, decidindo ser sincera. — Mas o importante agora não sou eu.

— Não seja boba, Tipper. — Wendy aproxima sua cadeira da minha. — Só porque há outras pessoas sofrendo, não quer dizer que seus sentimentos sejam menos importantes.

Inspiro fundo e seguro minhas lágrimas.

Passaram-se tão poucos dias, mas só consigo pensar em Wendy como uma amiga. Dói vê-la se preocupando por mim quando, na verdade, eu sou a causa do sofrimento dos seus verdadeiros amigos.

— Acha que pode ter sido a mesma pessoa que fez isso com você? — Fabrizio entra na conversa, aproximando-se pelo outro lado.

Pisco, meus dedos suando frio.

— Talvez sim. Talvez não. Não me lembro de nada para poder dizer com certeza. — Viro meu rosto em sua direção. — Sinto muito.

Sei que ele não vai entender o real significado por trás de minhas palavras, mas preciso colocá-las para fora. Eu realmente sinto muito, mas não pelos motivos que Fabrizio imagina.

— Não se sinta. Você é tão vítima quanto Otello, não tem por que se desculpar — Wendy retoma a palavra e apoia a mão no meu joelho.

— Ela está certa — Fabrizio concorda. — Mas acho que vamos precisar ainda mais da sua ajuda agora.

Meu coração erra uma batida.

— Como assim?

— Bem... — ele suspira. — Se o assassino de Otello for a mesma pessoa que fez isso com você, o que eu acho que é uma hipótese bem válida, isso quer dizer que, infelizmente, ele ainda está aqui pela região.

Fabrizio pausa e toma um longo gole de seu chá já frio. Quando retoma a fala, toda a altivez já fugiu de sua voz.

— E isso significa que Otello não será o último.

Deixamos os enlutados em paz e retornamos à vila na mesma carroça em que chegamos. Senti o olhar de Stefano queimando minhas costas durante todo o trajeto, mas ele não me dirigiu a palavra uma única vez, e agradeci às estrelas por isso.

Depois de Wendy trocar meus curativos ensopados de sangue, me deitei e esperei. Sabia que *ela* apareceria em algum momento da noite e, para minha sorte, não demorou muito.

— Você tem que acabar com isso — Rosetta ralha comigo assim que pousa em minha cabeceira.

Suspiro e esfrego meu rosto com força.

— Não posso.

As narinas da fada se dilatam e ela cruza os braços. Tenho sorte de ser cem vezes maior que ela, senão eu seria o próximo cadáver de Nimmerland.

— Não pode ou não quer?

— Você sinceramente acha que se eu estivesse no controle da situação, eu teria deixado Otello morrer?

Tento manter meu tom de voz baixo para não acordar o restante da casa, mas estou à beira de um colapso.

— Tudo que eu sei sobre você é que está complicando a vida de todo mundo. — Rosetta se impulsiona para fora da mesinha e voa até meu colchão, parando ao lado de meu travesseiro. — Uma fada e um homem estão mortos, e você é uma humana. Não pode ser uma coincidência. O que eu deveria pensar?

Fecho meus olhos e engulo em seco.

Ela está certa.

Não é uma coincidência. Por mais que eu não tenha ceifado aquelas vidas com minhas próprias mãos, elas ainda estão sujas. Sou tão assassina quanto o Noturno que tanto odeio.

Uma lágrima escapa pelas minhas pálpebras, e quando percebo, outras a seguem, criando uma cascata salgada.

— Você está me molhando, praga — Rosetta reclama, desviando das gotas que caem dos meus olhos. — Chorar não vai nos ajudar agora.

Eu murmuro um pedido de desculpas, mas as palavras saem emboladas, úmidas. Indistinguíveis.

— Você não é a única que faria de tudo pelo seu humano, Tipper — Rosetta suspira e se apoia em meu braço, dando-me tapinhas desajeitados de consolação. — Por isso espero que me entenda que se não arrumar um jeito de consertar essa bagunça, eu vou pessoalmente te matar.

Escondo meu rosto nos lençóis e dou um grito abafado.

Passei minha vida inteira com pena de mim mesma, a pobre e coitada Tipper, a fada mais infeliz de todas. Junto a Pietro, sempre fui forte, aventureira. Longe de seus sonhos, sou uma casca vazia e triste. Agora que finalmente encontrei um jeito de conseguir o que sempre quis, não posso deixar minha usual letargia me dominar, e um pesadelo qualquer destruir tudo o que mais prezo.

Não posso deixar o Noturno vencer. Não só por mim, mas por todas as vidas que ele com certeza ainda irá tirar enquanto estiver com minhas asas.

O alívio me preenche logo em seguida, a raiva e a frustração extravasando de meu berro sufocado pelas cobertas. Pigarreio e limpo o rosto.

Rosetta tem razão. Chorar não vai adiantar nada.

Eu fiz uma escolha.

É hora de lidar com as consequências dela.

Me viro para Rosetta, que me observa atentamente com seus pequenos olhinhos.

Nunca tive amigos, muito menos aliados no mundo das fadas. Mas, por mais grossa e estranha que Rosetta possa ser, ela não contou meu segredo para nenhuma outra fada. Além disso, ela também ama sua humana.

Ainda que não tivesse admitido seu amor por Wendy, posso ver em suas palavras, em seus gestos, em tudo o que ela faz, aquela mesma emoção que me guiou até onde estou agora.

Reconheço carinho onde o vejo, e Rosetta está transbordando dele. Ela é minha chance de arrumar tudo isso.

Eu me sento na cama, recostada na cabeceira e com as pernas cruzadas.

— Acho que vou precisar de sua ajuda.

Rosetta revira os olhos e se desencosta do meu braço.

— Achei que nunca iria pedir. — Ela joga os cabelos cacheados para trás do ombro e se senta à minha frente, imitando minha pose. — Mas para ajudar, eu preciso entender exatamente o que está acontecendo.

Passo a língua pelos meus lábios secos e cogito desistir. Nunca confiei em ninguém além de mim mesma, e confessar sobre minha barganha a uma fada que nunca foi amigável comigo parece um tanto quanto paradoxal. Mas algo lá no fundo do meu ser me impele a continuar, me dizendo que não estou fazendo a escolha errada. Há um reconhecimento ali, entre mim e Rosetta, que nunca tive com nenhuma outra fada. Nós faríamos qualquer coisa pelas pessoas que amamos, e acho que isso no momento é tudo que preciso saber sobre ela.

Inspiro fundo, e derramo todos os meus pecados sobre a pequena criatura.

Quando termino, Rosetta está recostada de braços cruzados e com o lábio inferior entre os dentes. Quase posso ver as engrenagens girando em sua mente.

— Você precisa fazê-lo se apaixonar por você como humana...

— Isso — digo, envergonhada.

— Mas uma paixão pode significar muitas coisas...

— Certo.

— Então precisamos encontrar algo que você possa levá-lo a fazer que represente isso.

Bufo.

— Este é exatamente o problema. Como vou conseguir uma declaração de amor em tão pouco tempo?

Rosetta se desencosta da cabeceira e começa a andar de um lado para o outro no colchão.

— Uma declaração não precisa ser feita com palavras, Tipper.

A fada interrompe sua caminhada abruptamente e congela no lugar. Seus lábios logo se erguem em um sorriso vitorioso, e quando ela se vira para mim com determinação no olhar, a esperança volta a queimar dentro do meu peito.

— Tipper, querida — ela coloca as mãos na cintura, e me olha de cima a baixo —, você precisa de um beijo.

Estou voando rápido, tão rápido quanto nunca, com minhas asas tão fortes quanto antes.

As nuvens passam ao meu redor como um borrão, e a lua ilumina meu caminho. Gaivotas cantam ao meu lado, planando majestosamente pelo céu noturno.

Me sinto tranquila e leve, gastando pó de fada como se não houvesse amanhã. Uma trilha mágica fica para trás, o éter amarelado brilhando contra o firmamento azul-marinho, cintilando tão intensamente quanto as constelações mais próximas.

Uma risada ecoa pelo ar, e me viro para encontrar Pietro voando despreocupado à minha direita. Seus braços estão abertos e seus dedos brincam com o vento, dedilhando a brisa.

Sorrio, mas sei que há algo errado. Só não consigo lembrar o quê.

Bato minhas asas me impulsionando para perto de Pietro, mas um granido interrompe meu voo. Viro-me na direção do som bem a tempo de ver uma gaivota cair, suas penas alvas soltando-se do par de asas ensanguentadas em suas costas e planando solitárias sob o céu.

Voo em sua direção, tentando capturar o pássaro antes que ele atinja o oceano, em vão. Assim que meus dedos encostam na gaivota, ela se desfaz em uma nuvem de pó mágico.

Logo, todos os outros pássaros seguem o mesmo caminho. Como se arrancadas pela resistência do ar, as gaivotas são depenadas à força, perdendo toda a sua capacidade de permanecer nesta altitude. Sangue e plumas flutuam ao meu redor, uma confusão de grasnidos e animais evaporando em éter.

Um grito familiar tira minha atenção dos pássaros, e eu me volto para Pietro. Sinto meu próprio berro morrer em minha garganta. A pele de meu humano se desmancha em vários pontos, arrancada de seu corpo por uma força invisível, deixando para trás carne viva.

Músculos e ossos se tornam visíveis, primeiro os de sua bochecha, depois, seus braços, e logo, suas pernas. Voo até ele, mas algo me impele para trás, diminuindo minha velocidade, e ajudar Pietro se torna impossível.

Eu bato minhas asas, esperneio, chuto o ar, tento nadar de braçadas, mas nada me leva para mais perto dele. Lágrimas embaçam minha visão e rolam pela minha bochecha, mas ainda não me impossibilitam de presenciar a tortura pela qual Pietro passa.

Não posso fazer nada além de assistir a sua morte em vida.

Ele estica um braço em minha direção, urrando, pedindo minha ajuda, clamando por misericórdia. Eu estico de volta, em uma tentativa de alcançá-lo, que eu sei que será falha. Meu corpo todo treme, porém de algum modo eu continuo planando no ar, vendo Pietro se desintegrar pouco a pouco.

Seus pés são os primeiros a desaparecer, dissipando-se em uma nuvem cintilante de pó mágico. Meu humano se corrói em éter, ainda chorando, até que somente os resquícios de seus gritos ecoam pelo céu. Sou deixada para trás, sozinha e impotente, com os restos mágicos do amor da minha vida flutuando à minha volta, seu brilho estelar ironizando a morte obscura que acabei de assistir.

A névoa mágica já está se dissipando quando percebo algo estranho se formando nas partículas. Um rosto me observa pelo pó, uma miragem feita de éter e encanto, mas tão assustadora quanto um pesadelo.

Estou olhando para mim mesma, um reflexo sinistro que sorri e acena, se divertindo com meu próprio sofrimento.

"Tique-taque, Tipper", a imagem diz. "Seu tempo está acabando."

XXI

O café da manhã do dia seguinte ao evento não carrega a leveza dos dias anteriores. George, eu e Wendy comemos nossos bolinhos acompanhados de uma nuvem tempestuosa, dentro e fora da residência.

A chuva jorra nas ruas, e não há ninguém fora de casa. Os costumeiros barulhos da feira na avenida principal são inexistentes, e até mesmo os animais parecem estar escondidos, calados e soturnos. Não posso deixar de pensar que o clima de Nimmerland combina com o estado de espírito dos aldeões no dia de hoje.

Sombrio. Lúgubre. Temeroso.

Forço o restante do pãozinho de canela pela minha garganta, e quase engasgo com a secura da minha boca.

Não estou com fome, mas sei que preciso comer algo para aguentar o dia de hoje. Malditos humanos e seus corpos frágeis.

Wendy termina seu café ao mesmo tempo que eu, e sinaliza para que voltemos para o andar de cima. Antes que possamos sair da mesa, George nos interrompe.

— Esperem um pouco — ele pigarreia. — Preciso falar com vocês.

Lanço um olhar preocupado para Wendy, mas ela apenas dá de ombros. Inspiro fundo e me sento.

— O combinado anterior está suspenso — George afirma, espalmando as mãos na mesa.

Pelo tom de sua voz, não há margem para discordância.

— Não quero vocês duas fora de casa de noite, nem desacompanhadas em momento algum.

Wendy tenta protestar, mas com apenas um olhar George a cala.

— Há um assassino em Nimmerland, e até que ele seja preso e condenado, toda a cidade vai obedecer a um toque de recolher. Vocês duas inclusas.

Eu assinto, relutante, mas sei que não vai adiantar nada discordar de sua decisão. Se nem sua filha conseguiu mudar sua opinião, não serei eu a alcançar tal feito. O curandeiro se vira para mim, e sua expressão se suaviza.

— Eu e o xerife já enviamos algumas cartas para o continente, Tipper. Sua descrição agora está em todas as delegacias. Não deve demorar muito para que sua família a encontre, espero eu.

Obrigo meus lábios a formarem um sorriso, mesmo com a pontinha de dor que recebo com a notícia. Sei que não há perigo de me encontrarem porque não há ninguém me procurando.

Não tenho família. No máximo, tenho a Wendy. E isso dói. Me sinto patética e abandonada, porque nestes poucos dias eu me deixei levar pela receptividade da família Darling, deixei-me acostumar com a rotina na casa dos curandeiros e me iludi, pensando que eu sempre seria parte dela.

A verdade é que George já está pensando em se livrar de mim.

Não sou mais que uma intrusa. Uma hóspede que não sabe a hora de ir embora. O pior tipo de inquilina.

Sinto meu rosto corar de vergonha, mas me forço a agradecê-lo. Sei que ele não quer me expulsar por mal. Ele só quer encontrar minha família, mas é exatamente isso que me dói tanto.

Como seria, de fato, pertencer a algum lugar?

— Obrigada, senhor.

George toma minha mão na sua. O sorriso em seu rosto, ao contrário do meu, é genuíno.

— Não tem de quê, querida. — Ele dá alguns tapinhas gentis em meus dedos. — Logo, logo, você estará em casa.

Balanço a cabeça em concordância, mas no fundo tudo que consigo pensar é que nunca tive uma casa de verdade.

Não sei se um dia a terei.

O dia passa em um borrão. A chuva não dá descanso e se intensifica na parte da tarde, tornando a visibilidade da cidade ainda pior.

Saímos para o velório de Otello munidos de três guarda-chuvas e muitos casacos, mas nenhum deles foi capaz de parar minha tremedeira. O pesadelo que havia tido com Pietro ainda assombra meus pensamentos, e uma parte de mim espera encontrá-lo em um caixão ao lado do de Otello, com sua pele esfolada e ossos à mostra.

Andamos apressados pela rua principal, desviando de poças enlameadas e buracos repletos de água, e chegamos junto à maior parte dos aldeões nos portões da igreja. Deixamos as sombrinhas do lado de fora e corremos para dentro, fugindo do dilúvio que cai sobre Nimmerland.

Estou ensopada, mas não ligo. Preciso encontrar Pietro, ver com meus próprios olhos que ele está vivo – e bem.

A igreja de Nimmerland é um lugar pequeno, aconchegante, de teto baixo e revestimento de gesso branco. Há bancos de madeira apenas o suficiente para conter um quarto da população da ilha. Otello, porém, era um cidadão querido, amado por todos, e por isso a capela está abarrotada, quase transbordando de gente.

Eu e Wendy nos espremuemos pela multidão em busca do meu humano, acotovelando nosso caminho para perto do caixão. Tento com todas as minhas forças não olhar novamente para o cadáver de Otello, mas sua presença no canto do meu olho me traz arrepios difíceis de ignorar.

Quando chegamos perto do altar, entretanto, apenas os pais de Pietro e sua irmã estão velando o antigo amigo, em um banco próximo ao da esposa do falecido. Chorosos, os três permanecem abraçados junto ao caixão. Pietro, porém, não está em lugar algum para ser visto.

Enquanto Wendy se aproxima para dar seus pêsames à família, eu observo os arredores procurando pelo meu humano ou pelo menos uma pista de onde ele possa estar. Em meio à multidão, consigo discernir uma porta na lateral esquerda, a madeira entreaberta lançando uma corrente fria para dentro da igreja. Do lado de fora, é possível distinguir uma familiar cabeleira loira-acastanhada.

Me desvencilho dos enlutados até chegar à porta, e fecho ainda mais meu casaco quando alcanço a entrada. Pietro e Fabrizio estão do lado de fora, escorados na parede da capela, assistindo aos prantos das nuvens. Nem a ventania nem as gotas furiosas parecem incomodá-los, e não me sinto confortável para quebrar o silêncio, por isso posto-me ao lado de Pietro, calada e pensativa, observando a chuva junto a eles.

— Otello foi quem me ensinou a amar dias assim — Pietro diz, com a voz longínqua, como se estivesse em outro lugar, em uma memória bonita e distante. — Ele sempre dizia que eram chuvas como essa que tornavam a vida feliz. Porque, se só tivéssemos sol, qual seria a graça dos dias de verão?

Fabrizio solta uma risadinha e complementa.

— Tio Otello amava nos levar pra passear na chuva quando crianças. Dizia que a gripe que pegávamos construía o nosso caráter.

Um sorriso saudoso toma conta dos meus lábios.

Eu me lembrava de tudo isso. Cresci com Otello tanto quanto eles, por mais que não saibam.

— Vejo o dia de hoje como um sinal. Uma mensagem dele — Pietro continua, perdido nas lembranças. — Dias melhores virão.

— São tempos obscuros — eu murmuro. — Mas espero que não durem para sempre.

— Não vão — Pietro afirma com tanta certeza na voz, que eu passo a acreditar nele. Minha confiança se duplica. — Mas agora, mais do que nunca, nós precisamos de você, Tipper.

Inspiro fundo e concordo.

Bem como Fabrizio havia avisado.

— Farei tudo o que puder para ajudar — eu digo, e sei que estou falando a verdade, mesmo que custe a minha tão sonhada felicidade.

Quero permanecer humana e alcançar minha liberdade, mas não sou egoísta a ponto de deixar que as mortes continuem acontecendo por minha causa. Ajudarei os humanos enquanto eu mesma trabalharei para acabar com esta loucura nos bastidores. Me aproximando de Pietro novamente, reconstruindo nosso relacionamento do zero, para conseguir o necessário para me livrar do acordo com o Senhor dos Noturnos e ainda permanecer humana.

Engulo em seco.

— O que faremos agora? — pergunto, curiosa para saber o que Pietro planeja.

Ele esfrega as olheiras fundas e se vira pra mim.

— Tenho algumas ideias em mente. — Ele suspira, parecendo mais cansado do que nunca. — Mas você pode não gostar.

XXII

Estamos os quatro reunidos no escritório de George, esparramados pela sala enquanto Wendy fuça as prateleiras do pai, com Rosetta em seu ombro. Ninguém conversa. Todos ainda estamos impactados pelo velório, com roupas cheirando a flores fúnebres e as pernas cansadas de ficar em pé. Pietro, entretanto, é o mais quieto de todos.

Meu humano mal pisca, e mantém o olhar fixo no chão, seus lábios contraídos em uma linha fina. Não ouso incomodá-lo neste momento, mas posso ver que ele não anda dormindo bem. Conheço-o mais que a mim mesma, justamente por isso sei identificar os sinais de insônia mesmo sem sentir o nosso laço.

As olheiras fundas, o cabelo mais bagunçado que o normal, o olhar sempre alerta, agora letárgico e apático. Se fosse apenas pela morte de Otello, eu não me preocuparia tanto. Afinal, o luto sempre encontra maneiras de atrapalhar o sono humano.

Porém, no fundo, sei que há algo mais ali. Ele não dorme bem *há dias*. Sem mim, seus sonhos estão à mercê dos Noturnos e, até agora, pensava que os senhores do pesadelo pouparium o espírito de Pietro dos terrores noturnos por conta da barganha. Achei que ele ficaria seguro em minha ausência, uma certa proteção inerente ao pacto, enquanto eu lutava com os sonhos ruins por nós dois.

Agora, já não tenho tanta certeza quanto a isso. Estaria eu errada sobre tantas coisas ao mesmo tempo? Quantos erros eu sou capaz de cometer?

— Achei! — Wendy exclama, retirando um livro de couro de uma das prateleiras mais altas.

Desvio os olhos do inanimado Pietro, e volto-me para minha anfitriã. Analiso o tomo em suas mãos, uma coisinha pequena e encardida, com a capa desgastada pelo tempo.

— Isso é capaz de reverter minhas memórias?

Wendy suspira e vem se sentar ao meu lado no sofá, entre mim e Pietro.

Meu humano pisca pela primeira vez pelo que parecem horas, e engole em seco, na expectativa de uma resposta satisfatória.

— Espero que sim. É um método de tratamento um pouco controverso, mas há casos de sucesso em pacientes com amnésia — ela explica.

Fabrizio se desencosta do batente da porta e se aproxima de nós, sentando-se no chão à nossa frente.

— O que quer dizer com controverso? — Ele solta uma risadinha nervosa. — Por acaso vamos usar magia obscura na Tipper?

Quando Wendy não discorda de cara, o sorriso no rosto do rapaz se desfaz lentamente, e um olhar preocupado toma conta de suas feições.

— Por favor, diga que não — Fabrizio implora.

Minha amiga não responde rápido. Ela toma seu tempo abrindo o livro e folheando as páginas até encontrar a sessão que estava procurando. E então, aponta para um desenho no papel, batucando de leve o miolo do livro.

— Não é magia em si. — Ela suspira. — Mas há quem discorde de seus resultados.

Rosetta bufa.

— É estupidez, isso sim.

Ignoro seu comentário e estico o pescoço para observar melhor a imagem.

Na pintura, um homem de terno está debruçado sobre o corpo desfalecido de uma mulher, com uma de suas mãos suspensas em cima do rosto da senhora. Ele parece concentrado, porém poderoso. Há um ar arrogante na maneira como seus lábios se erguem, na firmeza de sua mão esticada. A mulher, por sua vez, parece impotente com os olhos fechados e o corpo mole. Vulnerável e submissa.

Minhas costas se enrijecem só de pensar que eu precisarei me submeter a algo assim, em que estarei sem controle algum sobre meu próprio corpo.

Estremeço, porém me controlo antes que possa anunciar minha desistência para o grupo.

Preciso que eles acreditem que estou colaborando para que eu possa passar mais tempo com Pietro. Preciso disso se quiser que meu humano me veja como uma pessoa de confiança, se quiser conseguir seu amor de volta e impedir mais mortes como a de Otello.

— Eu já ouvi falar sobre hipnose — Fabrizio continua. — Dizem que é um jeito de bruxos usarem nossas almas para trazerem demônios para a terra.

Wendy solta uma risada anasalada de descaso.

— Hipnose não tem nada de demoníaco — ela responde, virando mais uma página do livro —, mas pode ser bem perigosa.

Minha anfitriã aponta para um segundo desenho no livro. Desta vez, a mulher está em uma cama, paralisada e com os olhos catárticos.

— Ela morreu? — eu pergunto, soando um pouco mais desesperada do que eu gostaria.

— Não exatamente... — Wendy continua, engolindo em seco e desviando os olhos. — Ela meio que... congelou. Não conseguiu voltar.

Inspiro fundo e esfrego os olhos.

— Deixa eu ver se entendi: vou ficar de olhos fechados enquanto você me deixa em um transe, do qual eu posso ou não sair, e assim você vai conseguir me fazer lembrar de tudo o que eu não quero me lembrar?

Wendy balança a cabeça em concordância.

— Basicamente, sim.

O "não" está na ponta da minha língua.

Se a hipnose realmente funcionar, há a possibilidade de que eu revele meus segredos. Todos eles. Se eu perder o controle da minha mente, o que posso deixar escapar?

Sinto uma mão sobre a minha e olho para baixo.

Pietro segura meus dedos gentilmente, mas com urgência.

— Não precisa fazer isso se não quiser — ele me garante, e seus dedos roçam suaves nos meus.

— Ele está certo — Wendy concorda, observando-me com grandes olhos apreensivos. — Você não é obrigada a nada, Tip.

O desespero nos olhos de meu humano, entretanto, acaba com qualquer dúvida que eu possa ter tido.

Exalo com força, e me recosto no sofá.

— Não. — Eu engulo em seco, apertando as mãos de Pietro. — Vamos fazer.

Alívio preenche o rosto dele, como uma onda forte e tranquilizante. Deixo que ela me atinja também, me banhando na esperança de Pietro.

Wendy já está ajeitando o escritório para a sessão do tratamento, arrastando móveis para os cantos e arrumando as poltronas da sala em um círculo esquisito. Eu e Pietro nos levantamos para ajudar, arrastando o sofá para um canto, mas logo minha anfitriã o interrompe com um *shhhhh* irritado.

— Meu pai não pode saber que estamos aqui.

Tiro as mãos das almofadas e cruzo os braços.

— Posso saber por quê?

— Porque ele não gosta da hipnose. — Os ombros de Wendy caem, derrotados. — E, para ser sincera, eu também não. Não é seguro.

Olho de relance para Rosetta, que não sustenta meu olhar. Seus olhos estão fixos no rosto de sua humana, cheios de preocupação e carinho.

— Mas você é uma ótima curandeira — Pietro argumenta, retomando minha atenção para a conversa.

— Há coisas que até mesmo bons profissionais não podem controlar.

Ela se vira para mim, os lábios contraídos em uma linha fina.

— Podemos encontrar outro jeito de te ajudar, Tip — ela começa. — Não acho que brincar com curandeirismo perigoso seja a solução para os seus problemas, concorda?

Franzo o cenho.

— Não sei — admito, dividindo minha atenção entre o esperançoso Pietro e a ansiosa Wendy. Não quero deixar Pietro na mão, mas há definitivamente algo ali que Wendy não está nos contando, e quero saber o que é. — Confio em você.

Ela suspira, cansada. Posso ver suas bochechas corando, e suas mãos inquietas já procurando outro serviço, terminando por empilhar alguns livros espalhados pela mesa. Estreito os olhos, mas Pietro faz a pergunta que está na ponta da minha língua antes mesmo que eu possa formulá-la.

— Por que você está com tanto medo?

— Além, é claro — Fabrizio complementa —, da possibilidade de Tipper virar uma rocha humana para sempre.

Wendy coça a testa e, com um suspiro, joga-se em uma cadeira. Seu corpo treme suavemente e ela se abraça, apertando as mãos nos antebraços. Rosetta acaricia os cabelos castanhos de sua humana com sua pequena mãozinha, mesmo sabendo que não fará a menor diferença para Wendy. Torço o nariz com suspeita e me aproximo de seu assento.

— O que eu vou falar não pode sair desta sala — ela sussurra.

— Sou um túmulo fechado — Fabrizio promete, e Pietro fecha a boca com uma chavinha imaginária que finge jogar fora.

Eu dou de ombros.

— Nem tenho a quem contar mesmo.

Wendy morde os lábios e, por fim, assente.

— Uma das clientes do meu pai, quando ele ainda performava tratamentos de hipnose, ela... como vou dizer? Bem... Ela surtou.

Inclino a cabeça, intrigada com a rouquidão na voz da minha amiga. Por mais que ela tente esconder, este assunto a abala por inteiro.

— Por favor, defina "surtou" — Pietro pede, cruzando os braços e se postando ao meu lado.

— Surtou mesmo. Enlouqueceu. Endoidou. Pirou na batatinha. — Wendy aumenta seu tom enquanto fala, elevando as mãos cada vez mais alto, frenética, até deixá-las cair em derrota. — Foi feio de se ver. Ela ficou agressiva, selvagem. Gritava coisas sem sentido sobre monstros de preto e demônios com tentáculos, mas durou pouco. Ela voltou ao normal, e quando retornou a si, não se lembrava de nada. — Ela engole em seco e, em um tom melancólico, adiciona: — Nem de ninguém.

Monstros de preto e demônios com tentáculos... isso soa familiar. Me aproximo um pouco mais, meu interesse completamente renovado.

Fabrizio solta uma risadinha nervosa.

— Ah, então tá tudo ótimo. Ela só vai *quase* ter um piripaque.

— Mas a mulher, ela ficou bem? — Pietro pergunta, deixando seu olhar viajar entre mim e Wendy. Instintivamente, sei que o final dessa história não será muito feliz.

— Sim, como se nada tivesse acontecido. A saúde dela estava intacta, fizemos vários exames e não havia nenhuma alteração.

— Tirando a parte de que ela não se lembrava de nada — Fabrizio pontua, coçando a cabeça —, acho que se a Tipper tiver outra perda de memória, isso não vai facilitar muito nosso trabalho.

— Esse nem é nosso trabalho — Wendy tenta argumentar. — É do xerife. Tipper não devia estar sendo pressionada por algo que não é culpa dela.

— O xerife é um lunático, isso não conta. Tip é nossa única esperança — Fabrizio rebate. — Imagine se o assassino decide que uma de suas próximas vítimas será um de nós? Nossa família?

Os três continuam conversando sobre os riscos do tratamento, mas não consigo absorver nada do que eles falam, não realmente. Há uma coisa que me incomoda mais do que eu gostaria de admitir nisso tudo, e não é a alta probabilidade de eu perder a cabeça, nem mesmo o claro envolvimento dos Noturnos nessa situação, que eu ainda não compreendi por completo.

É algo menor, mas importante. Algo que Wendy está tentando esconder.

— Por que não queria falar disso pra gente? — eu pergunto, interrompendo o diálogo.

Wendy arregala os olhos e entreabre a boca, surpresa. Suas bochechas estão, novamente, coradas, e os olhos marejam com rapidez.

Semicerro os olhos. Pelo visto, não sou só eu que tenho meus segredos.

— Por que, Wendy?

A garota esfrega os olhos, e me lança um olhar apologético.

— Porque ela era minha mãe.

XXIII

Ninguém reage. Wendy está à beira das lágrimas, e consigo ver que ela está se obrigando a parecer forte.

Mas não precisamos que ela diga mais nada para inferirmos a conclusão mais óbvia. Vejo pelo medo em seus olhos, a forma como seus braços tremem, a tristeza estampando sua expressão.

A mãe de Wendy não estava ali.

É impossível não me lembrar de Kipp neste momento. Em como confiei nela, com meu coração e com meus mais profundos desejos, e como ela me traiu na primeira oportunidade, depois de me enganar com a doçura de seus lábios.

A história se repete, em um padrão dolorido. Porém, não consigo deixar de pensar nas minhas próprias mentiras. Nos segredos que não estou nem um pouco inclinada a contar para Wendy e em como, mesmo assim, eu me denominei sua amiga. A situação aqui não era diferente, não é? Também me lembro de como ela estava naquele primeiro dia no café da manhã, quando perguntei sobre sua mãe. Viva, mas longe dali.

Não posso julgá-la neste momento. Se sou sua amiga, meu único trabalho agora é aliviar sua confissão, diminuir o impacto das lembranças ditas em voz alta.

— Não precisa explicar, Wendy — eu me prontifico. — Não agora pelo menos.

Pietro abre a boca para comentar, mas levanto um dedo e ele para.

— Se ela não quiser fazer o procedimento, não faremos — decido e seguro sua mão com delicadeza. — Mas se você achar que está confortável o bastante, saiba que eu confio em você, cem por cento.

— Mas se der errado... — Pietro não termina a frase.

Eu suspiro.

— Se der errado, deu. — Dou de ombros. — Mas prefiro tentar. Principalmente agora, sabendo que os senhores dos pesadelos estão envolvidos.

Também não quero cutucar a ferida de Wendy. O que aconteceu no passado, com sua mãe, é problema dela. Sei como é ter seus segredos tirados à força de dentro da caixinha mais secreta do coração. Não farei com Wendy o que fizeram comigo. Posso descobrir com meus próprios olhos como os Noturnos estão relacionados com isso.

Minha amiga deixa uma única lágrima escapar, mas logo a enxuga de sua bochecha e me lança um sorriso frouxo.

— Juro que ao menor sinal de problemas eu paro, e te trago de volta.

— Tudo bem. Só me diga o que tenho que fazer.

Pietro resmunga suas discordâncias, enquanto Fabrizio se encolhe num cantinho.

— Eu não vou falar mais nada, vocês que se decidam aí.

Wendy se levanta e me guia de volta para o sofá, pedindo para que eu me deite.

— Tem certeza? — ela pergunta, apreensiva.

Ninguém mais vai morrer por causa da minha barganha. Posso usar a hipnose para entender melhor os senhores dos pesadelos e, quem sabe, contornar a situação. Inspiro fundo e confirmo.

— Absoluta.

E, mais baixinho para que os meninos não possam ouvir, Wendy diz:

— Te conto tudo mais tarde.

⋅ ⋆ ✦ ⋅

Estou com os olhos fechados há minutos, ouvindo a voz serena de Wendy, tentando relaxar.

— Tudo aqui é calmo e tranquilo — ela diz, suave, seu tom macio como nuvens feitas de açúcar. — Ouça minha voz, e deixe sua mente viajar.

Bufo, mas tento descontrair meus músculos e aliviar a tensão do meu corpo. Não quero que meus amigos vejam que eu estou com medo. Preciso ser forte por todos nós.

— Seus olhos estão pesados e você está com sono, muito sono.

Abro um olho, espiando Wendy pela pálpebra semicerrada.

— Isso não está funcionando.

— Você não está tentando direito.

Grunho em resposta, mas torno a fechar os olhos.

— Imagine uma escada.

É um pouco difícil me concentrar em suas próximas palavras. Ainda estou nervosa com o que posso falar durante a sessão (e o que posso encontrar durante a hipnose), mas sei que não há muitas alternativas aqui. Porém...

Franzo o cenho e me remexo entre as almofadas.

Algo está pinicando meu bumbum.

— Fique quieta, Tipper — ela me cutuca. — Assim não vai dar certo.

— Tá bem, tá bem.

Fecho os olhos mais uma vez, e Wendy recomeça.

— Imagine que está em uma escada, descendo e descendo pelos degraus.

Concentro-me. Forço-me a idealizar a escada em minha mente. De madeira, seus degraus são estreitos e numerosos, e não consigo ver seu fim.

— Agora, quero que você comece a inspirar fundo e soltar o ar bem devagar enquanto segue descendo as escadas. A cada passo, você afunda mais e mais em seu subconsciente.

Meus pés me guiam pela escada imaginária, firmes e precisos. Os degraus rangem com meu peso, e consigo sentir meu corpo se afrouxando. A luz que ilumina meu caminhar é morna e tranquilizante, e me pego apreciando o exercício.

— Ao longe — Wendy continua —, você vê uma porta. Continue descendo até ela, um passo de cada vez.

Uma porta aparece no horizonte, crescendo em minha visão a cada degrau que percorro. Faço como ela me pediu, e desço os últimos lances com toda a calma do mundo. Me sinto flutuando, em paz. Leve e livre de amarras terrenas, como uma pequena nuvem, passeando pelo céu tranquilamente. Todos os meus receios estão longe, fora de minha mente.

Estou um pouco atordoada, mal consigo me lembrar por que estou ali ou do motivo que me deixou tão apreensiva quanto a este lugar. Tudo é tão tranquilo...

— *Abra a porta, Tipper, e diga-me o que vê.*

As ordens chegam até meus ouvidos, vindas de um lugar distante, sussurradas pelo vento. Estico a mão para a maçaneta de ferro e giro-a devagar. Abro uma fresta primeiro, deixando uma brisa fria escapar, e estremeço involuntariamente pelo frio. Mesmo assim, ainda estou serena, sem medo algum.

Escancaro o restante da abertura, curiosa para revelar os segredos de minha mente.

O vento gelado me pega por completo, quase me jogando ao chão.

Saio de meu torpor abruptamente, e pisco com força, porém nada acontece. Eu não acordo de volta na sala de George, no meio da sessão.

Eu simplesmente *não acordo*.

A hipnose deveria me deixar sonolenta, mas consciente. Eu deveria ter voltado para o quarto, deveria ter aberto os olhos e encontrado Wendy. O que deu errado?

Pisco novamente, mas sem resultado. Ainda estou diante da porta, com sua abertura incógnita que não leva a lugar nenhum, aguardando para me abocanhar em sua escuridão absoluta. Belisco os braços e a dor me atinge, avermelhando minha pele alva. Tudo parece tão real, tão sólido.

Meu coração se agita no peito, e preciso fechar as mãos em punhos firmes para não tremer.

Não é hora de se desesperar, Tipper. Não piore a situação.

Já não ouço a voz de Wendy ou os ruídos dos meninos no escritório. Ao redor, há apenas a escada mal iluminada e a misteriosa porta.

Só enxergo duas saídas: seguir em frente e atravessar o batente, ou retroceder e subir as escadas. A primeira não é uma verdadeira opção. Odeio a escuridão, e não entraria nem morta naquelas trevas de livre e espontânea vontade. O escuro só me reserva problemas.

Sobrando-me apenas uma alternativa, volto-me para as escadas, tentando fazer o caminho reverso.

— Se estou presa aqui embaixo — falo, buscando um jeito de aliviar o silêncio aterrador do lugar —, talvez fique livre lá em cima.

Subo alguns degraus, mas nada acontece, além do ranger das tábuas de madeira sob meus pés. Poeira sobe até meu nariz a cada passo, o cheiro de mofo me deixando enjoada. Subo mais alguns lances, e meus planos caem por terra.

A corrente de ar muda de direção, e ela agora me puxa para a escuridão além da porta. Tropeço, lutando para me manter firme e subir o próximo degrau, mas escorrego e rolo escada abaixo.

Meu rosto colide com quinas e superfícies, minhas articulações reclamam do impacto da queda desastrosa. Não tenho tempo para me recuperar do tombo antes que a corrente me puxe para trás.

Finco minhas unhas na madeira do piso, sentindo suas raízes sendo forçadas para além do suportável, farpas se infiltrando em minha pele. Uso todas as minhas forças para não ser levada a sabe-se onde pela ventania, mas é em vão.

A intensidade da corrente é muita, e meu corpo humano, fraco. Sou arrastada para as trevas ao som dos meus próprios berros.

A porta se fecha com um estrondo assim que entro no completo escuro.

XXIV

Não sei há quanto tempo estou imersa na escuridão. Poderiam ser minutos, horas ou dias, mas meu pânico distorce toda a situação.

Tudo está envolto em trevas, porém algo para mim é muito claro.

A hipnose de Wendy não me levou para meu subconsciente. Eu estou no plano *inconsciente*.

Eu reconheceria a sensação do éter em qualquer lugar. Ela pinica minha pele e implora para ser moldada, mesmo que eu já não tenha mais esse poder. Vultos mais escuros que a própria escuridão me rodeiam, circundando a nova presa.

Engulo em seco e forço minhas pernas bambas a se levantarem.

Preciso sair daqui.

Não sei o que os Noturnos podem fazer comigo caso eu continue no Umbral por mais tempo. Estremeço, lembrando que não há nenhuma cláusula em minha barganha sobre a garantia de minha vida.

Giro em meu próprio eixo, buscando uma saída, mas nem mesmo a porta que me trouxe até aqui está presente. Ela sumiu, assim como a escada.

Estou sozinha no limbo, sem meus poderes. Indefesa no domínio dos senhores do pesadelo.

Um grunhido vindo de trás gela a minha espinha. Sinto uma presença se aproximando, lenta e predatoriamente, mas não tenho forças para me mexer, o medo me congela. Giro o pescoço, deixando meu corpo acompanhar a retorcida em seu próprio ritmo.

Uma silhueta pálida se aproxima de mim, seus passos ecoando no vácuo do limbo. Recuo, sentindo as pernas fraquejarem mais uma vez.

Procuro ao meu redor alguma coisa – *qualquer* coisa – que eu possa usar como arma, mas não há nada além de éter e escuridão, e mal consigo discernir a forma de meus próprios pés em meio às sombras.

Estou pronta para correr, o desespero me conferindo um último fôlego, quando o vulto toma forma, e algo ainda mais assustador do que um Noturno em toda sua glória para à minha frente.

Rosetta está ofegante e batendo as asas compulsivamente.

Meus olhos se arregalam contra minha vontade. *Como* ela me alcançou ali?

Nunca achei que fosse ficar tão radiante em me deparar com minha arqui-inimiga. Alívio toma conta de mim e solto o fôlego que estava prendendo até agora.

— Te procurei por todos os cantos — ela murmura, erguendo as mãos para manipular o éter do Umbral. — Vamos dar um jeito nisso, certo? Vamos sair daqui.

Pó mágico brilha ao seu redor, dourado e reluzente, e o mundo vazio e obscuro começa a tomar forma a seus pés. A grama é a primeira coisa a aparecer, verde e vistosa, molhada com o orvalho. Logo, a escuridão se esfarela ao passo que uma planície se forma ao nosso redor, com ondas de água cristalina quebrando em uma praia ao longe.

Como num sonho.

Ou em um pesadelo, uma vozinha em minha cabeça quebra minhas expectativas, e avalio a fada dos pés à cabeça. No Umbral, onde todos os seus sentidos estão vulneráveis, toda cautela é pouca. Poucos dias no mundo humano e quase me esqueci disso.

Recuo, sentindo meu corpo se embrenhar no meio da vegetação da restinga.

— O que está fazendo aqui? — eu pergunto, apesar dos meus tremores. Minha garganta está seca e a boca, pesada.

Observo Rosetta atentamente. Neste plano, temos a mesma altura, e consigo perceber cada detalhe de sua expressão desesperada. Ela parece sincera. Parece *ela mesma*. Mas isso não é o suficiente para me acalmar.

Por tudo que sei, a Rosetta à minha frente pode muito bem ser mais um truque dos Noturnos.

A fada limpa o rosto suado e revira os olhos.

— Dando um passeio, obviamente — ela ironiza. — É claro que vim te salvar, sua energúmena imbecil.

Semicerro os olhos, ainda em dúvida.

Os xingamentos deixam claro para mim que é mesmo Rosetta, mas não quero subestimar a capacidade dos Noturnos de mimetizar o comportamento de outros seres.

Se estou em um pesadelo, não irei seguir as regras dos senhores da noite. Irei lutar com todas as minhas forças até minha energia vital se extinguir, ou encontrar uma saída desse purgatório infernal.

Porém, se a Rosetta a minha frente for a Rosetta de verdade... ela é a melhor chance que eu tenho de escapar deste lugar.

— Como me encontrou? — pergunto, mantendo meus olhos fixos nos dela.

Minha mão, entretanto, busca sorrateiramente algum galho entre as plantas ao meu lado para que eu possa me defender, se necessário.

— Eu estava na sala quando você pegou no sono. — Ela dá alguns passos em minha direção, mas eu estico o braço, brandindo meu nada intimidador graveto, urgindo-a para parar bem ali. Não será uma arma muito útil em uma briga, mas pelo menos me sinto um pouco mais no controle da situação, uma ilusão útil.

Sua testa se enruga, e seus olhos começam a brilhar com irritação.

— O que está fazendo? Precisamos sair daqui.

— Como posso saber que é você mesma?

Rosetta – ou sua gêmea do mal – me encara como se me visse pela primeira vez.

— Não consegue me reconhecer?

Mil pensamentos fluem pela minha mente de uma só vez, mas forço-me a concentrar-me na realidade. Seria prudente admitir para um suposto Noturno que já não possuo mais poder algum? Olhando por outro lado, porém, um verdadeiro senhor dos pesadelos já não saberia dessa informação depois de uma barganha? Afinal, minha marca está bem ali, visível aos olhos de toda e qualquer criatura no Umbral.

— Não mais — admito, observando suas reações atentamente. — Você terá que me provar.

Rosetta balança a cabeça em discordância.

— Não consigo sustentar esse sonho por muito mais tempo, Tipper, não temos laço algum. Tudo já está começando a ruir.

Lanço um olhar rápido ao meu redor. O céu está se desfazendo, seus pedaços coloridos caindo como cacos de vidro e se dissolvendo no ar.

O mar está evaporando, grandes gotas subindo ao firmamento instável e se dissipando em pó mágico. Tudo está a um passo de desmoronar, e eu preciso sair do limbo antes que os Noturnos invadam o lugar.

Um farfalhar nas folhas atrás de mim me faz pular de susto, mas viro a tempo de ver uma segunda fada se juntar a nós. Uma segunda Rosetta.

— Não a escute, Tipper — a novata diz, parando sua caminhada e formando a terceira ponta de nosso estranho triângulo. — Você precisa vir comigo.

Meus olhos correm de uma fada para a outra. Ambas idênticas em todos os aspectos, até mesmo no olhar suplicante e desesperado. Sinto a mão que segura minha espada improvisada tremer, mas aperto o galho com mais força.

Ao nosso redor, o sonho continua a se desintegrar. Estou ficando sem tempo.

As Rosettas se encaram com fúria nos olhos e a novata dá um passo à frente. Eu e a outra fada recuamos ao mesmo tempo.

— Tipper, não se deixe enganar — a recém-chegada suplica. — Vamos embora!

Ela dá mais um passo hesitante para a frente, e sinto novamente a tremedeira na mão, tão forte que quase deixo meu graveto cair. Minha marca coça e pinica intensamente, e meus olhos lacrimejam com o desconforto.

— Tipper... — a outra Rosetta aponta na direção da sósia. — Veja as asas dela.

Forço-me a analisar o par que me foi indicado, concentrando-me mesmo com o incômodo.

Não demora muito para que eu perceba o que a fada quer me mostrar. As asas, cintilantes e transparentes, puxadas para um tom de verde, são bem diferentes das costumeiras asas de Rosetta, arroxeadas e foscas.

Sinto o conteúdo do meu estômago se contorcer dentro de mim, bile quente e ácida subindo pela minha garganta. Meu queixo cai, e a coceira em minha mão piora. Na marca do monstro. Agora, entretanto, não é somente o símbolo do Noturno que me incomoda. A coceira também está presente em minhas costas, onde estariam minhas próprias asas.

Minhas asas. As asas que estão na fada a minha frente.

A expressão preocupada da Rosetta falsa se desmancha de uma vez só, e ela nos agracia com um sorriso cheio de dentes pontiagudos. Seus olhos se transformam em poças de piche com íris de um carmim alarmante. Sua pele escurece e se desfaz, sendo substituída por uma segunda camada, mais clara e cheia de sardas. Seu cabelo passa do ondulado negro de Rosetta para o liso avermelhado ao qual estou tão acostumada a ver no espelho.

Com a respiração descompassada e a ânsia mais forte do que nunca, vejo o senhor dos pesadelos tomar minha forma, roubando cada uma das minhas características.

Recuo um passo antes de sentir a mão da verdadeira Rosetta me puxar para longe do Noturno. Porém, estou paralisada, abismada demais com a transformação perturbadora à minha frente.

— Temos que ir. — Ela me puxa com mais força. — Agora!

Com muito esforço, consigo dar um passo, depois outro, até estarmos correndo para longe, em uma bagunça de areia, pés e plantas rasteiras.

— Qual o problema, Tipper? — o monstro grita, em uma mistura horrenda da minha própria voz com os guinchos de um Noturno. — Não gostou da visita? Seu humano as adora *tanto*.

As palavras do Noturno me desestabilizam, mas continuo correndo. Tento, com todas as minhas forças, não olhar para trás. Concentro-me na mão de Rosetta na minha, no caminho que precisamos seguir, para longe do senhor dos pesadelos e para longe da área corrompida do sonho.

Estou fora do controle de meu corpo quando sinto meu pescoço girando na direção oposta, meus olhos buscando pelo Noturno que deixamos para trás.

Não deveria ter olhado.

O Noturno caminha em nossa direção tranquilamente, cada passo um presságio de destruição, trazendo céu abaixo e terra acima, o sonho ruindo com apenas sua presença. Ele – ela, eu – sorri para mim, com aquela boca cheia de dentes afiados e língua ofídica. Seus olhos brilham com divertimento.

Rosetta me puxa com mais força, urgindo-me para que eu corra mais rápido, mais, mais.

— Qual é o plano? — pergunto, entre uma respiração entrecortada e outra.

Estou ofegante, e minhas pernas não estão acostumadas com tamanho esforço, meus joelhos já fraquejam e consigo sentir meu ritmo diminuindo apesar da adrenalina em minhas veias.

— O plano — ela responde, soando tão cansada quanto eu — é correr até te acordarem.

Engulo em seco, e rezo para Mãe Lua para que isso não demore muito.

Estamos já embrenhadas dentro da mata, o sol escondido entre as folhagens. Está escuro e úmido, e nossa caminhada entra em uma cadência mais lenta. Consigo ouvir o zumbido de insetos e, ao longe, as ondas do mar.

Rosetta solta minha mão para abrir caminho para nós duas em meio à vegetação. Paramos em uma pequena clareira, e nos jogamos no chão, encostadas em algumas rochas. Minhas pernas tremem pela fuga descontrolada e minha respiração teima em voltar ao normal. Sinto minha cabeça pulsar de dor, e embora a coceira em minha marca tenha aliviado um pouco por causa da distância, ainda é um incômodo excruciante.

— Bem — Rosetta inspira fundo. — Estamos fritas.

— Não podemos esperar sentadas — eu digo, embora não tenha força suficiente nem para me levantar nesse momento.

Porém, minha decisão já está tomada.

Não vou mais jogar toda a responsabilidade nas costas dos meus amigos. Nem sei se será possível me acordar a este ponto.

— Force meu despertar — digo.

Rosetta quase bate a cabeça na minha ao se virar abruptamente em minha direção.

— Está maluca?

Antes estivesse.

— Não. — Estremeço, mas não volto atrás. — O pesadelo vai nos alcançar em instantes. Não podemos esperar que ele nos pegue. O sonho já está aos pedaços.

A fada esfrega o rosto, tão exausta quanto eu.

— Você sabe dos riscos — ela sussurra.

— Claro que sei.

Toda fada sabe.

— E quer continuar mesmo assim?

Engulo em seco.

— Sim.

Se um humano acorda no meio da noite, com um pulo e um sobressalto, o coração na boca e a respiração pesada, com certeza ele foi despertado antes da hora pela sua fada, fugindo de um destino horripilante. Não é um método incomum, mas é complexo e desconfortável.

E é nossa melhor chance de escapar do limbo antes que o Noturno nos encontre.

Sento-me de frente para Rosetta e a observo se concentrar, de pernas cruzadas e olhos fechados, seu peito subindo e descendo ritmadamente.

Estou inquieta, e quero gritar com ela, falar para que ela se apresse, mas sei que é um processo perigoso. Ela pode puxar demais a minha linha de vida, e acabar me matando. Ou pior, podemos ficar presas eternamente aqui.

Já consigo ouvir minha sósia monstruosa gritando por mim, tentando me atrair para fora da mata. A voz áspera é tão parecida com a minha que me causa arrepios, e ofereço mais uma prece para a Mãe Lua, mesmo sabendo que ela não irá me ouvir.

Rosetta finalmente estende as mãos em minha direção e as apoia em meu tórax. Sinto o calor do éter emanando das mãos da fada, entrando em meu corpo e procurando pelo meu fio, como pequenas serpentes que se arrastam por todo o meu interior.

Ao nosso redor, as folhas começam a se dissolver em fumaça, o céu se estilhaça e se dissipa no ar, deixando para trás o escuro do plano inconsciente. A voz do Noturno está cada vez mais alta, cada vez mais próxima.

Sinto o puxão, um aperto em meu peito, antes mesmo que Rosetta o perceba.

Ela o encontrou. Demorou mais do que o que estou acostumada com Pietro, mas ela o achou.

Manipulando o éter, Rosetta dá mais um leve puxão no fio, e vejo a realidade do sono tremular, mas ainda não é o bastante para nos tirar dali.

— Mais forte — eu sussurro.

A fada engole em seco, suor escorrendo de sua testa, mas assente.

Um novo puxão, e consigo ver por um instante através dos meus olhos humanos. Wendy chora ao meu lado, Pietro me sacode tentando me acordar e Fabrizio tenta acalmar os dois ao mesmo tempo. O sonho volta a entrar em foco.

Rosetta inspira fundo. Ela treme dos pés à cabeça, não sei se de nervosismo ou pelo esforço, mas talvez seja uma mistura dos dois. Sei que eu não devo estar tão melhor do que ela, pois sinto uma trilha de água salgada escorrer pelo meu corpo.

— Mais uma vez — eu peço, desesperada, e ela atende.

A respiração do Noturno sussurra em minha nuca.

Dessa vez, a perturbação em meu fio de vida abre um caminho entre os planos, e somos sugadas direto para dentro dele. Rosetta se agarra a mim e eu a ela. Uma confusão de cores, vultos e gritos nos envolve, em um borrão rápido que pisca pelos nossos olhos.

No fundo do caos da descida, consigo ouvir o berro furioso do Noturno.

XXV

Meus olhos se abrem de súbito. Sento-me sobressaltada, sugando o ar da sala com toda a força de meus pulmões. Ainda não consigo respirar, por isso busco e busco oxigênio, arfando e gemendo, até minha visão desembaçar e meus sentidos voltarem a funcionar normalmente.

Há mãos em cima de mim, tantas mãos e tantos dedos, e tudo ainda está girando e girando.

— Tipper — a voz *dele* me firma de volta à realidade.

Agarro as almofadas embaixo de mim, e tento forçar minha vista a parar quieta. Olho para o lado, para Pietro, e quase choro ao ver a preocupação estampada em seu rosto.

— Eu estou bem — digo, com a garganta arranhada. — Vai ficar tudo bem.

Antes mesmo que eu termine a frase, Wendy se joga em meus braços, pedindo mil desculpas e derramando suas lágrimas sobre mim.

— Não devia ter mexido com hipnose, Tip — ela funga, culpando-se. — Você gritou *tanto*.

— E tanta coisa sem sentido — Fabrizio complementa, com a mão na cintura e os olhos arregalados. — Quem é Rosetta?

Eu me desvencilho de Wendy na mesma hora.

— Rosetta! — Procuro ao redor, virando meu corpo de um lado para o outro, mas a fadinha não está em lugar nenhum. — Onde ela está?

O pior é o que permeia minha mente: ela não conseguiu sair. Ainda está presa no limbo. Se machucou e não consegue mais voar. Mas como poderia, se eu estava agarrada a ela durante toda a descida?

Pietro se agacha, toma minhas mãos entre as minhas e me força a encará-lo.

— Tipper — ele me chama, baixinho, como se estivesse falando com uma criança, e eu respiro mais devagar. — Não sabemos quem é Rosetta.

E é aí que me lembro.

Eles não sabem sobre ela. Eles não sabem sobre nós.

Engulo em seco e afundo um pouco no sofá.

— Quem é ela? — ele torna a perguntar.

Ponho a mão na testa, subitamente com uma dor de cabeça excruciante. Além da preocupação com a fada, tenho que me preocupar em manter minha farsa como humana. E eu acabei de quase morrer. Não vou aguentar isso.

Fecho os olhos e me recosto novamente no braço do sofá, encolhendo-me em posição fetal.

— Tipper, se você se lembrou de algo... — dessa vez é Fabrizio que intervém — talvez possamos te ajudar se nos contar.

Não vão acreditar em mim se eu disser que é só um nome que apareceu em minha mente, tenho certeza disso. E não quero me demorar muito mais junto a eles, preciso encontrar Rosetta nem que tenha que ir eu mesma até o Condado das Fadas.

Digo a primeira coisa que vem à minha cabeça.

— Ela é minha irmã.

Três pares de olhos se arregalam ao mesmo tempo. Pietro é o primeiro a sorrir.

— Tip, isso é ótimo! Podemos procurar sua família com uma descrição dela!

Ele continua a tagarelar sobre desenhos e cartazes enquanto Fabrizio dá pitaco aqui e acolá. Os dois sorriem e conversam animados, me dando tapinhas de comemoração de tempos em tempos. Não consigo nem mesmo fingir a mesma felicidade no momento.

Agora tenho mais uma mentira para sustentar.

Wendy e Fabrizio saem minutos depois do meu despertar, em busca do xerife. Pietro é encarregado de cuidar de mim e esboçar o retrato de minha irmã, para que ele seja enviado ao continente junto da minha descrição.

Assim que a porta se fecha e nós dois somos deixados sozinhos no escritório, um silêncio pesado se instala no cômodo. Estou sentada no sofá, com as pernas para cima, abraçando meus joelhos, e nunca senti tanta falta da baixa estatura das fadas quanto agora, para poder me enrolar em mim mesma e chorar para me sentir melhor.

Ver o Noturno distorcendo minha imagem me abalou muito mais do que sequer imaginei. Ter que encarar minhas asas nas costas de um monstro, servindo para propósitos funestos... Estremeço.

Pietro se joga nas almofadas ao meu lado com um grande suspiro. Observo-o de soslaio, com os olhos voltados para o chão. Ele abre a boca e a fecha várias vezes, e temo o momento em que ele conseguir a coragem que precisa para conversar comigo.

Passaram-se seis dias desde que me tornei humana. Seis dias, e somente agora tenho a chance de falar com Pietro a sós, uma chance de conseguir lhe contar toda a verdade, lhe mostrar que o destino agiu sim ao nosso favor.

Mas não posso.

Como poderia?

Eu sou culpada pela morte de um homem. Um homem bom e honesto o qual ele tinha em alta estima, e eu sou a responsável pela sua perda.

Nestes seis dias, estou sobrevivendo de omissões e meias verdades, mentiras e enganos. O que Pietro pensaria de mim se lhe contasse que o assassino que tanto procuram na verdade não existe? Que todo este circo é um espetáculo criado pelos caprichos de uma fada?

A culpa me corrói por dentro, e o arrependimento escorre dos meus olhos, mas não tenho coragem – nem honestidade o suficiente – para contar ao meu humano o que está por trás das minhas feridas.

Eu mesma.

— Como ela é? — Pietro pergunta, interrompendo minha linha de raciocínio.

Fecho os olhos e inspiro fundo.

— Ela é pequena — fungo, e esboço um sorriso fraco. — Bem pequenininha.

— Mais nova que você?

O barulho do folhear de páginas chama minha atenção, e volto meu olhar para o colo de Pietro. Já com o lápis em mãos, ele busca uma página em branco em seu caderno de desenhos, passando rapidamente pelos seus antigos – desenhos de *mim* –, mas se ele repara nas semelhanças entre mim e sua musa de grafite, não deixa transparecer.

Ignoro a pontada de frustração que aperta meu peito e respondo:

— Sim, mas não muito. Alguns meses só.

Ele sorri para mim, deixando sua única covinha despontar em sua bochecha.

— Ela é parecida com você?

— Felizmente não. — Rio, sem graça. — É bem mais bonita.

— Acho isso difícil de acreditar. — Pietro inclina o pescoço, absorvendo cada traço meu com o olhar. — Você é de longe a mulher mais linda que já conheci, Tipper.

Sinto-me enrubescer, mas mesmo com o elogio me esquentando por dentro, ainda estou abalada pelos últimos acontecimentos.

Sei que preciso completar a minha parte da barganha para que este inferno termine, mas pensar em beijar agora – mesmo que seja Pietro – me deixa com o estômago embrulhado.

— Descreve ela pra mim, Tip? — ele pede, mudando de assunto. — Por favor.

Engulo em seco e enumero suas características.

— Olhos castanhos, cabelo cacheado, um nariz mais fino...

Pietro morde os lábios e começa a desenhar. Ele dança com o lápis no papel, trazendo os traços de Rosetta à vida apenas com o talento em suas mãos. Ele me pede opinião sobre cada linha, mudando o formato do rosto dela até que esteja perfeito, criando suas feições de uma forma tão realista que quase me leva ao choro.

Rosetta foi até o limbo me salvar, sem que eu precisasse pedir, e cá estou eu, sentada, dando instruções para um retrato que sei que nunca será útil. Encolho-me ainda mais no sofá, apertando os joelhos contra o peito.

Por que a Mãe Lua me odeia tanto?

— Minhas orelhas não são tão grandes assim.

Dou um pulo no sofá e Pietro quase derruba seus materiais com o susto.

Rosetta está sentada em meu joelho, de pernas cruzadas e ar entediado.

— Fale para ele diminuir minha testa também, por favor e obrigada.

Quero falar algo, responder a ela, agarrá-la e apertá-la contra meu peito, mas estou consciente demais do olhar que Pietro me envia, com um vinco entre suas sobrancelhas.

— Está tudo bem, Tip?

Rosetta me lança um sorrisinho malicioso.

— É, Tipper, está tudo bem? Você parece surpresa.

Engulo todo meu alívio e desvio minha atenção da fada em meu joelho, já sentindo os efeitos animadores que sua aparição teve em meu humor. Rosetta está viva e bem, e por enquanto saber disso basta. Podemos conversar depois. Sou banhada pelo alívio, e a fumaça da culpa se esvai aos pouquinhos. Agora, consigo focar em Pietro.

Mais especificamente em seus lindos e grossos lábios, que me chamam preocupados.

Eu realmente cheguei a falar que não queria beijá-los? Que absurdo.

— Estou bem. — Sorrio, e a preocupação no rosto de Pietro se suaviza. — Achei que um bicho tinha me mordido.

— Ingrata! — ouço Rosetta reclamar, e meu sorriso aumenta ainda mais.

Pietro ri e fecha o caderno.

— Vou fingir que acredito em você.

Franzo meu cenho, e meu sorriso vacila.

— Acho que não entendi.

— É que você sempre faz isso. — Ele gesticula para mim e meu joelho. — Você tem a mania de conversar com o nada e encarar pontos aleatórios fixamente. Eu acharia estranho se não fosse fofo.

Sinto meu rosto queimar de vergonha, enquanto Rosetta solta risadinhas maléficas à minha custa.

— É que... — Mordo os lábios, pensando no que responder.

— Você não precisa mentir para mim, Tip. — Pietro suspira e deixa seus materiais de desenho em cima da poltrona ao seu lado. — Não se preocupe em inventar desculpas. Você tem seus motivos para falar sozinha, e está tudo bem. Todo mundo tem alguma mania estranha.

— Ah, é? — Ergo uma sobrancelha, ansiosa para mudar de assunto. — E qual é a sua?

Pietro enrubesce, e faço minhas apostas mentais sobre o que ele vai citar.

Ele sempre teve mania de falar com os animais. Gosta de ir às docas de madrugada para observar o oceano e conversar com os peixes. Pietro nunca passa por baixo de escadas, porque colocou na cabeça que elas podem quebrar em cima dele. Mas, a que eu sempre achei mais adorável, é que ele não consegue dormir sem antes dar um beijo de boa-noite na irmã. Nos dias em que esquece ou sua irmã não está em casa, seu espírito fica tão inquieto que atrai mais fortemente os pesadelos no Umbral. Fofo, mas trabalhoso.

— Eu sempre procuro a mesma pessoa em todo lugar que eu vou, mesmo sabendo que nunca vou encontrá-la.

Eu congelo.

Minha garganta seca e meus lábios se contraem, selados e incapazes de proferir uma palavra. Encontro o olhar de Pietro, suas íris penetrantes e escurecidas. Ele me encara com atenção, como se pudesse me absorver inteira só com seu escrutínio.

— Acho que esta é minha deixa — Rosetta diz, já levantando voo. — Se eu voltar e você não tiver beijado esse homem, eu não responderei por minhas ações.

Continuo calada, meu coração retumbando como trovões em meus ouvidos. Pietro se arrasta pelo sofá lentamente, cada vez mais próximo de mim.

— Sempre pensei que essa pessoa era uma invenção minha — ele diz, parando a centímetros do meu rosto.

Consigo sentir sua respiração em meu pescoço, quente e errática, e sua proximidade me deixa estática, à beira de simplesmente puxá-lo para mim e mandar meu juízo se danar.

— Sempre achei que essa pessoa era perfeita demais para ser verdade. — Pietro passa a língua pelos lábios, deixando sua boca ainda mais convidativa. — Mas aí você apareceu... e nada consegue me afastar da sensação de que essa pessoa é você.

Arquejo, mas não ouso interromper meu humano. Tenho medo de que, se eu abrir a boca para lhe responder, nada do que eu disser soará adequado, nada será o suficiente para manter este momento mágico que eu pensei ser impossível acontecer.

Não. Pietro precisa ligar os pontos sozinho.

— Tive medo, esta semana. — Ele engole em seco. — Medo de te pressionar sobre isso e você sumir, tão de repente quanto apareceu. Tentar não demonstrar e ignorar esse sentimento, mas a preocupação que tive hoje, vendo você daquele jeito, gritando e se contorcendo... — Pietro estremece. — Isso não é normal. Não para alguém que acabei de conhecer.

Ele estende a mão em minha direção, levando-a até minha bochecha. As pontas de seus dedos me acariciam com delicadeza, queimando a cada toque.

É uma sensação tão familiar, mas ao mesmo tempo tão desconhecida. Já estivemos assim tantas vezes antes, mas nada se compara ao agora. Nada chega aos pés deste momento, em que ambos somos nós mesmos, de corpo e alma, e não somente éter e pó mágico.

Ele pressiona a palma contra meu rosto, e leva seus dedos até meu cabelo, agarrando-os com força e delicadeza, me puxando mais para perto de si.

Pietro une nossas testas, e nossas respirações se misturam, se tornando uma única massa de ar quente. A ponta de seu nariz encosta no meu, e ele o arrasta languidamente de um lado para o outro, enviando eletricidade pura para o meu sangue.

— Diga-me, Tipper — ele ordena, sua voz mais baixa e mais grave que o habitual. — Nós já nos conhecemos?

Cerro minhas pálpebras, incapaz de continuar encarando a intensa floresta dentro dos seus olhos. Me sinto tão enérgica, tão viva e vibrante, que tenho medo de responder com as palavras erradas se não tomar cuidado.

— Diga-me a verdade, Tip. Diga-me que não estou louco. Que não inventei você.

Abro a boca para finalmente dar uma resposta, mas o barulho de passos subindo as escadas chega até o escritório, e Pietro se afasta rapidamente, deixando um grande vazio entre nós. O cômodo ainda está carregado com a tensão de nosso toque, o ar quente e denso, mas a ausência de sua pele na minha é como uma navalha gelada contra minha espinha.

Ainda estamos ofegantes quando Wendy abre a porta de rompante, com um sorriso no rosto e Fabrizio a tiracolo, e seus lábios despencam em poucos segundos.

— Por que vocês estão tão vermelhos?

XXVI

Estou quase dormindo quando ouço o ranger da porta do quarto. Os meninos já foram embora há horas, o xerife decidiu me encontrar apenas no dia seguinte e George já está em seu quarto sono, enquanto eu luto para não fechar os olhos e encontrar mais pesadelos. Na verdade, estou sonhando acordada. Não paro de pensar em Pietro, perco o ar toda vez que me lembro dos seus lábios perto dos meus.

Estive tão perto de beijá-lo. Quanto mais rápido eu conseguir, mais rápido ele se apaixonará por mim.

Não vou deixar o Noturno vencer essa.

Sou pega de surpresa por Wendy, que entra no quarto nas pontinhas dos pés, segurando um castiçal de bronze com uma vela pela metade. Esfrego meus olhos cansados e me ajeito na cama, sentando encostada à cabeceira. Dou uma olhada no ombro de minha amiga, mas Rosetta não veio junto de sua humana desta vez. Será uma conversa entre somente ela e eu.

A garota está uma bagunça. Suas olheiras estão mais escuras, o cabelo desgrenhado. Posso notar pelos seus olhos inchados que andou chorando, mas não acho que seria educado apontar isso sem que ela mencione seus motivos.

— Não conseguiu dormir? — eu pergunto em meio a um bocejo.

Wendy se senta na beirada da minha cama e deixa o castiçal no chão com um suspiro.

— Prometi que te contaria sobre minha mãe, e meu cérebro não vai me deixar descansar até que eu me justifique por hoje.

— Você não precisa...

Ela me interrompe, erguendo o indicador para pedir uma pausa.

— Preciso sim. — Ela se ajeita no colchão, trazendo as pernas para mais perto do corpo. — Nem que seja só para pedir desculpas mais uma vez.

É minha vez de me encolher. Suas feições estão caídas, cansadas, e sei que nada de bom virá de sua confissão advinda.

Quem sabe, ela tirou a noite para pensar melhor e decidiu que não vale a pena ser minha amiga. Que estou dando muito trabalho. Que não somos compatíveis. Que sou um fardo, uma inútil, e preciso sair de sua casa. Que nada vai fazer minha memória voltar e ela não quer passar a vida cuidando de uma indigente.

Nada disso me parece a Wendy que eu conheço, mas minha mente insiste em rodear dezenas de possibilidades improváveis e me convencer de que o pior está para acontecer.

— Por tudo que sei, ela está bem — ela engole em seco, e junta as mãos no colo —, mas não sabemos de muito além disso.

Não entendo suas palavras, mas refreio minha ansiedade para lhe perguntar. Wendy não parece confortável com o assunto. Ombros tensos, postura rígida, lábios contraídos... ela está se esforçando para me contar algo e, embora eu ainda ache que ela possa me expulsar de sua casa nos próximos minutos, quero ser uma boa amiga para Wendy. Quero poder escutá-la e ajudá-la com seus traumas e temores.

É um desejo esquisito, apesar de reconfortante, me sentir tão protetiva com alguém além de Pietro. Eu me acostumei a um mundo ilusório onde só nós dois importávamos, mas agora este mundinho possui mais pessoas do que eu jamais poderia imaginar.

Wendy é a primeira delas.

— Ela estava doente, agitada. Um mal da cabeça. Nervosa demais com tudo, o tempo todo — ela começa, já com lágrimas nos olhos. — Tentamos de tudo. Tônicos calmantes, terapia de ervas, mas nada parecia funcionar. O coração dela batia tão rápido que pensava que ele explodiria uma hora ou outra. Então, papai decidiu testar a hipnose.

"Ele já usava a técnica com outros pacientes, por isso nunca acreditou nas superstições. Ele estudou muito e sabia o que estava fazendo, tinha experiência nisso. Mas algo deu errado.

"Lembro exatamente o momento em que a perdemos. Seus olhos se abriram, mas estavam vidrados, opacos. Ela gritava e gritava, pedia socorro, pela nossa ajuda. Tentamos acordá-la de todos os jeitos, balançando, sacudindo, jogando água, mas ela se debatia ainda inconsciente, tentava nos afastar.

"Quando ela finalmente acordou, não se lembrava de nada."

Engulo em seco, apertando os joelhos contra meu peito.

— Mas isso é bom, não é? — pergunto, receosa. — Ela não se lembra do que passou enquanto estava dormindo.

Penso nos pesadelos, nos mais variados e intensos absurdos com os quais um Noturno pode torturar um humano, e estremeço.

Wendy fecha os olhos, e uma única lágrima escorre por sua bochecha.

— Essa é a questão — ela diz, limpando a gota salgada de seu rosto. — Ela não se lembrava de *nada*. Ela perdeu todas as memórias. Não se lembrava da nossa casa, do meu pai, nem do próprio nome.

Wendy volta o olhar para a janela aberta, e uma brisa fria balança seus cabelos pretos, criando sombras escuras em seu rosto molhado pela dor.

— Ela não se lembrava nem mesmo de mim, Tipper.

Forço meu queixo caído a se fechar e engulo sem seco. Wendy permanece calada, mas sei que a história ainda não acabou.

Afinal, a mãe dela não está aqui.

Eu me arrasto pelos lençóis e, hesitante, busco a mão de Wendy, envolvendo-a assim como ela já fez comigo inúmeras vezes. Posso não ter experiência alguma com amizades, ou consolando pessoas no mundo humano, mas sempre fui uma fada observadora. Sei o que fazer, embora me sinta desajeitada enquanto o faço.

Puxo-a para um abraço, e deixo que ela derrame suas lágrimas em mim.

— Ela não recuperou as memórias, Tip. Mas a gente tentou, eu juro.

O desespero na voz de Wendy me parte o coração, e preciso segurar minhas próprias lágrimas.

— Ela agora mora em um hospital, a pedido dela. No final, ela se sente mais confortável com médicos "modernos" do que com a própria família.

Aperto minha amiga, tentando roubar toda sua dor apenas com meu abraço. Não consigo imaginar o tamanho de sua aflição, do luto por alguém que ainda está vivo. Encosto o queixo em sua cabeça e faço a única coisa que está ao meu alcance para ajudá-la neste momento. Me sinto patética e inútil enquanto acaricio seus cabelos, tão impotente que chega a doer no meu peito.

— Então viemos para cá. — Ela funga. — Deixei para trás minha casa, meus amigos, minha namorada...

Franzo o cenho, um pouco confusa. Não consigo conciliar o que ela está me dizendo com a imagem que tive dela no dia em que fui transformada, no quarto de Pietro, aos sussurros com meu humano.

— Eu não queria, no começo — ela continua. — Planejei voltar pra lá com Pietro, e já estava pensando em maneiras de convencer meu pai a me deixar ir sem brigas, até que conheci você logo em seguida, e assim como minha mãe você não se lembra de nada. Perto de você, não consigo deixar de me lembrar dela, por isso peço desculpas se eu fui muito incisiva ou chata. Eu estudei tanto sobre o assunto depois do caso de minha mãe, *tanto*. E quero poder ajudar você, quero mesmo. No seu tempo, é claro, mas ainda assim é dolorido.

Fecho os olhos e inspiro fundo.

Faz sentido, não é? Pietro sempre quis ir embora, e não era de hoje que buscava companhia para deixar a ilha, já que Fabrizio não tinha a menor vontade de abandonar os pais e a padaria, o negócio de sua família. Agora, ele está de novo sem um companheiro e frustrei seus sonhos ao tentar buscar os meus.

Já Wendy e George sempre me foram tão solícitos, tão carinhosos. Embora seja o trabalho deles como curandeiros, eu ainda sou uma estranha, uma desconhecida... teria sido muito mais fácil me encaminhar para o continente, para um hospital cheio de médicos jovens e equipamentos tecnológicos. Mas eu peguei bem na ferida deles. Sou um constante lembrete do que eles passaram, do que eles fugiram.

Mesmo sem querer, mesmo sem saber, eu os machuco dia após dia, só com minha existência.

— Por favor, não faça essa cara — Wendy suplica.

Eu pisco, saindo de minha espiral de pensamentos infelizes. Pigarreio, tentando colocar em minha voz uma força que já não tenho. Preciso me manter firme, não posso chorar na frente de Wendy. Ela precisa que eu seja uma âncora neste momento, e é isso que vou ser.

— Esta é a minha única cara, Wen. — Forço um sorriso, e vejo os ombros de minha amiga relaxarem um pouco. Uma diferença ínfima, mas que já me deixa mais confiante para acalmá-la.

Minha amiga me lança um sorriso rápido, trêmulo e pisca os olhos para afastar as lágrimas traiçoeiras.

— Não quero que se sinta mal por minha causa. — Ela aperta minha mão e entrelaça nossos dedos. — No começo, levei seu caso para o lado pessoal por conta da minha mãe, eu admito. Mas agora... quero te ajudar porque você é *você*.

As palavras que planejei usar entalam em minha garganta, e um pequeno ruído emocionado é o único som que deixa minha boca. Wendy limpa os olhos e sorri, dessa vez com sinceridade e prazer.

— Você é uma ótima pessoa, Tipper. Você merece ser feliz.

— Mas sua mãe...

— Minha mãe infelizmente está vivendo uma nova vida, assim como ela escolheu. Preciso respeitar a decisão dela, mesmo que me parta o coração todos os dias, mesmo que eu pense nisso todos os dias ao acordar e antes de dormir. Eu escolhi vê-la tranquila e deixá-la se adaptar ao mundo novamente, em seu tempo, sozinha, assim como ela preferiu. — Wendy encara o fundo dos meus olhos e aperta minhas mãos contra seu peito. — Você também tem essa escolha, Tipper. Sempre teve. Quero deixar isso bem claro. Não precisa se forçar a nada se não quiser. Quero poder te mostrar o mundo, te ajudar a se encontrar nele, mas é uma escolha sua. Se você não está feliz aqui, merece ir para onde possa trazer isso para você.

Estou tremendo nos braços de Wendy, e já não consigo mais controlar as lágrimas que rolam pelo meu rosto.

Sempre achei que eu merecia ser feliz. Sempre achei que era um direito que a Mãe Lua estava me roubando, tirando minha liberdade de viver e sentir. Mas agora, uma parte de mim não consegue deixar a culpa de lado.

Estou usando as pessoas que desejo chamar de amigos, manipulando o homem com quem quero passar o resto da eternidade. Posso não saber muito sobre amizade, mas não acho que mentir descaradamente sobre o que quero e quem sou seja um bom começo.

Ao mesmo tempo que fico contente por estar conversando com as pessoas que sempre observei de longe, de poder participar da vida de Pietro, de poder fazer tudo que sempre sonhei, uma parte de mim grita que eu sou uma farsa. Uma mentirosa.

E saber o preço que esta mentira está cobrando de Wendy torna tudo mil vezes pior.

— O que me diz, Tip? — ela pergunta, tão gentil quanto os sonhos mais doces, enquanto eu permaneço amarga como um pesadelo. — O que você prefere?

Lembro-me do cadáver de Otello, da desaprovação de Rosetta, do luto dos aldeões. Me sinto tão egoísta, tão asquerosa por ter corrido atrás dos meus desejos sem considerar como isso afetaria as pessoas à minha volta.

Estou afundando em areia movediça. Quanto mais tento melhorar as coisas, mais sufocante a situação fica. Preciso de ajuda, mas quem me ajudaria sabendo de meus fracassos?

Engulo em seco e amaldiçoo o dia em que perdi minhas asas em uma barganha mal pensada.

A única saída é por cima e eu não vou conseguir sozinha. Por mais que neste momento eu deseje apenas me deixar afogar, sei que devo uma solução para as pessoas que estou aprendendo a amar.

Deixo minha cabeça repousar no ombro de Wendy enquanto ela acaricia meus braços numa tentativa de me reconfortar.

— Estou tão assustada — confesso. — Mas preciso seguir em frente. E gostaria muito de você ao meu lado.

— Então é onde eu estarei.

Volto meu olhar para a Mãe Lua através da janela, alta e brilhante no céu da noite. Embora eu saiba que tenha traído toda sua confiança, desobedecido todas as suas regras, eu oro para ela. Peço que me ilumine, para que eu faça o que é certo.

Ela não me responde.

XXVII

A delegacia de Nimmerland é um prédio mixuruca, de apenas um andar. A fachada de pedra clara, coberta de flores trepadeiras, é a mesma de todos os prédios da vila, mas as barras de ferro nas janelas denunciam a verdadeira função deste lugar.

Pietro e Fabrizio sobem os poucos degraus que separam a delegacia da avenida, mas eu e Wendy ficamos para trás. Não estou nem um pouco ansiosa para conversar com o xerife, mas preciso manter a farsa, pelo menos por enquanto, por mais que as mentiras que estou contando estejam me doendo o coração.

— Está tudo bem? — Wendy sussurra no meu ouvido. — Podemos voltar para casa se preferir. O xerife que se dane.

Lanço um sorriso agradecido para a garota, mas balanço a cabeça negativamente. Wendy entraria em uma briga com Stefano se eu demonstrasse o menor sinal de desconforto, mas não posso levantar mais a guarda do xerife. Ele já desconfia de mim, e a última coisa da qual eu preciso neste momento é ser jogada no xilindró por desacato à autoridade.

— Estou bem — respondo com um suspiro. — Só um pouco nervosa.

— Eu imagino. Qualquer um ficaria nervoso em sua situação.

O aperto em minha garganta me sufoca. Vamos procurar alguém que não existe, uma irmã que nunca tive, mais um fio nas teias de mentiras na minha vida.

O barulho do ranger de dobradiças se esticando interrompe nossa conversa, e viro-me a tempo de ver Stefano abrir a porta da delegacia.

Seus cabelos oleosos estão ainda mais escorridos do que nos dias anteriores, as olheiras, mais profundas, e o olhar, mais furioso.

— O que temos aqui? — ele cantarola, esboçando um sorriso forçado. — Quatro ratinhos desocupados batendo na minha porta.

Inspiro fundo e controlo minha raiva, ordenando meu corpo a não demonstrar nenhuma reação. Stefano abre a boca para continuar o que provavelmente seria um monólogo cheio de indiretas, mas Pietro estende a mão em que carrega um envelope e o balança na cara do xerife.

— Trouxemos o desenho da irmã da Tipper. — Meu humano empurra os papéis para as mãos do homem. — Para você enviar ao continente.

— Bom, se isso é tudo... — Fabrizio acena para o xerife, ajeita seu colete e começa a descer os degraus de volta para a rua. — Nos vemos por aí, obrigado e até logo.

— Não tão rápido assim, ratinho. — O garoto dá dois passos antes de Stefano agarrá-lo pela gola e puxá-lo de volta para perto de si, com toda a brutalidade do mundo. — Ainda temos assuntos para tratar.

O xerife nos chama para dentro da delegacia dobrando repetidamente seu indicador, em um gesto que sei que ele deve considerar ameaçador, e que só me parece patético. Wendy me olha, hesitante, mas dou de ombros.

Não é como se sair correndo dali fosse a melhor opção. Quanto mais rápido entrássemos na delegacia, mais rápido sairíamos.

Dou uma checada ligeira em minha mão marcada pelos pesadelos e ajeito o pano que a cobre. Ela já estava bem posicionada, mas um cuidado extra não faz mal. Inspiro fundo, subo os degraus do prédio e atravesso a porta da delegacia.

Meus três amigos seguem atrás de mim, cautelosos, porém altivos. Sinto-me como um filhotinho dando os primeiros passos no mundo, com três pais extremamente zelosos vigiando-me pelas costas.

Posso sentir a energia protetora que emana do pequeno grupo à retaguarda, enquanto Stefano nos guia pelos corredores estreitos cheios de celas vazias, desafiando o xerife ou qualquer outra pessoa a me fazer algum mal. Tenho certeza de que eles pulariam no pescoço do sujeito antes que eu pudesse sequer piscar.

Nunca me senti tão poderosa quanto neste momento. Os receios que tinha do xerife já não são mais minha maior preocupação. Estou segura e acolhida, e acho que posso conquistar o mundo inteiro se aquela sensação se prolongar.

Sinto minhas bochechas corarem com o pensamento e um sorriso brotar em meu rosto, até que Stefano para abruptamente à minha frente. Ele franze o cenho assim que me avista.

— Do que está rindo?

Meu sorriso se desfaz instantaneamente.

— Não é nada. — Pigarreio. — Eu me lembrei de uma piada.

Sua boca se contrai em uma linha fina e ele balança a cabeça em reprovação, desviando sua atenção para uma porta à nossa esquerda. Ele tira um molho de chaves do bolso e procura tão lentamente quanto possível. Mordo o interior da minha bochecha enquanto os metais tilintam, esperando que o xerife abra seu escritório.

Quando ele finalmente libera a entrada para nós, já estou suando com o calor abafado do interior da delegacia. Stefano é o primeiro a entrar no pequeno cubículo, e se senta atrás de uma mesa de madeira mirrada e gasta, em uma cadeira de couro antiga.

O lugar cheira a mofo e a decadência e posso ver poeira em todas as superfícies do escritório. Os papéis na mesa me dão a impressão de estarem intocados há anos, e o mapa pregado à parede está se desfazendo nas bordas, uma representação quase poética da inutilidade daquele lugar para Nimmerland, uma ilha pacífica e amistosa.

Ou pelo menos era, até eu acabar com tudo.

Stefano nos encara como um rei em seu trono. Ele batuca os dedos na mesa, com um sorriso arrepiante no rosto.

— Não vão se sentar? — ele pergunta.

Pietro cruza os braços e se posta ao meu lado.

— Não vamos demorar muito aqui — ele diz. — Temos compromissos.

Não temos, mas Stefano não precisa saber disso.

O xerife entrelaça os dedos sobre o tampo da mesa e desfaz o sorriso.

— O que pode ser mais importante do que ajudar a encontrar um assassino?

— Nós não somos seus funcionários — Fabrizio entra na conversa.

— Não, vocês são mais importantes do que isso. São minhas testemunhas.

— O que você quer? — eu pergunto.

Sei que meus amigos só querem ajudar, mas provocar Stefano pode não ser uma boa ideia quando ele já está irritado conosco. Preciso começar a chamar menos atenção, passar mais despercebida, pelo menos até que eu consiga cumprir com minha parte do acordo.

O xerife volta a sorrir e abre o envelope que Pietro lhe entregou, tirando de lá dentro uma cópia do retrato de Rosetta.

— Quero que me conte exatamente do que se lembrou, Tipper.

Engulo em seco, mas dou um passo à frente. Serei concisa e objetiva, não preciso elaborar minhas respostas para satisfazer as necessidades de Stefano. Aponto para o desenho.

— Esta é minha irmã, Rosetta. — Fim. Simples. — Não me lembro de mais nada.

— Por que eu acho isso difícil de acreditar?

Porque você é um intrometido, eu penso em dizer, mas me contento com uma resposta mais educada.

— Não sei, senhor.

— Ah, mas eu sei, Tipper. — Ele dá uma risadinha cínica, e dá algumas batidinhas no desenho. — Eu acho que sua história é bem difícil de acreditar, porque você é uma péssima mentirosa.

Meus amigos se remexem atrás de mim, e posso sentir a tensão se acumulando dentro do escritório, mas me mantenho firme. Não respondo nada, não me submeto às suas provocações, mas ele continua.

— Veja bem, esta vila estava segura antes de sua chegada. Mas, desde seu encontro, duas pessoas já morreram em Nimmerland, e não acho que seja uma coincidência.

Abro a boca para responder, mas fecho-a assim que consigo processar a informação que ele acabou de nos contar.

A calma que eu havia custado a encontrar se dissipa por completo. Minha visão embaça e tudo que consigo ver são os olhos de Otello, aterrorizados e fixos no além. Opacos e sem vida.

Wendy solta um arquejo, enquanto Fabrizio murmura preces embaralhadas ao Deus Sol e Pietro caminha até se debruçar sobre a mesa do xerife.

— Quem mais morreu? — ele questiona, mais uma ordem do que uma pergunta, enquanto luto contra uma vertigem tenebrosa.

Stefano nos lança um sorriso cheio de dentes podres e também apoia seu peso na mesa, indo de encontro a Pietro.

— Quer dizer agora que vocês estão preocupados?

— Estamos tentando ajudar desde o começo. Você é o único que parece mais concentrado em culpar a Tipper do que realmente ajudar a vila.

— Não me julgue como se me conhecesse, pivete.

— Então não julgue meus amigos com base em provas inexistentes, xerife.

Os dois se encaram pelo que parecem minutos, e Stefano é o primeiro a quebrar o contato.

— Um pescador foi encontrado morto dentro de seu barco pela manhã. Não era morador da vila, estava só de passagem.

Estou zonza, e preciso me sentar antes que eu caia. O ar da sala parece rarefeito e meus pulmões sofrem para funcionar corretamente. Inspiro e expiro profundamente, mas a tontura ainda está me desestabilizando. Sou inundada pela lembrança do Noturno vestindo minhas asas, imaginando ele voando noite afora à procura de mais uma vítima.

Stefano se vira para mim, há asco em seu olhar e repulsa em suas feições.

— Minha pergunta, senhorita Tipper — ele cospe, perdigotos voando em minha direção —, é uma só.

Sinto uma mão apertar o meu ombro em apoio, e olho para cima a tempo de ver Wendy me defender.

— Então pergunte logo. Está deixando ela nervosa.

O xerife revira os olhos, mas cruza os braços e a obedece.

— Onde você estava ontem à noite, ratinha?

— Eu... — Suor escorre pela minha testa, e os olhos cadavéricos de Otello voltam a minha mente. — Eu...

Fecho os olhos com força e esfrego minhas pálpebras, sentindo todo meu corpo tremer. Minhas costas pinicam e tudo que consigo pensar é que os pesadelos estão ganhando, matando e torturando. Tudo o que meu cérebro sobrecarregado pode imaginar são meus próprios amigos, mortos e sem vida, caídos aos meus pés.

Porque tudo isso é culpa minha, e somente minha.

— Ela estava comigo — Wendy interfere a meu favor.

O xerife semicerra os olhos e eu engulo em seco.

— Como posso ter certeza disso?

— Se ela tivesse saído de casa, eu teria ouvido. Assim como na morte de Otello. — Wendy dá dois tapinhas em meu ombro e me ajuda a levantar, apoiando meu corpo frágil em seus braços. — Você está procurando culpados no lugar errado, xerife. Se concentre em fazer seu trabalho direito em vez de importunar "pivetes" sem importância como nós.

As palavras de Wendy marcam fundo em meu coração, mas deixo-me ser escoltada pelos garotos para fora da sala, deixando Stefano para trás.

— Quando as mentiras dessa menina vierem à tona— o xerife grita as nossas costas —, lembrem-se de que eu avisei!

Fabrizio bate a porta na cara dele, abafando seus berros e ameaças.

— Vamos sair dessa espelunca logo — ele murmura, tomando a frente do grupo em direção à saída.

Ainda estou trêmula e minhas pernas, vacilantes, estão prestes a ceder quando sinto uma parte do meu peso ser erguida do lado oposto ao que Wendy me apoia. Pietro agarra minha cintura e voltamos a andar, suas mãos firmes em meu corpo.

— Vamos — ele responde, me guiando para fora da cadeia. — Tenho o lugar perfeito para ir agora.

※

Entorno o quarto copo seguido em minha boca e a ardência da bebida afoga meus pensamentos erráticos. Faço uma careta ao sentir o gosto amargo descendo pela minha garganta, mas forço-me a engolir tudo, sem babar ou cuspir, como nas últimas vezes.

— Calma lá, Tip — Fabrizio ri. — Deixa um pouquinho para a gente.

— É, Tipper — Rosetta resmunga do meu ombro. — Eu não tenho nem tamanho para segurar seu cabelo quando você vomitar. Vai com calma.

Solto um arquejo quando sinto a bebida bater em minha barriga e balanço a cabeça para afastar a sensação ruim na boca do estômago. Limpo os lábios e passo a garrafa para Pietro, que sorri para mim, e decido ignorar Rosetta.

Não é como se eu pudesse responder a ela agora mesmo.

— Sabia que estávamos precisando relaxar um pouco. — Pietro dá um gole no gargalo e lambe os lábios. — Aguentar o xerife sóbrio é para poucos, e felizmente eu não sou um deles.

Uma risadinha escapa de meus lábios e um soluço segue logo atrás.

— Eu estou precisando relaxar desde o primeiro dia. — Engulo um arroto. Sinto a cabeça nas nuvens e meu corpo ficando mais leve. — Wendy, esse negócio é muito mais eficiente do que seus remédios. Nem sinto mais minhas costas!

Os meninos gargalham enquanto minha amiga faz careta.

— Quando estiver com dor, não venha me procurar, então — a curandeira responde com um muxoxo.

— Ah, não se preocupe. — A garrafa volta para minhas mãos, e as borboletas se reviram no meu estômago. — Eu encontrei um novo amigo.

Quando Pietro sugeriu virmos para sua casa, eu não esperava que ele fosse surrupiar uma das garrafas de aguardente de seu pai, apesar de não ter ficado surpresa com isso. Pietro já era um jovem adulto e sabia seus limites, mas seus pais ainda eram rigorosos quanto a deixá-lo beber, apesar de que proibir algo para Pietro a fim de mantê-lo afastado daquilo sempre surtiu o efeito contrário.

Nunca havia provado nada como aguardente antes. Já havia visto meu humano bebendo, claro, mas sempre achei que suas reações eram um exagero, uma de suas muitas gracinhas.

Eu não podia estar mais errada.

Tomo um longo – e ardidíssimo – gole da bebida e me levanto, olhando a planície à nossa volta. A plantação de girassóis está logo à frente, iluminada apenas pela luz da lua, e meus amigos estão jogados na grama às minhas costas, apoiados em alguns troncos caídos.

Se me concentrar o bastante e apertar bem os olhos, posso jurar que vejo pontinhos brilhantes flutuando no ar. A visão (ilusão?) do pó de fada ao meu redor me faz abrir um sorriso. Não há nada mais lindo do que éter cintilando contra a noite.

Viro a garrafa novamente, e engulo pelo menos um quarto da bebida restante de uma vez só, com um sonoro *gulp gulp gulp*.

— Vocês sa... — um soluço — ... biam que eu sei voar?

Rosetta arqueja e eu a ignoro.

— Está começando a falar demais, menina — ela avisa.

— Ah, claro — Fabrizio deboja. — E eu sou uma sereia.

Os três riem e não entendo a graça.

— É verdade. Eu costumava ter duas asinhas lindas.

Rosetta dá um puxão no meu cabelo, sem a menor delicadeza. Dou um pequeno peteleco para tirá-la de meu ombro, mas ela desvia e volta a se acomodar.

— Tipper, cale a sua maldita boca — a fada insiste, e não entendo o porquê de ela brigar comigo. Finalmente estou dizendo a verdade.

Mais risadas e eu fecho a cara.

— Vocês ainda vão ver. Vou mostrar pra vocês.

Afasto-me do grupo e deito na grama da campina, um pouco zonza e com os olhos pesados, e observo os girassóis balançando ao vento. O mundo está girando há minutos, e não mostrava nenhum sinal de que iria parar em breve. Apesar da minha visão embaçada e da tonteira, tudo parece bem. Eu recuperei a esperança de que, no final, tudo vai se resolver. Mais importante, recuperei minha confiança e, dessa vez, ela retorna mais forte do que nunca.

Só preciso pegar meu beijo.

Enquanto ouço os meninos conversando entre si, rindo de piadas bobas, analiso as nuvens flutuando pelo céu escuro. Me perco em seus contornos e formatos, e não sei quanto tempo passou desde que comecei a observá-las, quando Pietro cutuca meu ombro com o pé.

— Achei que estava morta. — Ele ri, acomodando-se ao meu lado.

Sorrio, mesmo não entendendo o que ele quer dizer.

Meu humano deita a cabeça em meu ombro. Ele me entrega a garrafa que estamos dividindo e tento tomar mais um gole, mas a posição não me favorece. Acabo babando metade do que queria tomar, molhando todo o rosto e a roupa.

Pietro ri do meu desastre, e o som é tão contagiante que não consigo evitar rir também.

— Posso te ajudar a limpar — ele oferece, já levantando a blusa para passar a barra do tecido no meu rosto, sem nem esperar uma resposta.

A maciez do pano sobre minhas bochechas, passado com tanta delicadeza, me faz fechar os olhos, e só os abro quando sinto a mão de Pietro se afastar.

Ele me encara como se estivesse decifrando um quebra-cabeça, divertindo-se a cada peça encontrada. Mas eu seguro firmemente as peças que ele ainda precisa para me decifrar e deixo que sua curiosidade o traga mais para perto. Sorrio, e ele sorri de volta.

— Você é linda — Pietro arrasta as palavras. — Mas tem algo de muito errado com você.

Meu sorriso vira de cabeça para baixo, em uma careta tristonha e confusa.

— Você diz não me conhecer — ele continua. — Mas suas ações dizem o contrário.

Mordo o interior da bochecha, já sentindo as lágrimas se acumularem em meus olhos. No fundo, sei que é uma dúvida coerente e fico feliz de Pietro estar sendo sincero, mas suas palavras ainda me machucam, cravando fundo em meu coração. Mas quem eu estou tentando enganar? Mais cedo ou mais tarde, ele descobriria minhas mentiras.

— Não terminamos nossa conversa ontem, mas eu sei, Tipper. — Ele se se aproxima ainda mais. — Eu sei que te conheço de algum lugar.

Ele toma uma de minhas mãos e a leva até seu peito. Sinto seu coração bater alegre sob minha palma, e seus olhos seguem fixos nos meus.

— Você geralmente confia nos seus instintos? — eu pergunto.

— Se eu não confiar no meu próprio coração, quem vai?

— Eu vou — digo, com a confiança recém-adquirida queimando em meu peito e um sorriso no rosto.

Pietro, entretanto, não sorri de volta.

— Não gosto quando mentem para mim, Tip — ele murmura, e eu sinto minha alma ser rasgada. — Posso esperar seu tempo, mas preciso ter a garantia de que um dia você ainda vai me contar a verdade. Pode me prometer isso?

Engulo em seco.

Aí está uma boa pergunta. Eu posso prometer isso?

Mesmo que ele se apaixone pela minha versão humana, será que eu gostaria de lhe contar que um dia eu fui algo mais? Algo diferente? Por um lado, ele finalmente poderia dar um rosto oficial à garota dos seus sonhos, e nossas memórias poderiam ser relembradas em conjunto, como elas merecem ser. Por outro, ele me repreenderia, discordaria de todas as minhas decisões e se afastaria de uma vez por todas.

Não era uma perspectiva muito agradável. E o meu eu de antes, o meu eu fada, realmente importa tanto assim? Finalmente é confortável estar dentro de minha pele, sei que encontrei meu destino e pessoas que se importam comigo.

Por que rememorar o passado quando posso enterrá-lo a sete palmos do chão?

— Não posso te prometer isso — murmuro, desviando o olhar. — Não é fácil para mim.

Pietro assente soturnamente. Ele está decepcionado, e me dói vê-lo assim por minha causa. Estico a mão para afagar seus cabelos e meu humano se desvencilha de mim, levantando-se da grama.

— Acho que já está na hora de irmos embora — ele anuncia, um pouco mais alto desta vez para que Wendy e Fabrizio também o ouçam, e me dá as costas, já voltando para casa.

Fico deitada por alguns instantes, observando-o se afastar, indo para longe de mim e da pouca proximidade que conquistei nos últimos dias. Amaldiçoo novamente a Mãe Lua, que me encara do céu com seu meio sorriso debochado, e por fim me levanto, pronta para continuar a correr atrás de meu humano.

Terei longos dias pela frente.

XXVIII

Acordo na manhã seguinte com a irritante luz do sol no meu rosto e um gosto azedo na boca.

Estou com sede, pela Mãe, quanta sede! Minha garganta está seca e meus lábios, rachados, minha cabeça explode de dor. Todo meu corpo reclama quando me mexo debaixo das cobertas e, mesmo ainda de olhos fechados, sinto o mundo girar.

Tampo a minha boca rapidamente quando a ânsia bate forte em meu estômago e forço tudo de volta para baixo.

— Depois não vem dizer que eu não avisei.

Abro apenas uma frestinha dos olhos e encontro Rosetta parada diante de mim, de cara amarrada e mãos na cintura.

— Fale mais baixo — eu murmuro, esfregando meu rosto inchado de sono. — Sua voz está piorando tudo.

— Ninguém mandou encher a cara como se não houvesse amanhã, Tipper. Lide com as consequências.

— Não achei que seria tão ruim — eu me defendo, sentando-me na cama em meio à tontura.

Rosetta solta uma risadinha cínica e toma um impulso, voando até o batente da janela, onde se senta de costas para o sol.

— Parabéns, Tip — ela diz, enrolando uma mecha de seus cabelos no dedo. — Você conseguiu sua primeira ressaca. Era isso que esperava quando desejou ser humana?

Uma batida na porta soa antes que eu possa lhe responder, e Wendy me chama para o café.

Ajeito meu cabelo – o máximo que posso, porque há tantos nós que temo que apenas um corte seja o suficiente para resolver a bagunça – e desço as escadas até a cozinha.

Wendy não parece estar nem de longe tão péssima como eu, mas seu humor também não está dos melhores. Enquanto ela coa o café, sento-me à mesa e mordisco alguns biscoitinhos, mesmo sem fome e com o estômago embrulhado.

— Temos sorte de papai não estar em casa — ela suspira, servindo nossas xícaras. — Ele nos mataria se nos visse nesse estado.

Não respondo. Não tenho forças.

Pelos céus, que dia horrível.

Prometo que nunca mais colocarei uma gota de álcool em minha boca, e prossigo comendo em silêncio.

Tudo doí. Minha cabeça, minhas pernas, meus braços. Não tenho o que comentar da minha barriga. Porém, mesmo com a dor, a pergunta de Rosetta insiste em permanecer em minha mente.

Era isso que eu esperava quando desejei ser humana?

Ter que estar em um constante malabarismo com mentiras e situações estranhas, enquanto experimento sensações – nem sempre muito agradáveis – para lidar com uma rotina minha, na qual meu humano nem sempre é o foco.

Não, definitivamente isso não é o que eu esperava.

Queria uma vida mais simples, apesar de própria. Liberdade para ser e viver. E, embora tenha conseguido isso, a realidade é muito mais complicada do que jamais imaginei. Me adaptar a essa minha nova forma é um desafio constante e, muitas vezes, mais complexo do que eu gostaria.

Um sorriso se abre em meus lábios.

Ou seja, tudo isso é muito mais do que eu esperava.

Ser humana é uma aventura diária, um choque de adrenalina a cada minuto. Estou sentindo dor, cansaço e muitas outras coisas nesse momento, mas o importante é que estou sentindo.

Tomo um gole do meu café e deixo seu amargor extinguir os resquícios do gosto da bebida em minha língua. Ainda é horrível, mas, pela Mãe, como é bom simplesmente poder dizer que café é uma merda.

Faço uma nota mental para responder Rosetta depois disso.

Ser humana é ainda melhor do que o mais lindo dos sonhos.

Dias e dias se passam sem maiores incidentes. Por um lado, não há corpos para serem velados nem sepulturas a serem cavadas. Por outro, uma ansiedade palpável percorre a cidade, e a inquietação dos aldeões deixa o ar pesado, rançoso.

Todos estão esperando a próxima vítima.

O toque de recolher é um lembrete diário de que há perigo rondando a ilha, mas depois de uma semana, as pessoas começam a relaxar. Talvez, apenas talvez, o assassino tenha se cansado, ido embora para bem longe.

Eu nunca tive tais ilusões. Na verdade, a calmaria me deixava ainda mais nervosa. Se um senhor dos pesadelos estava quieto, não era porque havia se cansado, ou porque o fiapo de benevolência restante em seus ossos lhe inspirou misericórdia. Se ele estava quieto, era porque estava tramando algo, esperando novas oportunidades, melhores oportunidades para atormentar minha vida e a vida das pessoas de Nimmerland.

Mas eu também poderia jogar esse jogo.

Nos dias que sucederam minha ressaca, meu foco foi inteiramente Pietro. Aproveitei a tranquilidade passageira na ilha para me aproximar de Pietro, passar tempo de qualidade em sua companhia, junto de Wendy e Fabrizio. Nos tornamos um quarteto inseparável. Onde um estava, os outros três logo vinham atrás.

Minha proximidade com moradores tão queridos de Nimmerland tornou minha presença na ilha menos sufocante, já que os aldeões passaram a me ver como uma nova adição à comunidade, em vez de uma estrangeira perdida, como anteriormente. Eles se acostumaram comigo e eu me acostumei com eles. Não recebia mais olhares atravessados ou receosos, me tornei tão parte da paisagem quanto os antigos prédios da vila.

Stefano também parou de me atazanar por este tempo, afinal suas pistas esfriaram e não havia nada que indicasse que eu tivesse qualquer culpa pelas mortes (apenas eu carregava essa cruz, internamente). Entretanto, de vez em quando eu ainda o encontrava me espiando pelas ruas, seguindo meus passos como se estivesse sendo o espião mais sorrateiro do mundo, quando na verdade ele mais parecia um varapau desengonçado. Eu conseguia ignorá-lo a maior parte do tempo e, quando sua presença me incomodava além dos limites, era fácil escapar de sua mira, que nem era tão certeira assim.

Pietro também passou a me encontrar todas as noites, ignorando completamente o toque de recolher. Meu humano jogava pedrinhas em minha janela quando todos já estavam dormindo, e eu descia pelas trepadeiras para encontrá-lo.

Ele me ensinou a andar a cavalo, como dar um nó de marinheiro e a coletar mel de uma apicultura, tudo sob a luz das estrelas. Eram noites agradáveis e reconfortantes, e uma alternativa bem melhor do que voltar para nossos respectivos pesadelos.

Nossa sintonia era quase a mesma de quando nos encontrávamos em seus sonhos, talvez ainda mais intensa. Pequenos toques eram a razão de um fogo absurdo se acender em meu interior, um sorriso capaz de me desestruturar por inteira. Entretanto, toda vez que Pietro tentava entrar no assunto de como nós nos conhecemos, o clima entre nós esfriava.

Ele queria respostas que eu não poderia lhe dar, e isso era como um muro entre nós, rachado e quebradiço, mas ainda duro e difícil de destruir. Pietro não conseguiria entregar seu coração para mim se eu não me mostrasse completamente entregue em resposta, transparente.

Porém, meu tempo estava acabando e, embora tudo parecesse bem, eu ainda precisava da minha confissão de amor – do meu beijo.

Por isso mesmo decidi que hoje seria diferente.

É a última semana da barganha e talvez eu devesse estar desesperada, mas estou bem confiante. Em vez de esperar que ele me beije, eu mesma vou beijá-lo. Sinto, com todo o meu coração, de que todas as peças vão se encaixar na cabeça de Pietro com o roçar dos meus lábios nos dele. E, ao retribuir o meu amor, eu terei cumprido minha parte do trato.

Amarro meus cabelos em um coque enquanto espero o familiar sinal de Pietro em minha janela. A lua me julga de cima, iluminando a noite em que finalmente me verei livre de sua influência.

Uma pedrinha voa para dentro do quarto, quicando nas tábuas de madeira do piso e rolando até encontrar o meu sapato. Sorrio para mim mesma ao pegar a pedrinha e jogá-la de volta para a rua, o sinal de que já estou descendo.

Pego a bolsa de couro que deixei em cima da cama, com os bolinhos de canela que Wendy me ajudou a preparar especialmente para essa ocasião. Não falei nada com ela sobre as minhas escapadas com Pietro, mas Wendy não é boba, sei que ela sabe muito bem o que andamos fazendo, e sei que ela apoia, pelas várias indiretas que já recebi sobre Pietro ser "minha versão masculina" e "tão querido comigo".

Eu me debruço sobre o parapeito da janela e me inclino para encontrar Pietro em frente a casa, me observando com os óculos reluzindo ao luar. Eu aceno para ele quando o garoto me lança um sorriso, e passo minhas pernas pela janela, encaixando meus pés nas trepadeiras.

Desço devagar, tentando fazer o mínimo de barulho possível. Somente os grilos e as corujas cantam esta noite, e qualquer ruído diferente pode atrair os guardas da patrulha direto para nós.

Quando estou a poucos centímetros do chão, sinto duas mãos fortes me enlaçando pela cintura, me desvencilhando da parede e me colocando no solo em segurança. O gesto gera arrepios prazerosos pelo meu corpo, e agradeço a noite por não permitir que Pietro veja a vermelhidão em minhas bochechas.

Ele afasta algumas mechas soltas de meu rosto e as encaixa atrás de minha orelha, puxando-me para mais perto de si e sussurrando em meu ouvido:

— Precisamos encontrar um jeito mais seguro de você fugir de casa.

Sorrio contra seu rosto, apoiando meu queixo em seu ombro.

— E qual seria a graça nisso?

— Não ver você cair para a morte, para começo de conversa, parece bem mais divertido do que torcer para que você não se estrebuche no chão.

— Olha quem fala. Todo dia você arranja mil formas diferentes de rir na cara da morte, deixando todos preocupados. Nada mais justo do que revidar na mesma moeda.

Ele se afasta um pouco, para que possa me olhar nos olhos, seu familiar sorriso torto emoldurando seus lábios.

— Eu não me importo de me machucar um pouquinho, mas não suportaria te ver sofrer. — Pietro dá um longo beijo em minha testa e eu aperto seus braços com mais força, uma vertigem deliciosa tomando conta de mim. — A não ser que você esteja sofrendo por mim. Adoro sua carinha nervosa.

Empurro seu braço de leve e me coloco a andar em direção aos campos de girassóis, puxando-o pela mão.

Andamos rápido pelas ruas de Nimmerland, cautelosos para virar em cada esquina, com medo de sermos pegos furando o toque de recolher e recebermos uma bronca bem dada do xerife. Chegamos à entrada da plantação em poucos minutos, mas em vez de seguirmos pela costumeira trilha entre as flores, Pietro me puxa para a lateral, se embrenhando comigo no bosque ao lado da lavoura.

Sei bem onde estamos indo, afinal já acompanhei meu humano neste mesmo caminho incontáveis vezes antes de me tornar humana, mas não ouso demonstrar isso. Aprecio a caminhada entre a mata fechada, o cheiro úmido do verão e a terra fofa sob meus pés.

Logo, o barulho do rio se torna audível, aumentando sua potência a cada passo que damos em direção ao coração de Nimmerland. Pietro segue na frente, afastando galhos e folhas para abrir passagem para mim, enquanto cantarola algumas trovas de navegantes.

Quando o curso d'água surge em minha visão, um sorriso enorme se espalha pelo meu rosto. Bem na margem, perto da nascente do rio – uma pequena cascata em meio a rochas escuras –, uma toalha amarela está estendida sobre a grama, com várias velas apagadas espalhadas sobre o tecido.

Mordo os lábios, contendo um gritinho de felicidade.

— O que significa isso tudo? — pergunto, caminhando até o cantinho que Pietro preparou para nós.

— Não é óbvio? É um encontro. Já estava na hora, não acha? Queria fazer isso desde a primeira vez que te vi.

— Pelo que eu saiba, o primeiro passo para se ter um encontro é convidar a outra pessoa primeiro. — Elevo uma sobrancelha, provocando-o.

— Mas eu te convidei.

— Ah, é? Quando?

— Quando fui te chamar na casa da Wendy.

— Jogar pedrinhas em minha janela esperando que eu desça mal pode ser considerado um convite, Pietro. — Rio e consigo deixá-lo vermelho com o comentário.

Ele coça a cabeça uma vez, olha ao redor, mas não me responde. Em vez disso, estreita os olhos em direção a um arbusto e vira as costas para mim, se embrenhando na mata.

Pisco, sem entender. Cogito ir atrás dele, mas logo meu humano está de volta, cheio de folhas grudadas na roupa e alguns narcisos recém-arrancados em sua mão. Rio e aceito as flores quando ele as estende em minha direção, retendo uma para si e a prendendo atrás de minha orelha com um sorriso bobo no rosto.

— Querida e misteriosa Tipper — ele diz, solene —, você gostaria de ir a um encontro comigo?

Minhas bochechas doem de tanto que sorrio e só percebo que me perdi em minhas próprias emoções quando ele me tira de meu torpor.

— Por favor, diga sim, porque não acho que posso continuar sendo apenas seu amigo.

A revelação de Pietro rouba meu chão. Me sinto nas nuvens e não consigo conter uma risadinha.

— Isso é um sim?

— Isso é um com certeza.

Ele solta um suspiro aliviado e gesticula para que eu me acomode em nosso piquenique. Eu me sento na toalha de pernas cruzadas enquanto Pietro acende as velas uma a uma com um pequeno isqueiro que tira do bolso. Pego um bolinho de canela, começo a mordiscá-lo e ofereço outro a Pietro.

— Fui eu que fiz.

Meu humano ergue uma sobrancelha e dá uma mordida na massa ainda em minha mão, seus olhos nunca deixando os meus. Ele engole, a expressão neutra, e fica pensativo por alguns segundos.

Seu silêncio me deixa ansiosa, e não me aguento quieta.

— Está tão ruim assim? — Cruzo os braços, o deboche transparecendo em meu rosto. Afinal, eu provei os bolinhos, e eles estão ótimos.

— Na verdade — ele fala, coçando o queixo —, está tão bom que mal consigo acreditar que foi você quem os fez.

— Ah, para. — Reviro os olhos e contenho um sorriso. — Tenho mãos muito habilidosas, você é quem perde por não saber.

Um sorriso travesso eleva o canto de seus lábios.

— Não tenho como saber se você não me mostrar — Pietro sussurra, se aproximando lentamente.

Meus olhos se perdem no desenho de sua boca e sinto todo meu corpo esquentar quando ele para a centímetros de distância, seu hálito de menta se infiltrando em todos os meus sentidos.

— O que tem em mente? — Chego alguns milímetros mais perto de seus lábios, a antecipação fervendo em minha pele.

Pietro abaixa o olhar até minha mão direita e passa a ponta dos dedos sobre o tecido que encobre minha marca. Devagar, ele desenrola o pano em minha palma, acelerando meu coração e fazendo com que suor escorra pelas minhas costas.

Penso em pará-lo, impedi-lo de analisar a marca que tanto odeio, mas não quero quebrar o encanto do momento. Quero que ele possa confiar em mim, e colocar mais barreiras entre nós não é o caminho.

Quando o ar frio da noite atinge minha mão, revelando o símbolo dos pesadelos para o meu humano, meus ombros tensionam, esperando sua reação. Pietro traça as linhas de minha marca com o indicador, seu toque incendiando cada parte do meu ser.

Ele toma minha mão e a leva até a boca, beijando minha palma maculada com delicadeza e carinho. Engulo em seco, sentindo o fantasma de seus lábios em minha pele, um formigamento delicioso que me faz me inclinar para ainda mais perto dele.

— Um dia — ele sussurra, quando nossos rostos estão a meros milímetros de distância — eu ainda vou querer saber toda a verdade, Tip. Mas hoje, eu só quero descobrir o que suas mãos podem fazer comigo.

Solto um suspiro e Pietro ri contra meus lábios, mas, justo quando estava prestes a acabar com a distância entre nós, um baque abafado ecoa pela clareira. Instintivamente, nos afastamos e olhamos ao redor, atentos a qualquer perigo. Pássaros grasnam e alçam voo, fugindo do barulho, e posso ver alguns bichinhos do mato correndo por entre os arbustos, para longe de nós, na direção oposta à da vila.

Pietro apaga as velas rapidamente, nos deixando no escuro, e eu estremeço. Odeio as trevas da madrugada, mas a presença de Pietro torna a escuridão mais suportável. Ficamos em silêncio, prontos para fugir a qualquer sinal de alerta. Porém, um grito assombroso corta a calada da noite. Um arrepio percorre minha espinha e sinto Pietro se aproximando novamente, colocando uma mão protetora ao redor da minha cintura.

Logo, outros gritos se seguem ao primeiro. Muitos, em todos os tons possíveis.

— Aconteceu algo na cidade — Pietro murmura, mais para ele do que para mim. — Vamos embora.

A sinfonia caótica continua, berros raivosos cada vez mais altos e mais potentes, e fico um pouco atordoada com a melodia.

— *Agora*, Tip. — Pietro me puxa pela mão, guiando-me em direção à trilha de volta à vila.

Nosso ritmo é rápido, mas cauteloso. Não conversamos durante nossa caminhada, mal respiramos de tanto nervoso. A cada passo, os gritos nos atingem com mais força, mas ainda são indistinguíveis.

Algo de muito errado aconteceu e é um martírio ter que esperar para entender o que se passou. Teorias e mais teorias rondam minha mente, uma mais terrível do que a outra, até que chegamos à plantação de girassóis bem a tempo de encontrar Fabrizio saindo do meio das flores.

Ele suspira, aliviado, e abraça Pietro fortemente.

— Eu procurei vocês por todos os lados, caramba. — Os dois se desvencilharam e o garoto olha entre nós dois, desconfiado. — O que estavam fazendo na mata? Achei que ficariam pela plantação.

Pisco, sem saber o que responder. Os gritos ainda confundem minha mente. Pietro responde por mim.

— Dando um passeio, só isso. — Ele pigarreia, indicando o caminho até a aldeia com a cabeça. — O que aconteceu?

Fabrizio dá de ombros.

— Não sei. Quando os gritos começaram, saí correndo de casa para procurar vocês. Não seria bom se vocês fossem pegos pelo toque de recolher no meio da bagunça toda.

Pietro agradece, mas nossos olhos estão pregados nas luzes da aldeia. Todas as casas estão acesas, e a gritaria continua. Não sei quem dá o primeiro passo, ou quem incita os outros a começarem a andar, mas quando me dou por mim, meus pés estão me levando, pouco a pouco, em direção ao alvoroço no coração da cidade.

Paramos apenas quando estamos na frente da igreja, junto a uma multidão irada. Crianças choram, anciões rezam e adultos berram entre si, cada um tentando dar sua opinião sobre o que acabou de acontecer.

— É um absurdo! — uma mulher grita.

— O que vai ser de nós? — pranteia um velhinho.

— Demônios! — um homem clama. — Demônios estão entre nós!

Porém, é só quando consigo me acotovelar até a porta da capela que entendo o que deixou os aldeões tão enraivecidos.

Jogado nos degraus da igreja, a cabeça pendendo frouxa do corpo, os braços e pernas esparramados, está um homem. De bata preta e uma cruz no pescoço, seus olhos são o que mais chamam atenção. Aterrorizados. Vidrados.

O padre está morto.

Engulo em seco, fazendo eu mesma uma prece silenciosa, e desvio os olhos do cadáver. Para minha infelicidade, entretanto, eles encontram uma visão ainda mais aterrorizante.

De pé, ao lado do corpo do falecido pároco, Stefano me observa com um olhar predatório. Seu olhar, entretanto, não está em meu rosto.

Stefano encara minha mão descoberta, com a intensidade e a fúria de uma cobra peçonhenta.

Aos poucos, os cidadãos percebem o silêncio do xerife e, uma a uma, vejo as cabeças confusas dos cidadãos de Nimmerland se virando em minha direção.

Meu estômago embrulha, mas não fico para ver o que pode acontecer comigo depois dessa estranha interação. Viro-me e acotovelo meu caminho para fora da multidão, correndo para longe – bem longe – dali.

Só não sei se estou fugindo deles ou de mim mesma.

XXIX

Pego uma cereja da banca do feirante e levo-a até meu nariz, inspirando seu aroma adocicado.

— Estou dizendo, senhorita Wendy — o homem tenta alertá-la, guardando nossas compras na cesta de vime que lhe entregamos. — Você não deve mais andar sozinha, sem um homem forte ao seu lado. Não é seguro.

Ele nem mesmo olha em minha direção.

— São sete da manhã, Omar. Não acho que ninguém nos fará mal à luz do dia.

— São tempos obscuros, mocinha. Eu não arriscaria nada — ele insiste, devolvendo a cesta e balançando seu indicador com veemência. — Ainda mais com uma marcada pelo diabo ao seu lado.

Fecho a cara e jogo a cereja de volta na banca, virando as costas e andando para longe do velho enxerido.

Esse não havia sido um caso isolado. Na verdade, à medida que caminho pela avenida principal, vários feirantes me lançam olhares atravessados e mães puxam seus pequenos para longe de mim. Outros, mais abusados, gritam obscenidades e me mandam retornar para os confins do inferno. O pano enrolado em minha marca perdeu totalmente sua utilidade agora que todos sabem o que há embaixo dele.

Desde a última morte, o medo voltou com força total a Nimmerland. Há mais guardas nas ruas e menos civis circulando por entre eles. Alguns moradores mais afoitos chegaram até mesmo a cobrar favores de parentes no continente, deixando a ilha para trás para passar uma temporada longe daqui.

Não preciso de muitos miolos para entender quem está por trás da súbita animosidade dos aldeões comigo. O maldito xerife conseguiu espalhar sua teoria absurda de que eu estou por trás das mortes, e agora todos me tratam como o próprio ceifador.

Percorro a avenida com olhos marejados e a cabeça baixa em direção a casa, sem necessidade de desviar das pessoas, já que elas já fazem isso por mim. Ouço os passos afobados de Wendy se aproximarem, até que ela se põe a caminhar ao meu lado, arfando.

Por uns instantes, não falamos nada.

Ao mesmo tempo que quero gritar para os sete ventos que eles estão sendo estúpidos, também só quero me enfiar debaixo das cobertas macias de meu quarto e chorar.

— Você não deveria deixá-los te afetar tanto assim — Wendy aconselha, com o nariz empinado e o olhar mortífero fulminando todos que ousam torcer o nariz para nós duas. — Eles estão com medo, e isso os deixa burros.

— Eles não estão de todo errados, não é? — externo meus pensamentos. — Até eu suspeitaria de mim.

E talvez eu seja mesmo culpada, mas essa parte guardo comigo.

Wendy engancha seu braço no meu e aperta o passo quando ouve alguns xingamentos vindos de uma senhora especialmente assustadora.

— Deixa de ser boba, Tip. Quer me enganar com essa carinha de anjo? Você não consegue machucar nem uma mosca, e se eles não conseguem ver isso, são todos uns idiotas.

Ela dá algumas cutucadinhas em minha lateral e aproxima nossos rostos.

— Levante a cabeça — ela decreta. — Não se torne um alvo fácil. Você é mais forte do que isso, Tip. Não deixe que eles te destruam apenas com olhares.

Um riso fraco escapa pelos meus lábios, mas faço o que ela diz. Engulo o choro que venho segurando e ergo o queixo, fixando meus olhos no fim da avenida. Caminhamos em um passo rápido até a casa, com meu coração palpitando e mãos formigando, mas quando por fim Wendy destranca a porta da sala, solto um suspiro aliviado.

— Aonde pensam que vão, senhoritas? — uma voz masculina nos chama.

Um sorriso brota em meus lábios instantaneamente, e me viro para encontrar Pietro se aproximando em um cavalo, junto de Fabrizio em uma montaria similar.

Pietro não fala comigo desde nossa última noite juntos, e até mesmo cogitei que ele estivesse me evitando. Cheguei a arrastar Wendy até a casa dele para uma visita, mas ele – supostamente – não estava. Enviei algumas tortas de maçã com canela, suas favoritas, depois de implorar para que minha amiga me ensinasse a receita, mas nem mesmo recebi uma resposta de agradecimento. Até tentei procurá-lo pela feira no dia anterior, pois sabia que ele ajudava a mãe em sua banca quase todos os dias, mas quando encontrei Anna, Pietro não estava em lugar algum para ser visto.

O desespero estava começando a tomar conta de meus pensamentos e não sei o que teria feito caso eu não o encontrasse ainda hoje. Meu relógio interior batia cada vez mais rápido, e sabia que estava perdendo tempo, não poderia arcar com um retrocesso em nossa relação, não agora, às vésperas do meu prazo.

Porém, vê-lo ali, sorrindo para mim como se nada tivesse acontecido entre nós, me devolveu uma pontinha de esperança. Talvez hoje fosse o meu dia de sorte.

— Vocês foram convocadas para uma folga. Nada de ficar remoendo memórias ou costurando machucados.

Ergo uma sobrancelha e o observo desmontar.

— Não acho que essa é a melhor ideia para a minha reputação — eu suspiro, cansada.

— Dane-se sua reputação! — Pietro ri, trazendo seu cavalo para mais perto da casa. — Você já parou para pensar que está viva, Tip? Isso é uma baita vitória. Você é uma sobrevivente, e se esses palermas não conseguem ver seu valor, que fiquem amargurados.

— Viu? — Wendy se intromete, cruzando os braços e se apoiando na parede. — Era exatamente disso que eu estava falando.

Pietro parece alegre e tranquilo, e isso me deixa aliviada, mas quando meus olhos encontram Fabrizio, um calafrio percorre minha espinha. Ele não parece muito feliz em me ver, e talvez isso seja um eufemismo.

Fabrizio desce do cavalo com relutância e arrasta seus pés até nosso pequeno grupo. Ele me observa com cautela, os ombros tensionados e as costas rígidas. Ele não me cumprimenta, nem mesmo quando lhe direciono um sorriso fraco.

Mordo o interior da bochecha, o nervosismo de antes voltando com força total.

Fabrizio está com medo de mim.

É claro que os boatos chegariam até eles. Fui ingênua de não cogitar essa possibilidade. Estremeço, mas envolvo meus braços ao redor do meu corpo para impedir que os outros percebam meu desconforto.

— Tip? — Pietro balança a mão na frente do meu rosto, chamando minha atenção. — Ouviu algo do que eu disse?

Engulo em seco e forço um sorriso.

— Perdão, me distraí.

Ele sorri e se recosta na parede da casa, cruzando os braços e inclinando a cabeça.

— Eu falei que talvez esse seja justamente o problema de suas memórias. O estresse. Se você relaxar um pouco, talvez suas lembranças voltem ao normal.

Bom, pelo menos Pietro ainda parece acreditar em mim. Talvez eu consiga trazer Fabrizio de volta para o meu lado ainda hoje, mas terei que ser extremamente cuidadosa.

— Tudo bem. — Sorrio, mas ainda estou hesitante. — E o que iremos fazer?

Pietro se aproxima de mim, passa seu braço por sobre meus ombros e me lança um sorrisinho travesso.

— Espero que não tenha medo de tubarões, Tip. Estamos indo ao mar.

XXX

A areia queima meus pés enquanto caminho – ou melhor, corro desajeitadamente, segurando as barras de meu vestido – até a água. Pisar no solo fofo é o suficiente para enviar uma onda de dor pela sola do meu pé até meus mais sensíveis nervos. De pulinho em pulinho, e em meio a algumas pragas rogadas ao sol, eu me jogo na água gelada buscando abrigo do calor aterrador da praia.

O mar me abraça como um antigo amigo e um suspiro longo deixa meus lábios ao sentir o alívio refrescante. Não ligo para minha roupa, que está molhada na arrebentação, ou para os olhares esquisitos que alguns transeuntes me lançam enquanto me delicio nas águas do oceano. Tudo que me importa no momento é que não estou mais sendo torturada pela areia quente, e agora isso é mais urgente que o julgamento dos aldeões sobre mim.

— Cuidado para não se afastar muito, Tip — Wendy grita em minha direção, deitada sobre uma toalha estendida na praia. — A correnteza aqui é forte.

Anuo com a cabeça, mas ignoro conscientemente seu comentário. O mar é ainda mais incrível do que jamais imaginei, e meus melhores sonhos não são capazes de criar uma sensação tão boa e reconfortante quanto a realidade.

O agito lânguido das ondas embalando meu corpo, o frio das águas sendo um alívio para minha mente turbulenta e pés quentes, as cócegas dos pequenos peixes esbarrando nas minhas pernas. Nunca poderia ter recriado uma sensação tão fantástica quanto essa nem mesmo no mais puro éter.

Um sorriso enorme alarga meus lábios, a ponto de minhas bochechas doerem, porém não ligo. É uma dor boa, gratificante.

Olho para trás, para a orla da praia e observo a encosta íngreme da faixa de areia, culminando em uma vegetação rasteira e voluptuosa. Pedras estão espalhadas por toda a extensão da baía, e pescadores esperam os peixes morderem as iscas sentados nas superfícies irregulares, pacientes e silenciosos. Ao longe, as casas de pedra e madeira de Nimmerland reluzem à luz do sol, a plantação de girassóis apenas uma mancha amarelada no horizonte.

— Não a trate como um bebê, Wendy — Pietro ri, tirando a camisa de linho branco e a jogando na toalha junto de seus calçados. — Tipper sabe nadar... — Ele faz uma pausa, franzindo o cenho. — Não é?

— Claro que sei! — respondo, andando mais para o fundo. — Fiquem tranquilos, não estou caminhando deliberadamente em direção à morte certa.

Bom, pelo menos não em sã consciência.

Eu não menti sobre saber nadar. Saber, eu sei.

Se eu já o fiz? Fora dos sonhos, nunca.

Asas de fada são estruturas delicadas. Se molhadas, custam a secar e nos impedem de voar (o que é uma grande encheção de saco quando está chovendo). Mas estou confiante o bastante para não me preocupar com minha falta de prática. Não pode ser muito difícil simplesmente flutuar e bater as pernas. Talvez seja como voar.

A água bate no meio de minhas coxas e minha pele está arrepiada com o toque gelado das ondas. Mesmo assim, continuo em frente, com o sorriso fixado no rosto e o coração quase escapando do peito.

Já nadei antes, seja em éter nas fontes terrestres ou em piscinas criadas por mim no limbo dos sonhos. Também sei a teoria de toda a movimentação, pois já li inúmeros livros humanos com descrições assim.

Então, quando a água já chega a minha cintura, dou um impulso para a frente e me jogo de cabeça no mar.

Mergulho com a boca fechada, só que esqueço meus olhos abertos. O sal imediatamente me repreende, e fecho minhas pálpebras com força, irritada com o ardor. Solto um pequeno grito subaquático e bolinhas saem da minha boca. Antes que eu a feche, a água encontra caminho para dentro do meu corpo.

Engasgo, e então me desespero. Balanço as pernas para lá e para cá enquanto tento subir com as mãos, lutando para voltar à superfície. Tento apoiar meu pé no fundo de areia, e não o encontro.

Não consigo ficar de pé na água, muito menos emergir. O pânico aflora em meu peito, e um nó se forma em meu estômago. Em meio ao meu terror, inspiro pelo nariz, e mais água adentra meu organismo. Meu fôlego está se esgotando, e a cada segundo que passa, a pressão aumenta em minha cabeça.

Até que, de repente, ela some.

Uma mão me puxa para cima e, com um longo e barulhento puxão, coloco ar de novo dentro dos pulmões. Pisco desesperadamente, afastando a água salgada dos olhos e desembaçando minha visão.

Uma crise de tosse me acomete enquanto Pietro ri de minha desgraça.

— Você não tinha dito que sabia nadar? — Ele me puxa contra si com um sorriso no rosto, sustentando meu corpo no seu.

Estou ofegante, mas já não estou mais com medo. Consigo rir da situação junto com meu humano, e apreciar seus braços ao meu redor. Estava com saudades do seu cuidado, do seu toque. Uma semana longe dele foi o bastante para me deixar à beira da insanidade, e este é mais um motivo pelo qual preciso trabalhar rápido para cumprir com o prazo dos Noturnos.

— Eu achei que sabia.

— Certo. — Ele solta uma risadinha e ajeita meu cabelo, que gruda em meu rosto em padrões esquisitos. — Não vamos mais trabalhar com achismos, beleza?

— Pensei que ia morrer.

— Morrer? Em menos de um metro de profundidade? Seria uma proeza.

Olho para baixo, para as águas cristalinas do oceano, e vejo o fundo bem ali, próximo aos meus pés flutuantes. Sinto minhas bochechas queimarem e me desvencilho de Pietro, esticando as pernas e me firmando na areia.

— Quer voltar? — ele me pergunta, preocupado.

Dobro os joelhos e me afundo até os ombros. Olho para a praia, onde Fabrizio e Wendy nos observam, e volto minha atenção para Pietro.

— Mas acabamos de entrar...

— E você quase morreu.

— A palavra-chave é *quase*.

Pietro suspira e passa as mãos pelos cabelos molhados, colocando-os para trás. Sua pele branca-bronzeada brilha com as gotículas de água que escorrem pelo seu corpo, e preciso desviar os olhos para não babar.

— Você quer aprender a nadar, Tip?

A voz de Pietro é um sopro de ar quente contra minha pele gelada, e um arrepio percorre toda minha coluna, desde a base da minha espinha. Ele me analisa com um sorrisinho torto nos lábios e preciso conter meu impulso de me jogar em seus braços.

Consigo ouvir as palavras de Rosetta ressoando em minha mente.

Eu preciso de um beijo.

Um beijo e todos os meus problemas vão ser resolvidos.

Já perdi Fabrizio para os boatos que circulam pela cidade e talvez seja apenas uma questão de tempo até que eu perca Pietro também.

Não posso arriscar.

Meu humano inclina a cabeça em minha direção, aguardando minha resposta. Eu sorrio.

— Se você puder me ensinar, eu quero, sim.

Nadar como humana é mil vezes mais complicado do que construir a *ilusão* de que estou nadando em um sonho. A magia é fácil, apesar de cansativa. Com um pouco de pó encantado e minha imaginação, posso fazer praticamente tudo o que quiser. Minhas pernas longas, entretanto, não obedecem tão bem quanto o éter.

— O que o mar te fez pra você tratar ele com tanta violência? — Pietro debocha, depois de me ver nadar de uma pedra a outra com braçadas agressivas e pernadas mais intensas ainda. — Não precisa usar tanta força assim, Tip.

Bufo, criando bolinhas de ar na água salgada, e me agarro a uma pedra para me erguer.

O sol já se põe no horizonte, deitando-se sobre as águas do oceano. Passamos a tarde toda treinando e já consigo ver um enorme progresso nas minhas habilidades. Porém, o mais importante é que finalmente consegui outro momento à sós com Pietro.

Wendy e Fabrizio se cansaram de ficar apenas observando da areia e decidiram ir embora há horas e, durante este tempo sozinhos, nossa relação parece ter voltado ao estágio anterior, quando eu era apenas um sonho e ele apenas meu humano. Quase consigo sentir o fio que costumava nos unir me puxando para perto de Pietro. Quase.

Infelizmente, esta é uma parte de minha antiga vida que não acredito que irá retornar.

Mas não é só isso que me incomoda.

Pietro não está tão normal como pensei (ou como ignorei deliberadamente devido a uma esperança estúpida). Há algo o incomodando, e posso ver isso em cada desviar de olhos, em cada toque evitado. Ele está se esforçando para ser amável, e isso está me matando por dentro.

Conheço meu humano bem o suficiente para saber que ele está se coçando para dizer algo, e tenho certeza de que dessa vez não vou gostar do que irei ouvir.

Balanço a cabeça, afastando os pensamentos negativos. Preciso focar no lado positivo, as coisas boas que, para minha grande felicidade, são muito mais numerosas do que as ruins. Preciso ter todas as vantagens da minha recém-adquirida humanidade em mente se eu quiser pôr um fim a minha barganha impensada e garantir o futuro o qual sei que fui destinada a ter.

— Se eu não usar força, como vou me sustentar na superfície? — faço uma pergunta genuína enquanto tiro algumas mechas de cabelo grudadas no rosto.

— Essa é a questão — ele me explica, balançando as pernas do topo da rocha em que me observa. — A água vai te sustentar, não você.

— Mas funciona desse jeito!

— Só que assim você joga água pra todo lado.

— E daí? A gente já tá molhado mesmo — pontuo, jogando-me novamente na água e batendo minhas perninhas em direção a Pietro, com um sorriso cheio de dentes no rosto. — Meu jeito é melhor.

Apoio-me em suas pernas quando chego à pedra em que está sentado e ele me dá as mãos, me ajudando a subir e me acomodar ao seu lado.

— Finalmente cansou? — ele me pergunta em tom de desafio.

— Claro que não. — Empurro seu braço de leve. — Poderia continuar aqui a noite toda.

Ele sorri, mas seu sorriso não chega aos olhos.

— Posso te fazer uma pergunta?

Engulo em seco e inspiro fundo.

Eu teria que enfrentar isso uma hora ou outra de qualquer jeito.

— Você já está fazendo, não é?

Tento quebrar a tensão no ar, mas meu comentário é ignorado.

— Por que você não me conta a verdade?

Engulo em seco e fecho as mãos em punhos firmes para evitar tremer com o nervosismo.

— Pensei que confiasse em mim.

— E eu confio — ele coça a barba por fazer —, mas não posso esperar para sempre, não quando as pessoas continuam morrendo.

Abaixo a cabeça, envergonhada.

— Se eu pudesse fazer algo, eu faria. Acredita nisso, pelo menos?

— Claro que acredito. Mas você me confunde. Nunca sei o que é real e o que não é com você.

Busco a mão dele, receosa, entrelaçando nossos dedos com cautela.

— Isso é real. Sempre foi.

Ele fica em silêncio por alguns segundos, encarando nossas mãos unidas, até que inspira fundo e faz uma nova pergunta.

— Essas mortes... — ele começa, ofegante — eles não têm relação com a forma como você me encontrou, não é? Porque sei que é você, a garota dos sonhos. Sei que veio até aqui por mim, não há outro motivo... mas, os assassinatos, eles são consequência disso?

Fecho os olhos, sentindo o pesar e a culpa me abater novamente, apertando meu peito e embolando meu estômago.

Não respondo. Como poderia?

Sei que isso acabaria com ele, acabaria com o nosso futuro e ainda impediria que eu desse um basta no reinado de terror dos pesadelos em Nimmerland.

— Pelo sol. — Pietro se desvencilha e esfrega a mão no rosto.

Estou queimando de dentro para fora de vergonha e arrependimento, mas sei que no momento não posso fazer nada a respeito. Talvez não consiga fazer nada em momento algum.

A possibilidade de fracassar com o acordo é como um soco no estômago, me roubando todo o ar. O que será de mim quando o trigésimo primeiro dia raiar e eu não tiver cumprido minha parte? O que será de Pietro, pelo amor da Lua?

Sem um adeus ou um comentário qualquer, meu humano pula na água e se põe a caminhar em direção à praia. Meu coração dói ao vê-lo dar as costas para mim e me deixar sozinha, mas não posso permitir que o dia termine desse jeito.

Escorrego para fora da pedra e caio no mar, arrastando minhas pernas pela água, tentando acompanhar seu ritmo rápido. O desespero acompanha cada um dos meus passos, mas tento manter a calma na medida do possível.

Tenho que dar um jeito de consertar as merdas que fiz.

Só o alcanço quando ele já está na areia, andando até o píer. Ofegante, continuo ao seu lado, em silêncio.

Saímos da praia envoltos em uma nuvem de tensão, e partimos para a casa de Wendy. Sua mandíbula está tensionada, realçando as linhas duras de seu rosto. Seus passos são fortes e pesados, mas ele diminui o ritmo para que eu consiga acompanhá-lo, um cavalheiro mesmo durante uma crise.

Eu o observo pelo canto dos meus olhos, lutando internamente contra mim mesma. Deveria dizer algo? Ou esperar que sua raiva passe primeiro?

Você não tem tempo para esperar, Tipper, uma vozinha em minha cabeça argumenta.

Mas se você tentar conversar agora as chances de deixar tudo ainda pior são gigantescas, a outra rebate.

Quando estamos a poucos metros da casa, andando pela avenida principal, ele para bruscamente e inspira fundo.

— Vem comigo — ele ordena, e sai do nosso caminho costumeiro, virando em um beco estreito e quase imperceptível entre duas casas.

Uma brisa fria me atinge, arrepiando ainda mais meus pelos já eretos. Envolvo meus braços com as mãos e mordo o interior da bochecha.

Olho para os lados. Não há mais ninguém na rua a esta hora da tarde. A ilha está gelada, mesmo sendo verão, e todos se refugiaram dentro de suas casas. Mal vi o céu nublando durante o tempo em que estávamos no mar, e me assusto quando um trovão retumba em meus ossos.

Por mais que não goste da ideia de conversarmos em uma rua escura e vazia (preferia mil vezes resolver isso no conforto do meu quarto), sei que preciso encarar a situação agora, antes que ela se torne uma bola de neve e me engula em uma avalanche. Faltam dois dias para meu prazo terminar. Dois dias e eu continuo falhando.

Sigo Pietro para dentro do beco, logo quando um relâmpago corta o ar, iluminando as feições frustradas do meu humano. Ele está encostado na parede, com os braços cruzados e o olhar focado no céu. Quando paro ao seu lado, ele me olha como se me visse pela primeira vez.

— Eu guardei seu segredo até agora, porque confiei em você. — Ele engole em seco. — Nunca acreditei que todas estas mortes fossem apenas uma coincidência, mas escolhi acreditar que você não era a culpada. Que, de alguma forma, você também era uma vítima disso tudo.

Fecho os olhos, sentindo as lágrimas escorrerem dos meus olhos.

Vítima, assassina. As palavras se misturam em minha mente. Nem mesmo sei dizer o que sou. Talvez as duas coisas. Talvez nenhuma.

Deixo Pietro continuar. Ele precisa colocar tudo o que sente para fora, e eu preciso ouvir tudo que causei.

— Mas não consigo mais guardar um segredo tão pesado enquanto vejo pessoas morrendo por algo que sei que você está escondendo — Pietro enfatiza a última parte com a voz embargada, e abro os olhos para encontrá-lo aos prantos, assim como eu. — Não consigo mais dormir desde que você chegou. Eu não sonho há *dias*. Pesadelos são a única coisa que me acompanham durante as noites, Tipper, e nenhum deles me mostra boas coisas sobre você.

Um soluço escapa de minha garganta. Eu ainda não o havia perdido, mas já sentia o luto de seu afastamento. Os Noturnos haviam conseguido envenená-lo com seus pesadelos e virá-lo contra mim, mas a pior parte é que eles nem precisavam ter se dado ao trabalho.

Eu cavei minha própria cova.

Eu fiz a barganha, eu criei as mentiras, eu condenei inocentes à morte. Agora, só falta jogar a terra por cima do buraco.

— Eu sinto muito — confesso, a voz trêmula — Nunca quis nada disso. Juro!

— Esse é o problema, Tip! — Pietro ri em meio às próprias lágrimas, a verdadeira imagem do desespero. — Mas sente muito pelo quê? Eu sinto que te conheço a vida inteira. — Ele funga e passa as mãos pelos cabelos. — Sinto que te conheço de outras vidas, inferno. E eu sei, *eu sei*, Tipper, que não é por acaso. Nada disso pode ser! Você é a garota dos meus sonhos. Sempre foi. E eu confiei em você por isso, porque eu me lembro de você e lembro que eu te amava. Mas não sei mais quem é você. Talvez eu nunca soubesse. Então, por favor. — Pietro se lança para cima de mim, agarrando meus braços, unindo nossas testas. Consigo senti-lo tremer, mas seu toque é firme, desesperado. Não consigo conter um arquejo de dor quando a intensidade de sua aflição me atinge. Nunca deveria ter deixado as coisas chegarem a este ponto. — Por favor, Tip. Me diga a verdade. Me diga o que está acontecendo. Sei que sou um idiota, mas eu posso tentar ajudar. Eu quero ajudar, preciso disso.

Desvio os olhos para o chão. Não consigo encarar Pietro – tão próximo, tão atento – enquanto ele profere as palavras que eu mais queria ouvir.

Ele me amava. Ele disse que me amava.

Mas será que este amor, quebrado e cheio de mágoas, será o suficiente para que o Noturno me libere da barganha?

É suficiente para compensar as minhas falhas?

Fiz amigos e os decepcionei, consegui relembrar Pietro de nosso amor, e o desapontei.

Eu criei uma teia de mentiras tão grande que acabei me enrolando em seus fios. A corda está no meu pescoço; um passo em falso e morrerei pendurada. Posso ter errado ao aceitar a barganha com o Noturno, mas continuei insistindo no erro ao enganar cada uma das pessoas que aprendi a admirar.

Sei que isso não trará nenhuma das almas perdidas de volta, e que isso não vai desfazer todos os meus crimes, mas só há uma coisa que posso – e que devo – fazer agora.

É hora de desfazer as mentiras que teci e revelar a verdade a Pietro, por mais que me doa o coração. Nosso relacionamento está quebrado, posso sentir as rachaduras se alargando, espalhando-se por nossas memórias. Pietro merece a minha verdade, mesmo que essa seja a última coisa que eu faça.

Porém, há uma coisa que preciso fazer primeiro, uma última coisa que preciso tentar.

Em um impulso, trago sua cabeça mais para perto e planto meus lábios nos seus. No começo, é um beijo rígido, desconfortável, mas Pietro toma minha cintura e a aperta, puxando-me contra si, e aprofunda nossa ligação. Ele me beija como se este fosse nosso último contato, a última chance de provarmos nossa união. Ele tem gosto de saudade e paixão, dor e euforia, e é viciante, porém sei que precisamos parar porque nós ainda não terminamos o que viemos fazer aqui.

Quando nos separamos, ofegantes, continuamos com os rostos unidos, respirando o mesmo ar e compartilhando o mesmo espaço.

Fecho os olhos com força, torcendo para que algo aconteça – uma chuva de estrelas, a aparição física de um Noturno – mas minutos se passam e eu só consigo ouvir nossas tristezas ecoando pela rua vazia.

Ou seja, não é o bastante. Eu falhei.

É hora da verdade.

Engulo em seco e me desvencilho de seus braços, sentindo um estranho vazio me preencher com a ausência de seu abraço.

— Você se lembra do livro que sua mãe costumava ler para você quando pequeno? A História das estrelas?

Um vinco cresce entre as sobrancelhas de Pietro. Ele pisca, confuso, e comprime os lábios em uma linha fina.

— Tipper, se isso é alguma espécie de brincadeira...

— Não é! — eu me adianto, erguendo as palmas em minha defesa. — Só me escute, por favor. Você se lembra ou não?

Pietro estreita os lábios e faz que não com a cabeça. Algo em meu interior se revira.

Terei que explicar tudo desde o começo.

— Quando o mundo ainda não era mundo, dois deuses decidiram gerar um planeta onde suas criações pudessem habitar. Eles se tornaram astros fixos no céu, para que pudessem observar este planeta durante todos os segundos. Assim, se tornaram Mãe Lua e Pai Sol.

Mais um relâmpago cruza a noite, iluminando as feições desacreditadas do meu humano. Estremeço diante de seu escrutínio, mas inspiro fundo e procuro me lembrar de que não estou fazendo isso só para que ele acredite em mim. Estou fazendo isso porque é o certo a se fazer, porque devo isso a ele e a todos os outros moradores de Nimmerland.

Ele pode não acreditar em mim, mas pelo menos não continuará no escuro quanto a verdade.

— Juntos, os dois deuses deram à luz os primeiros humanos, e os deixaram para povoar o planeta. Mas logo Pai Sol e Mãe Lua entraram em um embate. Ele queria explorar novas possibilidades, conceber novas criaturas. Ela, entretanto, estava apaixonada demais por seus primogênitos, e tornou a proteção aos humanos sua única função. Mãe Lua deu a vocês inteligência e destreza, agilidade e astúcia, mas a cada dia era mais difícil cuidar dos humanos sozinha, frente às criaturas monstruosas e perigosas que Pai Sol andava criando. Por isso, Mãe Lua fabricou as estrelas, espalhando-as pelo céu.

— Espere um pouco — ele me interrompe, elevando um dedo indicador, pedindo uma pausa — Vocês... você disse *vocês*. — Meu humano eleva um dos cantos da boca em deboche. — Está querendo me dizer que não é humana?

Uma lágrima escorre pela minha bochecha e desvio os olhos. Não respondo, e isso já é resposta o bastante. Posso ter decidido contar a verdade, mas isso não quer dizer que estou preparada para o desgosto e desprezo de Pietro. Ele cruza os braços e abaixa a cabeça, pensativo. Posso ver que ele está no limite da paciência, mas preciso botar tudo para fora, preciso que ele me escute.

Mesmo que ele me odeie no final.

— Assim que um bebê dá sua primeira risada, uma estrela cai do céu e ela se torna uma fada dos sonhos. Uma para cada humano, para guiá-los no limbo do inconsciente, um lugar de energia pura e repleto de perigos.

Quase consigo ver as engrenagens da mente de Pietro girando, concluindo o que ele já estava suspeitando há tempos. Posso ver o brilho em seus olhos quando a percepção finalmente o atinge.

— Você realmente estava nos meus sonhos. Eu não estava louco.

Fecho os olhos quando as feições de Pietro se contorcem em uma mistura de dor e traição. Todo o meu corpo treme e as lágrimas rolam desenfreadas pelo meu rosto. Quero me encolher em uma bola e me esconder do mundo, da realidade ilusória que eu criei e que está ruindo ao meu redor.

Pietro se aproxima, seu hálito quente contra meu rosto gelado. Trovões e relâmpagos assombram a noite, acompanhando a tempestade dentro do meu peito. Os dedos do meu humano encostam em minhas bochechas, estudando minha pele, analisando meus traços, com uma delicadeza celestial que quase me faz suspirar. Seu toque, entretanto, apesar de gentil, é trêmulo e hesitante.

— Abra os olhos — ele pede, e não há gentileza alguma em suas palavras.

Engulo o grito que tenta escapar pela minha garganta, sufoco os berros de puro luto e desespero, e abro as pálpebras devagar, temendo o momento em que os olhos de Pietro encontram os meus. E, quando eles se cruzam, a pontada em meu coração é mais forte do que eu posso aguentar.

A intensidade de suas íris de esmeralda é arrebatadora. Ele me olha como se seus sonhos finalmente tivessem se tornado realidade, bem a sua frente, e a ironia da situação não me escapa. Eu posso um dia ter sido um sonho, mas agora não sou melhor do que um pesadelo.

— Todos esses anos, eu acreditei que te encontraria — meu humano responde, solene, a voz embargada com um misto de emoções. — E assim que achei você, naquela campina, eu soube. Sempre soube. Ninguém nunca chegou aos seus pés, estrelinha. Por isso guardei seu segredo, e continuarei o guardando até o meu último suspiro. Você é minha, mas não quero mais nada entre nós. Quero ficar com você, mas não suporto mentiras.

Meu coração se contorce no peito, agoniado com as palavras que sempre quis ouvir, mas que sei que não durarão. Afinal, ele ainda não conhece toda a verdade.

— Sem mais mentiras — prometo.

— Se você é uma fada — ele pergunta, acariciando minha bochecha com o dedão —, onde estão suas asas?

Minhas costas começam a pinicar, como se pudessem interpretar o sentido da conversa e reclamar a ausência das minhas companheiras.

— Não as tenho mais — digo, e cada palavra é uma facada em meu peito.

— Seus machucados... — ele conclui, com preocupação brilhando por trás de seus olhos turvos. Entretanto, seu zelo apenas me faz afundar ainda mais fundo em meu poço particular de tristeza. Sei que em alguns minutos toda a apreensão de Pietro se transformará em repugnância.

Balanço a cabeça, incapaz de lhe contar essa parte da história, e um soluço foge de meus lábios.

Pietro arqueja e me olha dos pés à cabeça, como se estivesse analisando meus machucados pela primeira vez. Embora ainda esteja sentido pelas primeiras revelações – nas meias verdades que eu confessei –, seu bom coração ainda insiste em se preocupar comigo, em me dar uma chance.

— Quem fez isso com você? — Pietro rosna, seu instinto protetor florescendo.

Um sorriso frouxo se abre em meus lábios e uma risada nervosa escapa, junto com mais e mais lágrimas. Eu não mereço o carinho de Pietro, talvez nunca tenha merecido.

Abusei de meu poder, ultrapassei todos os limites possíveis em nome de um amor que nem deveria existir.

Pietro não me merece. Ele é digno de um amor puro e genuíno, sem mentiras ou ilusões.

Eu nunca poderei dar isso a ele. Nunca pude.

— Vou perguntar mais uma vez. — Pietro se aproxima, sua testa molhada de suor apesar da brisa fria, as pupilas escuras e dilatadas. — Quem fez isso com você, estrela?

A chuva finalmente cai sobre nós, gotas pesadas e frias escorrendo em meu rosto e se confundindo com minhas lágrimas. Um cavalo relincha ao longe enquanto Pietro me empurra até a parede, segurando minha face com tamanha delicadeza e esmero que meus joelhos quase cedem de emoção.

— Tip, me dê um nome e eu farei tudo que puder para ajudar. Vou caçar essa pessoa até o fim do mundo se isso te fizer feliz. Eu juro.

Ande, Tipper, eu penso comigo, xingando-me mentalmente, *quanto mais tempo você demora para contar-lhe a verdade, mais difícil fica.*

— Eu.

Pietro pisca, seu cabelo molhado caindo sobre sua testa.

— Como assim? — ele sussurra, sem compreender.

Inspiro fundo e concentro-me nas suas mãos, na sensação de seus dedos sobre minha pele. Memorizo cada traço de seu rosto, porque sei que esta é a última vez que o verei assim, sem me odiar.

— Eu fiz uma barganha — sinto meus lábios tremerem com a confissão — para me tornar humana. Eu cedi minhas asas para conseguir essa forma. Para poder ficar com você.

Mal termino minha frase e as mãos de Pietro já estão longe de mim, retiradas abruptamente com um asco violento. A boca do meu humano está franzida em desgosto e um vinco enorme ondula sua testa.

— Um pacto? — ele questiona, seu peito subindo e descendo rapidamente. — Você vendeu suas asas?

Tento me afastar do julgamento em seu olhar, mas a parede atrás de mim me impede de fugir de seu escrutínio.

Pietro solta uma risada incrédula enquanto passa as mãos nervosas pelo cabelo, bagunçando-o ainda mais. A chuva continua caindo ao nosso redor e já estamos ensopados, tremendo pelo frio, mas a adrenalina da confissão em meu sangue me impede de congelar no lugar.

— Era verdade — Pietro murmura para si mesmo, andando em círculos, pisando duro sobre poças de água. — Stefano estava certo. Você realmente está envolvida com demônios.

Abaixo a cabeça, incapaz de encarar seu frenesi e a mudança brusca que causei em nossa relação. Pietro chora audivelmente, e este é o som mais desolador que já ouvi em toda minha vida.

E eu sou a única responsável por cada parte dessa situação.

Envolvo meu corpo em um abraço, tremendo dos pés à cabeça, mas uma parte de mim está feliz, contente até, por finalmente receber o tratamento que mereço. O desprezo de Pietro é tudo que devo sentir de agora em diante, e é melhor me acostumar com isso.

Tentei me enganar por quase um mês, fingindo que não havia problema sacrificar tudo pela minha felicidade, que eu merecia ser pelo menos um pouco egoísta em minha vida mundana.

Mas é claro que isso nunca foi verdade. Eu só estava perdida demais na minha própria ganância para ter a coragem de assumir os danos que causei.

As mãos de Pietro agarram meus ombros, me sacudindo desesperadamente, e mesmo assim hesito em encontrar seu olhar.

— Por que não me explicou tudo antes? — ele questiona, tentando encontrar a resposta em meu semblante abatido. — Eu te conheço há anos. Anos! Por que não me disse nada? Poderíamos ter dado um jeito, ter feito algo diferente...

— Eu sinto muito — eu o interrompo, escondendo a cabeça entre as mãos. — Eu sinto tanto...

— Mas o que adianta agora, Tipper? — ele ri, descrente. — *O que adianta?*

Não tenho mais o que dizer.

Agora que Pietro sabe de toda a verdade, posso finalmente deixá-lo em paz. Tenho certeza de que uma vida livre de mim será o melhor presente de despedida que eu poderei lhe dar, e é exatamente isso que farei. Preciso reverter o caos em que coloquei Nimmerland o quanto antes, nem que seja a última coisa que eu faça.

Há algo que eu ainda posso tentar, um novo trato que posso oferecer ao Noturno, algo que está em minha mente desde que entendi o que realmente aconteceu com a mãe de Wendy.

Enquanto Pietro anda de um extremo da rua a outro, saio de fininho do beco e volto à avenida principal, me pondo a correr desajeitadamente pelo caminho de pedras molhadas. Consigo ouvi-lo gritando atrás de mim, mas não paro. Pelo contrário, corro ainda mais rápido, colocando todas as energias que me restam nesta tarefa.

Estou ofegante quando chego à casa de Wendy e demoro alguns segundos para recuperar a respiração e me recompor. Tento ajeitar meu vestido amassado e enlameado, mas ele parece um caso perdido. Só espero que não precise enfrentar o olhar inquisitivo de George até poder subir ao quarto e me esconder debaixo das cobertas.

Mas, quando abro a porta da sala e entro no cômodo sem pensar duas vezes, não é George que me espera sentado na poltrona.

XXXI

— Já era hora! — Stefano sorri, dando mais uma tragada em seu cachimbo repugnante. — Estávamos todos esperando por você, Tipper!

Paraliso ainda na entrada da casa, meu coração já sensível quase saltando pela boca. O xerife está sentado na grande poltrona de George, de pernas cruzadas e ar de quem é dono do mundo inteiro. Ao seu lado, estão alguns soldados da cidade, homens grandes e parrudos, que me encaram com toda a aspereza possível.

Meus instintos agem tarde demais.

Tento me virar e correr porta afora, mas um homem corpulento cobre a entrada e impede minha saída. Seus braços cruzados e olhos de naja indicam apenas uma coisa: fim da linha.

Acabou para mim.

Eu me afasto do soldado e engulo em seco, ouvindo a risada do restante do grupo atrás de mim. Viro-me na direção do xerife e encontro seu sorriso leve, mostrando todos os dentes podres.

Finalmente, eu penso. Sou exatamente o que Stefano sempre disse que eu era. Um rato em sua ratoeira. E ele se diverte com isso, ah, como se diverte.

Analiso o ambiente mais uma vez, buscando um rosto familiar em específico.

Um suspiro aliviado escapa de meus lábios quando percebo que nem Wendy nem George estão por perto para presenciar minha derrocada. Seria humilhante demais, doloroso demais, e não sei se aguentaria seus olhares de pena e decepção.

— Ah, não se preocupe, eles estão bem — Stefano responde aos meus pensamentos, girando o cachimbo entre os dedos ossudos. — Mas houve mais uma morte, infelizmente. Dessa vez, foi uma mulher. Uma jovem, encontrada morta em sua cama.

Estremeço.

Raiva, ódio e remorso se agitam em meu peito, embrulhando meu estômago. Apesar das palavras pesadas, o tom do xerife é alegre, descontraído. O sorriso horripilante em seus lábios não condizem com o peso de suas frases, e isso me dá vontade de vomitar.

— O que eu acho mais engraçado, senhorita Tipper — ele comenta, levantando-se da poltrona com um arquejo, encurtando a distância entre nós —, é o que foi encontrado junto a esta garota.

O homem atrás de mim agarra meus ombros e toda a minha coluna enrijece de uma vez. Me debato, mas não consigo me mover um único milímetro, presa em seu aperto.

Stefano ri enquanto chuto o ar inutilmente e para a poucos centímetros de distância, baforando sua fumaça pútrida em minha cara.

Engasgo com o cheiro do tabaco, meus olhos já inchados derramando lágrimas intermináveis. O xerife aproxima o rosto do meu, atravessando a névoa que ele mesmo criou, e abre ainda mais seu sorriso pernicioso.

— Havia uma certa marca na nossa vítima, Tipper — ele diz, o deboche escoando de sua língua. Não preciso de muitos segundos para entender de que marca ele fala.

O último cadáver tem a marca dos Noturnos. A mesma marca que mancha a minha pele há quase trinta dias.

Agora, como ela foi parar lá... essa é uma pergunta um pouco mais complexa. Sei que humanos não podem fazer pactos com os senhores dos pesadelos como as fadas, e sei que fada nenhuma tem o poder de mudar qualquer humano fisicamente, ainda mais de forma permanente.

Como, então?

Se pudesse apostar, todos os meus palpites estariam nos dedos corruptos de um xerife incompetente e enxerido.

Estreito os olhos em sua direção, mas sei que não posso acusá-lo de nada a não ser de esquisitice. Não tenho provas, muito menos aliados. Estou sozinha novamente, como sempre estive em minha vida.

Stefano me lança uma piscadela, como se pudesse ler meus pensamentos, mas sei que isso não é nenhuma telecinese. Ele apenas está admitindo sua culpa, aproveitando-se de sua intocabilidade.

Avanço em sua direção, doida para arrancar o sorrisinho presunçoso de seus lábios nojentos, mas o capanga que me segura frustra meu ataque.

— Calma lá, ratinha. — Stefano dá algumas batidinhas condescendentes em minha bochecha, fortes o bastante para fazer os tapas ecoarem pela sala silenciosa. — Vamos checar os fatos antes de nos exaltarmos, que tal?

Trinco meu maxilar enquanto os dois homens me forçam a levantar o antebraço e abrir a mão em que repousa a marca de meus pecados. Contraio os músculos com toda a minha força, mas não é o bastante contra dois marmanjos enormes. Logo, o pano que cobre a marca é arrancado de minha mão, expondo o símbolo dos Noturnos para todos na casa.

Um arquejo coletivo percorre os presentes, e sinto a pressão com que o soldado que me segura. Tremo de raiva dos pés à cabeça, e uma vermelhidão já familiar preenche minhas bochechas enquanto ouço os sussurros irritados dos homens da sala.

Encontro o olhar do xerife e vejo o canto de sua boca se elevar em um sorriso vitorioso, antes de ele inflar o peito para seu grande discurso.

— Senhores, tenho vocês como importantes testemunhas!

Stefano vira as costas para mim, entrelaçando as mãos atrás da lombar e encarando os homens sob suas ordens.

— Mais cedo, levei cada um de vocês para examinar o cadáver da garota. Todos tiverem sua vez inspecionando aquele pequeno e inocente corpo para que futuramente vocês pudessem atestar com os próprios olhos a identidade do demônio que vem habitando esta aldeia.

Eles assentem. Os soldados estão vidrados, hipnotizados pelas palavras bonitas e imponentes que o xerife profere. Eu já não tinha a mínima chance de conseguir alguém para o meu lado.

—Agora, eu lhes revelo a razão de toda a minha suspeita. Durante estes dias todos, eu colhi evidências contra esse lobo vestido de ovelha que se infiltrou em nossa ilha. Hoje, lhes dou a maior dessas provas: a marca de um demônio, desenhada em uma vítima. — Stefano engole em seco, fingindo um abalo que sei com absoluta certeza que não é nem de longe genuíno. Ele pausa, olhando seus homens nos olhos, um por um, e volta a discursar com o indicador trêmulo apontando para o meu rosto. — A mesma marca que sempre esteve neste ser dos infernos. A garota que, não coincidentemente, chegou assim que as mortes começaram.

Xingamentos são lançados em minha direção e, como flechas, atingem o alvo, cortantes.

Assassina. Homicida. Criminosa. Perversa.

Tudo que eu já penso de mim mesma. Afinal, presenciei cada uma das ultrajantes consequências das minhas ações impensadas. Meus ombros caem em derrota e abaixo a cabeça, sem aguentar o peso da culpa sobre meus ombros.

Estou cansada de lutar e acabar machucando outros no processo. Estou exausta de buscar a felicidade e encontrar apenas tristeza no caminho.

Passos hesitantes ecoam pela sala e levanto a cabeça a tempo de ver o xerife abrindo os braços para recepcionar uma nova testemunha, vinda da cozinha.

Perco o fôlego e sinto meu mundo desabar.

O garoto se posta ao lado de Stefano, com a cabeça baixa e andar acanhado. Toda sua postura está rígida, e as mãos inquietas denunciam seu desconforto, mas não há como confundir a decisão em seu olhar.

Fabrizio está aqui por livre e espontânea vontade. Ele faz parte de todo este circo, tanto quanto o xerife.

— Este menino foi uma peça importante em todo este quebra-cabeça! — o xerife anuncia para os soldados, colocando as mãos grandes e protetivas sobre os ombros do garoto que pensei que era meu amigo.

As lágrimas voltam a rolar pelo meu rosto e, embora queira perguntar o porquê da traição, o que o levou a esta facada nas costas, sei que não gostarei da resposta. Ele só vai dizer o que eu já sei: que sou uma farsa, uma mentira ambulante. Fabrizio se remexe, desconfortável com meus prantos, mas nem mesmo se digna a olhar para mim.

— Ele mesmo relatou que a garota foge todas as noites da casa dos curandeiros. Todas as noites ela fica a solta por Nimmerland, espalhando sua magia obscura por nossas ruas, matando nossos companheiros.

Engulo em seco. Nunca pensei que meus passeios com Pietro seriam minha derrocada. Sempre pensei que seriam eles a me levar a vitória. Tudo está de cabeça para baixo, e eu mesma revirei o mundo.

Desvio os olhos, incapaz de mantê-los sobre a mágoa incrustrada nas feições de Fabrizio, e deixo que Stefano continue seu monólogo, sem o interromper.

— Eu lhes garanto, senhores! Garanto com toda minha sinceridade que a solução para Nimmerland é se livrar dessa garota demoníaca. — Ele pigarreia, levando seu cachimbo de volta à boca. — Há alguém aqui que é contra o sentenciamento dessa estrangeira?

Silêncio, sepulcral e absoluto.

Nem um pio. Nem mesmo de Fabrizio.

Stefano sorri para mim.

— Muito bem — ele anuncia aos seus subalternos. — Eu julgo Tipper culpada das acusações.

Inspiro fundo e sinto uma única lágrima rolar pela minha bochecha.

— E a sentencio à morte pela forca.

Urros de contentamento me envolvem, os soldados felizes com o expurgo da minha alma.

Fecho os olhos, tapando a visão dos homens felizes, e me deixo desabar.

XXXII

Um baque em meu joelho me acorda com um sobressalto. Meus olhos se abrem em um rompante, bem a tempo de ver minhas pernas sendo arrastadas por algumas pedras soltas da rua. A chuva continua caindo sobre a avenida, agora mais forte do que nunca, e não há uma parte de mim que não esteja ensopada.

Grito, de dor e desespero, mas estou presa.

Dois homens me carregam pelos braços, em um aperto firme e descomedido, enquanto a parte de baixo do meu corpo permanece adormecida e flácida, deslizando pelas irregularidades da rua molhada, rasgando a pele e misturando sangue e lama.

Com esforço, consigo fazer minhas pernas voltarem a obedecer e me ponho a caminhar junto aos homens, relutantemente. A cada passo, tento me desvencilhar, mas os soldados que me cercam são fortes e treinados, e eu ainda estou me acostumando à minha forma humana.

A rua, antes silenciosa e pacata, agora transborda com uma multidão agitada. As casas estão todas iluminadas, as janelas e portas abertas, evidenciando as pessoas que observam a procissão funesta passar. Crianças e idosos, homens e mulheres, todos os cidadãos de Nimmerland estão atentos aos homens da lei que carregam a mais nova criminosa capturada para a delegacia.

Eu, Tipper, antes fada, agora assassina.

Tropeço, e logo sou puxada para cima de novo. Os soldados sustentam quase todo o meu peso e, sinceramente, não sei se teria energia para sequer levantar se caísse. Vivas e urras acompanham o cortejo, assim como vaias e xingamentos assim que sou avistada.

A vontade que tenho de chorar é imensa, mas nenhuma lágrima deixa meus olhos durante todo o trajeto até a delegacia. Estou seca, vazia por dentro e por fora.

Já não aguento mais a humilhação, mas sei que mereço cada segundo desta tortura. Por isso, mantenho a cabeça baixa, e deixo cada insulto me perfurar como uma navalha. Anseio pelo momento em que finalmente poderei dormir, não para descansar, mas sim para me livrar desta barganha. Aceitar minha derrota, restaurar a paz em Nimmerland e pôr um fim a esta loucura.

A delegacia chama atenção esta noite, não pela sua imponência ou por ser, muito provavelmente, o meu destino final, mas porque é a única construção sem luz alguma.

Não há ninguém lá dentro, eu concluo. Stefano levou absolutamente todos os seus subordinados ao meu encontro.

Trinco os dentes assim que o xerife sobe os pequenos lances de escada até a grande porta de madeira e ferro da delegacia. Ele se vira para mim uma última vez, sorrindo como um maníaco, antes de abrir a fechadura para que eu desfrute das minhas últimas horas de vida em uma cela escura e fedida.

Sou empurrada pelas escadas com brutalidade, e acompanho como posso o passo apressado dos meus captores, mesmo com as pernas trêmulas e ensanguentadas. Meu coração dobra o ritmo de seus batimentos já acelerados enquanto sou arrastada pelo mesmo caminho que percorri alguns dias atrás, em uma situação bem diferente, e com todos os meus amigos ao meu lado.

Amigos que nem tenho mais, talvez nunca os tivesse realmente tido.

A imagem de Fabrizio, envergonhado e enraivecido, parado ao lado de Stefano na sala de estar, tritura os pequenos cacos que sobraram de meu coração. Sei que não me aproximei tanto de Fabrizio quanto de Wendy e Pietro, mas sua traição ainda dói.

Porém, assim que sou jogada dentro da primeira cela aberta que aparece no corredor e caio com os joelhos já machucados no chão duro e irregular, enviando um choque doloroso por todo o meu corpo, não consigo deixar de pensar que não deveria estar surpresa com a decisão dele.

Eu os traí primeiro.

Me arrasto até o canto da cela e me recosto na parede fria, repousando a cabeça pulsante contra a pedra úmida. As roupas molhadas me incomodam, grudam no meu corpo, mas não tenho forças – nem vontade – de ajeitar meu vestido destruído.

Penso na cama que ainda me aguardava, em suas cobertas quentinhas e travesseiro macio, feito das plumas mais leves. Fiquei mal acostumada com as regalias do mundo humano, e agora terei que me adaptar aos seus infortúnios.

Entretanto, meu maior anseio é por um ombro amigo em específico.

Penso em Wendy, que a essa altura, em um dia comum, estaria cuidando de minhas feridas com suas pomadas milagrosas e me desejando uma boa-noite, com direito a um abraço e palavras queridas. Sei que eu me coloquei nessa situação, mas não consigo deixar que uma nostalgia poderosa tome conta de mim, junto de uma preocupação inquietante.

Afinal, onde está Wendy?

Fecho os olhos, tentando não imaginar as diversas respostas para esta pergunta – nenhuma agradável.

Falho miseravelmente nesta nova missão.

Tudo que minha mente consegue conjurar são imagens horrendas de Wendy chorando, decepcionada comigo e com nossa amizade. Frustrada por não ter visto os sinais de minhas mentiras. Chateada por ter passado tantos dias me hospedando, cuidando de mim, apenas para descobrir que eu a estava enganando o tempo todo.

Quase podia ouvi-la me xingando ali mesmo, repreendendo-me dentro daquela prisão.

—Agora não é hora de uma crise de autopiedade — ela diria, gritando com sua voz rouca após tanto chorar.

No fundo, ela estaria certa, de diversos jeitos.

Preciso dar um jeito de conversar com o Noturno, e permanecer encolhida em um canto não vai me ser de utilidade alguma.

— Levante estas malditas pernas e trate de nos tirar daqui, Tipper — ela diria, e suas palavras ecoariam pela câmara escura.

Sim, eu teria que...

Não, algo estava errado.

Eu não alucinei. Aquele eco havia sido real.

Abro os olhos rapidamente, buscando a voz na escuridão.

Na cela ao meu lado, agarrada nas barras e fulminando-me com o olhar, encaro Wendy.

Suja, machucada e assustada, mas ela está lá.

— Finalmente me notou. — Ela range os dentes. — Não quer demorar mais? Nem estamos com o pescoço na forca mesmo, não é?

XXXIII

Por um segundo, achei que as pancadas que levou subiram à sua cabeça — Wendy confessa, com a testa encostada na grade de sua cela. — Eu presa, meu pai desmaiado e minha amiga insana. Estaríamos todos condenados.

Lanço um olhar aflito em direção ao corpo de George, caído na cela além de Wendy. Um corte profundo macula sua testa e sangue seco está grudado em todo o seu rosto. Entretanto, para nosso alívio, o peito do homem sobe e desce em um ritmo lento, apenas o suficiente para mantê-lo vivo. Rosetta está sentada em seu peito, vigiando cada inspiração dele, mas está tão exausta quanto nós duas.

— Não estamos mortos, acho que isso é uma vantagem — tento soar otimista, mas minha voz é apenas um sussurro.

— Não estamos mortos *ainda* — Wendy retruca, franzindo os lábios, e Rosetta concorda com um murmúrio. — Não vamos abusar da sorte.

Que sorte?, eu queria lhe questionar, mas mantive o comentário para mim. Wendy não merecia um desaforo desses, ainda mais depois de todo o trabalho que ela teve para me manter segura quando nem eu sabia os perigos que corria.

— Você é uma péssima mentirosa — ela confessa. — Eu estou acostumada à perda de memória, você sabe sobre minha mãe. Estudei muito depois de tudo que aconteceu. Fiquei obcecada pelo assunto. Por isso mesmo tinha certeza de que você estava escondendo algo desde o começo e tentei te dar sinais para que você percebesse que estava tudo bem contar para mim o que havia acontecido, mas sua cabeça é igual panela velha, Tipper, nunca vi igual. Até faz comida boa de vez em quando, mas está tão enferrujada que deixa tudo com um gosto meio esquisito.

Tentei não fingir surpresa – ou indignação –, mas Wendy foi rápida em apontar minha incredulidade.

— Está vendo? — Ela insere a mão por entre as grades, cutucando o meu rosto com o indicador. — Você morde a bochecha quando está nervosa. Você não me engana, Tipper seja-lá-qual-for-o-seu-sobrenome.

Foi impossível esconder minha risada. Era incrível como Wendy e seu humor ranzinza podia me acalmar mesmo na pior das situações. Um sorrisinho fraco também brota nos lábios da minha amiga, mas isso não a impede de continuar seu sermão.

— Não sei como você não percebeu, Tipper, mas eu sei muito bem o que você é, desde que você pôs os pés na minha casa.

Ergo uma sobrancelha, sem acreditar muito no que ela afirma, mas disposta a lhe contar a verdade quando ela se provasse errada. Olho para Rosetta pelo canto do olho.

— Ouça o que ela tem a dizer, Tipper — ela me aconselha, dando de ombros.

— Vamos lá, então — suspiro e assinto com a cabeça. — O que eu sou, Wendy? Uma golpista, talvez?

— Sim, claro. Eu iria acobertar uma golpista durante todo esse tempo mesmo — Wendy bufa. — Para uma fada, você é bem ingênua.

Quase engasgo com minha própria saliva. Solto um arquejo tão alto que George se remexe em seu sono. Wendy revira os olhos, apertando com os dedos as barras que nos separam.

— O símbolo em sua mão — ela sussurra, dando uma espiada ligeira no corredor, mas ele está vazio. Conseguimos ouvir os guardas festejando minha prisão em alguma sala adiante, com muita gritaria e, posso apostar meu pó mágico, bebida também. Podemos conversar seguras, pelo menos por enquanto. — Eu já o vi antes.

Fecho os dedos instintivamente, escondendo minha marca da vista de Wendy, mas logo me sinto estúpida. Foi ela quem me ajudou a esconder o desenho em primeiro lugar, ela quem me ajudou a evitar as perguntas do xerife, ela quem insistia em dizer que não precisava ficar correndo atrás de memórias que não existiam.

Não havia por que me esconder de Wendy. Ela já me conhecia por completo.

Restava saber como.

— Em minhas pesquisas, achei alguns relatos antigos, outros nem tanto, que mencionavam um lugar intermediário, entre o real e o irreal, o consciente e o inconsciente: o Umbral — ela continua sua explicação, notando as dúvidas em meu rosto. — Um lugar de sonhos regidos por fadas e pesadelos controlados por criaturas monstruosas. Criaturas essas que podem se alimentar das memórias de humanos aterrorizados, apagando todo traço de identidade que encontra pela frente. Como minha mãe. Quando tentei mencionar os livros para o meu pai, ele riu. Até eu mesma estava achando difícil acreditar em uma coisa dessas. Larguei os estudos. Até eu conhecer você.

Meu coração bate rápido, acompanhando o ritmo acelerado da explicação de Wendy.

— Reconheceria o símbolo dos pesadelos em qualquer lugar — ela diz, engolindo em seco. — E também sei reconhecer os machucados em suas costas. O local exato para encaixar um par de asas. Você não é a única fada que barganhou seu caminho até nosso mundo, Tipper, nem será a última.

Busco algum sinal de decepção, raiva – ou até mesmo medo – nas feições de minha amiga, mas não há nada para encontrar. Sua expressão é solene, estoica, e não consigo decifrá-la por mais que estude cada parte de seu rosto minuciosamente.

Rosetta voa para perto de nós e pousa ao meu lado, recostando as costas na parede e cruzando os braços.

— Eu disse que você não estava sozinha, estrupício — ela ralha, debochando de minha surpresa. — E você não acreditou. Estava tão preocupada correndo atrás de homem que se esqueceu de prestar atenção em si mesma.

— E por que não me contou antes? — ralho com a fada, esquecendo-me da presença de Wendy momentaneamente.

— Não era minha história para contar, Tipper. Wendy e você precisavam resolver isso sozinhas.

— Com quem está falando? — Wendy me interrompe, se empertigando. — É uma fada, não é? A minha fada?

Fecho a boca quando percebo meu queixo pendendo aberto e passo a língua pelos lábios secos. Minha amiga parece animada com sua conclusão e assinto em confirmação, mas preciso de mais respostas antes que eu possa passar para as perguntas.

— Se você sabe disso tudo, por que não tem raiva de mim?

A garota bufa, como se a resposta fosse óbvia.

Mas não é, pelo menos não para mim. Tudo que eu pensei que precisava fazer, que eu achei que teria que revelar, já foi colocado à mesa. Raios, Wendy parece saber até bem mais que eu sobre o Umbral e os senhores dos pesadelos.

— Não há motivos para que eu fique com raiva de você, Tipper. Não quando os únicos culpados são uma deusa obsessiva e controladora e um deus inconsequente, sendo que ambos desapareceram há séculos. Não é justo que você passe sua vida assim.

Olho para o teto, ansiosa, mas não há um mísero buraco que deixe a luz da lua entrar em nosso cárcere, nem mesmo uma janela para ventilar. Ela pode estar ouvindo, eu penso, mas logo vejo o quão boba pareceria se dissesse isso em voz alta.

Mãe Lua nunca me ouviu. Ela nunca ouviu nenhuma fada. E, ainda assim, obedecemos às suas regras e lutamos contra seus monstros.

Não foi exatamente por isso que eu fiz a barganha? Para me ver livre de seu domínio autoritário? Para ter a liberdade que me foi negada a vida toda?

Lágrimas me vêm aos olhos, mas logo sou cutucada por Wendy.

— Não ouse chorar agora, Tipper. Isso ainda não é a porcaria de um funeral.

Inspiro fundo, engolindo todas as emoções que estou sentindo, e as reservo em um canto especial do meu coração. Chega de derrotismo e de abaixar a cabeça. Meus motivos para aceitar a barganha poderiam estar confusos no começo, mas meus objetivos sempre estiveram enterrados no meu âmago.

Eu precisei me tornar humana para perceber que meu valor não é definido por um astro celestial e o que ele acha que eu devo ou não fazer. Tive que correr atrás do amor que eu tinha por Pietro para descobrir o meu próprio.

Posso ter perdido um par de asas, mas ganhei muito mais do que apenas um corpo humano.

Minha vida é minha e de mais ninguém. Nem de Pietro, nem de nenhuma deusa. É minha.

E eu farei com que ela valha cada segundo da minha luta.

Limpo o rosto enquanto Wendy me observa por entre as barras, e assinto.

— Tudo bem — eu digo, erguendo o queixo. — Vamos sair daqui.

Wendy sorri.

Apoio minhas mãos na parede e me levanto cuidadosamente, sentindo o peso dos machucados e da roupa pesada de água sobre meu corpo. Eu já tinha uma estratégia em mente, um novo trato que elaborei em segredo, tudo devido a história da Sra. Darling. O que Wendy acabou de me contar só confirma todas as minhas suspeitas.

— Você já tem um plano, então?

— Eu sempre tenho um plano.

XXXIV

Chegar ao Umbral enquanto se está presa dentro de uma cela imunda é bem mais complicado do que parece – e eu tenho plena consciência de que já parece *bem* complicado.

Preciso dormir para chegar ao limbo, e fazer isso no chão duro da prisão é uma tarefa árdua, ainda mais com a barulhada dos guardas comemorando minha captura.

Porém, depois de alguns minutos, a exaustão me atinge. Havia sido um dia longo e caótico, e minha forma mortal clamava por um descanso, mesmo que em condições precárias.

Desta vez, caio no sono sem medo de encontrar um pesadelo. Afinal, é exatamente isso que eu pretendo fazer.

Rosetta ascende junto a mim até o plano inconsciente e, quando abro os olhos, já no limbo, seu sorriso debochado é a primeira coisa que vejo em meio à escuridão.

— Você não vai nos contar mesmo o que pretende fazer?

Suspiro e caminho em sua direção, cortando a névoa espessa que permeia o Umbral.

— Prefiro explicar algumas coisas depois.

É arriscado demais expor tudo agora, ainda mais dentro do limbo. Não quero correr o risco de que Rosetta ou qualquer outra pessoa tente me impedir. Posso não ter encontrado a saída perfeita para a situação, mas o importante é que é uma saída.

Paro em frente à fada e tomo suas mãos entre as minhas. Ela reluta no início, mas, no fim, deixa que nossos dedos se entrelacem. Vultos começam a nos cercar, enviando correntes de ar frio que balançam nossos cabelos e gelam nossas espinhas. Sei que os Noturnos já estão à espreita, preparados para me engolir viva em um pesadelo, mas sorrio mesmo assim.

— Seja qual for o desfecho disso tudo — eu começo, dando um aperto em sua mão —, quero que saiba que sou grata por ter te conhecido. Você é a primeira fada que levou meus sentimentos a sério, mesmo odiando cada segundo da minha presença.

Uma careta toma conta das feições de Rosetta.

— Ficou doida, garota? Se você morrer, estamos fritas. Trate de voltar pra nós com vida, sem despedidas.

Dou uma risadinha sem jeito. Não vejo um final feliz para mim nesta história, mas não é o momento de anunciar meu provável falecimento para uma das minhas únicas amigas. Porém, é hora de enxotá-la do limbo.

O que preciso fazer agora, preciso fazer sozinha. Apenas eu e um Noturno, assim como quando tudo começou.

— Preciso que vá embora — eu peço, dando uma olhada ao nosso redor.

A ventania está se intensificando e meu rosto queima com o frio cortante que acompanha a chegada dos senhores dos pesadelos. Já consigo ouvir seus sibilos, cada vez mais próximos, e os familiares calafrios que antecedem um terror noturno.

Rosetta se desvencilha e cruza os braços. Seus lábios estão contraídos em uma linha fina e sei que precisarei controlar todos os meus nervos para evitar uma nova briga neste momento.

— Nem pensar — ela rebate. — Você não quer nos contar o que tem em mente, e ainda pede que eu te deixe sozinha? No limbo, ainda por cima? Seria mais fácil ter escrito uma carta de suicídio.

— Pensei mesmo que diria isso. — Reviro os olhos, meu coração batendo mais rápido. — Bem, não tem como dizer que eu não tentei.

— O que quer...

Antes que Rosetta complete a frase, ou perceba minhas intenções, corro na direção oposta, embrenhando-me na escuridão do Umbral. Consigo ouvir seu chamado desesperado, mas sem um fio de ligação que nos una, é praticamente impossível que ela me encontre em meio às trevas absolutas do limbo.

Dói deixá-la para trás. Não tanto quanto virar as costas para Pietro, mas ainda assim é uma pontada forte em meu coração. Entretanto, continuo correndo, movida justamente pela minha tristeza e pela minha dor.

Embora tenha perdido tudo o que conquistei no último mês – tudo o que mais queria e desejava –, não me arrependo de nada. Cada segundo que tive com Pietro valeu a pena, cada abraço e cada toque. A amizade que construí com Wendy e Rosetta, e até mesmo os momentos com Fabrizio, foram mais significativos do que jamais poderia imaginar.

Meu mês como humana pode ter sido conturbado, mas a alegria e a satisfação de viver com intensidade compensam tudo o que sofri.

Paro de correr quando já não ouço mais os gritos de Rosetta.

Os vultos estão cada vez mais próximos e seus sussurros, mais altos. A fumaça escura me envolve como uma manta, tornando a escuridão ainda mais horripilante. Inspiro fundo e deixo que meu corpo consuma o ar lentamente, me preparando para o embate.

— Sei que consegue me ouvir — eu digo, com tanta firmeza quanto consigo angariar. — Estou aqui. Tenho uma nova proposta.

Uma risada ecoa pelo limbo e sinto os dedos gelados do Noturno em meu ombro, fincando suas garras em minha pele com uma delicadeza apavorante.

Você ainda tem um dia como humana, estrelinha. O que veio fazer aqui em seus últimos momentos?

Sua voz é áspera, como uma lixa em minha mente, e sinto todos os meus pelinhos se arrepiarem. As batidas do meu coração retumbam em meu ouvido e os sons do limbo ficam abafados em comparação à minha taquicardia.

Engulo em seco, me desvencilho do toque asqueroso do Noturno e viro-me de frente para o monstro.

Quase vomito ao ver sua usual forma grotesca acrescida de minhas asas graciosas. É uma imagem bizarra e paradoxal, a beleza dos membros esverdeados em contraste com os tentáculos sombrios e o tronco cadavérico.

A saudade bate forte, mas enrijeço minhas costas e empino o nariz. Tenho certeza de que o Noturno queria me afetar ao aparecer com minhas asas nessa forma, atingir a fraca e impulsiva fadinha que recorreu a uma barganha com ele há quase um mês, levá-la a tomar mais uma decisão inconsequente e pouco pensada.

Mas eu não sou mais a mesma fada de antes. Nem a humana de poucas horas atrás.

Na verdade, não sei bem o que ainda vou ser, mas conheço quem eu sou como a palma da minha mão, e não deixarei que ele tire isso de mim.

— Vim fazer uma contraproposta.

Uma nova risada, baixinha mas ainda sim enervante.

Você já barganhou tudo que tinha, estrelinha. Não tem mais nada a oferecer.

— Está enganado. — Sorrio, mas é um sorriso triste, nostálgico.

Odeio o que pretendo fazer, mas me odiaria ainda mais caso não fosse até o fim.

O Noturno arregala os olhos, a testa sem sobrancelhas se franze, e a criatura se aproxima, flutuando na névoa densa. Ele está visivelmente interessado e isso me alivia um pouco. Afinal, eu não tenho garantia nenhuma de que meu plano pode funcionar. Estou apostando todas minhas fichas restantes de que ele vai considerar minha nova proposta válida, mas ainda tenho um longo caminho a percorrer.

Você acha que me engana, Tipper? Acha que não sei que bem no fundo você está desesperada para reverter a barganha?

— Não tenho essa ilusão — respondo sinceramente. — Sei que falhei nos seus termos, mas consegui algo muito mais valioso do que a paixão de Pietro nos meus dias como humana, algo que até mesmo você vai apreciar.

Os longos dedos do Noturno dedilham o ar, como se conseguissem sentir o meu nervosismo e se deliciasse com cada segundo dele. A criatura inspira fundo, inflando o peito esquelético, e arreganha a boca cheia de dentes em um sorriso diabólico.

Está entrando em um jogo perigoso, fadinha. Este é o meu território e você está de mãos vazias. Tem certeza de que quer continuar?

Não preciso de um momento a mais para refletir. Minha decisão já está tomada.

— Absoluta certeza.

A língua escura e ofídica do senhor dos pesadelos sibila para fora da boca, sentindo o gosto do ar – empesteado pelo cheiro do meu medo, que sei que está transbordando por todos os meus poros. Seus olhos vermelhos brilham e se apagam, brilham e se apagam, enquanto ele me rodeia, arrastando os tentáculos e me analisando de todos os ângulos possíveis. Estou ofegante, ansiosa, e ele sabe que está me afetando. Ele gosta disso.

Muito bem, o Noturno diz. *Depois não diga que não avisei.*

Trinco o maxilar e cerro as mãos em punhos quando ele se aproxima pelas minhas costas, inspirando fundo em minha nuca, sugando parte de minha energia.

A fadiga é instantânea, mas não impossível de controlar. Não reclamo, deixo que ele se sinta confortável, que ache que está em vantagem. Preciso do senhor dos pesadelos com bom humor.

O que você tem a me oferecer, Tipper?

Consigo sentir os outros Noturnos se aproximando, curiosos. Vultos mais negros que a própria escuridão, abutres prontos para abocanhar a minha carcaça assim que eu falhar mais uma vez. Porém, em minha mente, tudo isso sai de foco. Fecho os olhos e minha respiração volta ao normal.

O último mês passa pelos meus olhos como um borrão – rápido, vivo e colorido.

Minha adaptação ao novo corpo, os cuidados de Wendy, sua culinária extraordinária.

Os dias com meus amigos empenhados em recuperar memórias nunca perdidas. Dias de festa e bebedeira, danças e corridas.

Meu beijo em Pietro, minha última conversa com Wendy.

Seguro as lembranças na palma de minha mão, como a joia mais preciosa que jamais terei a oportunidade de segurar novamente. Meu peito se aperta, mas logo sinto-o relaxar, sabendo que o que estou fazendo é pelo bem de todas as pessoas que aprendi a amar.

E, mais importante, é por mim.

Por tudo que sempre desejei, e que conquistei. Por todas as fadas que são como eu, mesmo que ainda não tenham tido a coragem de abraçar os próprios pensamentos.

Abro os olhos devagar, saindo do arco-íris de minhas memórias, e volto para a escuridão do Umbral. Um lugar que odiei durante tanto tempo, mas que hoje me acolhe.

Encaro o Noturno a minha frente.

O ser que um dia foi como eu. Uma fada em busca da felicidade, mas que se perdeu no meio do caminho. Ele me encara, curioso, talvez até mesmo um pouco apreensivo. Observo minhas asas em seu corpo disforme, como elas continuam batendo e cintilando mesmo em um ser tão repugnante.

Sorrio para o senhor dos pesadelos.

Ele continua sendo não tão diferente de mim.

— Eu quero que você fique com minhas memórias.

XXXV

O Noturno não entende minha proposta de primeira. Nem de segunda.

Sua expressão continua tão confusa quanto a de minutos atrás, quando anunciei meu novo desejo. Ele ri, desacreditado, seus tentáculos serpenteando pelo ar.

Obrigado, mas eu já as teria de qualquer jeito. Falta apenas algumas horas para você falhar completamente e me deixá-las como herança.

— Mas se você continuar com a barganha, por mais que tenha minhas asas, não voltará a ser uma fada, não é? A proposta é entregar minhas asas junto a tudo o que elas significam. Estou te oferecendo a chance de voltar a ser como era.

O Noturno recua. Seus olhos se semicerram e passam a me analisar com mais cuidado.

Não tente me ludibriar, estrelinha. Isso não vai acabar bem para você.

— Nunca faria isso — nego com a cabeça, mais segura do que nunca. — Não quero que ninguém saia prejudicado desta vez. Nem mesmo você.

Uma corrente de ar me atinge, forte e agressiva, e o Noturno exibe suas presas, uma promessa do que me aguarda caso dê qualquer passo em falso.

Não gosto de brincadeiras.

— Não estou brincando — reafirmo e, contra todos os meus instintos, encurto a distância entre mim e a criatura, parando a meros centímetros de distância.

Tão perto que consigo sentir seu hálito gelado sobre mim, contrastando com o calor do limbo, um sopro de desesperança onde deveria haver apenas magia e felicidade. Preciso erguer o queixo para encarar o Noturno nos olhos, pois ele se assoma sobre mim, sua altura excessiva o deixa ainda mais intimidador.

Mas não estou mais assustada. Consigo ver a fada por trás dos olhos vermelhos, a fada que eu tenho certeza de que ainda está escondida por trás da forma abrutalhada. Somos o reflexo uma da outra.

Sorrio para o monstro e explico minhas condições.

— Você pode ficar com minhas asas e com minha função. Pode ficar como a fada dos sonhos de Pietro. Você terá um humano novamente, para criar seus sonhos e guiá-lo dentro do Umbral. — Inspiro fundo e continuo: — Sem pesadelos, apenas sonhos. Você o guiará e não fará nenhum tipo de mal ao humano.

Com os olhos estreitados e a boca contorcida em desprazer, o senhor dos pesadelos estala a língua.

É um pedido excêntrico este que me faz, estrelinha. Não diria que tenho vontade de criar arco-íris e unicórnios novamente, não depois de conhecer o sabor da energia vital de um humano.

O Noturno ri, inclinando o longo pescoço em minha direção. Sei que ele está me testando, procurando falhas e brechas em meu plano, mas eu o tenho mapeado e muito bem pensado, algo que minha natureza impulsiva nunca havia feito com tanto cuidado. Confio em mim mesma, em minha teoria, por isso mesmo inspiro fundo e lhe apresento a recompensa.

— Em troca... — eu engulo em seco, sentindo lágrimas aflorarem em meus olhos — eu lhe darei minhas memórias.

Um silêncio sepulcral toma conta do limbo. Não há mais a ventania gelada que acompanha a presença dos senhores do pesadelo, nem os sibilos agitados de outros Noturnos. A quietude é total e absoluta, até que um sorriso enorme se alarga no rosto do monstro.

Por que eu gostaria de ter as memórias de uma fada? Um ser que vive em função de outro, tão desprezível para o universo quanto um grão de areia. Você pode ter vivido como humana por um tempo, Tipper, mas nunca foi uma, e nunca será. As memórias de uma fada são tão inúteis quanto você.

— Isso não é verdade. — Cerro o maxilar. — Temos desejos e sentimentos como qualquer humano, temos uma vida além de nossa função, por mais que tentemos escondê-la.

Se minha teoria estiver certa, isso será o bastante para retirar sua maldição. Talvez seja um processo demorado, mas o Noturno pode ser descorrompido, se em contato com o lado benévolo do éter. Se em contato com as memórias de uma fada – um ser que ele mesmo já foi, mesmo que a eras atrás.

Minhas memórias são o meu bem mais precioso. São tudo o que tenho. São repletas da minha energia vital. Elas me fazem o que eu sou, moldaram cada parte do meu ser.

Quando Wendy me contou sobre sua mãe, eu não concluí tudo isso com um estalar de dedos. Apenas quando consegui meu tão sonhado beijo com Pietro, quando estava em seus braços e desejando que o tempo congelasse bem naquele momento, é que minha ficha caiu.

A paixão é uma chama inconstante e trêmula, que pode se apagar a qualquer momento, e reacender logo depois. Por isso eu falhei em minha barganha. Pietro não está e nunca esteve apaixonado por mim, nem eu por ele.

Ele me ama, e o amor é muito mais poderoso que uma simples paixão.

Não havia nada que eu pudesse fazer quanto ao acordo passado. Porém, o que me resta barganhar é ainda mais precioso para um Noturno do que apenas minhas asas.

O tempo é fugaz, e o passado não retorna. A vida é frágil, perigosa, e pode se extinguir ao menor incidente. O que fica são apenas nossas lembranças.

Extraí-las com certeza vai ser um processo dolorido, amedrontador. Assim como a mãe de Wendy, me tornarei uma casca vazia, pronta para ser moldada novamente. Isso, é claro, se não morrer no processo.

O Noturno não demora para tomar sua decisão. Um tentáculo se enrola ao meu redor, apertando-me em um abraço letal. Meus pulmões reclamam e o ar me escapa. Não tremo, pois não consigo me mover. Não voltarei atrás em minha decisão, mas o medo toma conta de mim por completo.

Você é uma coisinha estranha, Tipper de Nimmerland. Mas você me entretém, tenho que admitir. Vamos ver se suas memórias são tão saborosas assim, estrelinha.

Antes que eu já não consiga falar, antes que eu perca a consciência, faço meu último pedido ao senhor dos pesadelos.

Uma última lembrança.

XXXVI

A escuridão no plano consciente, por mais completa que seja, nunca chegará perto da perfeição absoluta do Umbral. É fácil perceber quando eu passo de uma das trevas para outra, acordando em meu corpo humano.

Pisco, deixando meus olhos se acostumarem ao contorno da cela. Wendy chora baixinho, agarrada às barras ao meu lado. George ainda ressona em seu sono febril, e Rosetta voa de um lado para outro, vigiando meu corpo desacordado.

— Está acordada — a fada murmura, mais para si do que para os outros (afinal, ninguém ali além de mim consegue ouvi-la).

Sorrio, e meus músculos cansados e feridos protestam até contra este movimento sutil.

— Estou acordada — respondo a minha amiga, e Wendy sabe que estou de volta.

Um suspiro aliviado escapa dos lábios da curandeira, enquanto Rosetta pousa perto do meu rosto, analisando meu corpo como se pudesse enxergar o que aconteceu através de meus antigos machucados.

— Por tudo que é mais sagrado, Tipper, nunca mais faça isso de novo.

Solto uma risada fraca e estico a mão por entre as barras, sendo logo imitada pela minha amiga. Nossos dedos se entrelaçam e, embora eu esteja fraca, aperto Wendy com todas as minhas poucas forças.

— Não farei — prometo, sincera.

Não haverá como fazer algo assim, de qualquer modo. Não depois de perder minhas memórias. De verdade desta vez. Porém, ainda tenho um dia, e pretendo fazê-lo valer a pena.

Me desvencilho de Wendy e sento-me desajeitadamente, ouvindo meus ossos estalarem e meus músculos gritarem de dor. Levanto-me com cuidado e me dirijo à frente da cela. Ainda consigo ouvir os guardas festejando a alguns passos dali, as canções marítimas sendo bradadas com força e vigor.

— O que está fazendo? — Wendy pergunta, um toque de pânico aflorando em sua voz.

— Tirando você daqui.

Começo a gritar, me esgoelando a plenos pulmões. Bato nas grades, o barulho metálico ecoa por todo o corredor. Ao meu lado, Wendy suspira, mas entra na baderna. Esgoelo as minhas cordas vocais, e elas vibram a cada berro.

Logo, um guarda corpulento e mal encarado sai da festa para dar uma olhada no que estamos aprontando.

— Cale a boca, demônio — ele rosna, suas palavras se embolando na língua embriagada. — Ninguém quer ouvir suas bruxarias.

Meu estômago se embrulha ao ouvir suas palavras odiosas, mas preciso representar meu papel se quiser deixar Wendy em segurança.

Abro o sorriso mais horripilante que consigo, de olhos arregalados e dentes expostos.

— Cuidado, senhor guarda. Você não quer uma maldição em suas costas, não é?

O rosto já pálido do soldado perde toda a cor e o homem engole em seco. Odeio ter que amedrontar um pobre coitado para conseguir salvar minha amiga, mas prefiro que o guarda fique com medo de mim do que deixar que Wendy apodreça na cadeia.

— Vamos fazer o seguinte — sugiro, encostando a cabeça nas barras. — Você chama o xerife pra mim, e eu deixo você em paz.

O guarda pisca e um pouco do bronze volta ao seu rosto. Ele ri e cospe no chão aos meus pés, e preciso me controlar muito para não torcer a boca com nojo.

— Não farei nada pra você, demônio.

Inspiro fundo e solto as barras, virando as costas pro guarda. Abaixo a cabeça e começo a murmurar uma canção que Pietro costumava cantar, baixinho, para que o homem não entenda minhas palavras.

É uma música linda, mas o guarda e sua mente fértil não ouvirão a letra como ela realmente é. Ele pensa que estou recitando uma maldição em andamento..

O soldado balbucia pragas e orações e corre destrambelhado para fora do corredor, à procura de reforços e do xerife.

Suspiro quando ouço seus passos se afastando e me viro para Wendy com um sorriso.

— Agora é só esperar.

Ela cruza os braços, dá uma olhada em George, e se volta para mim.

— Não estou gostando nada de não saber o que pretende fazer. — Ela pega em sua trança, brincando com a ponta dos cabelos sujos e emaranhados. — Posso ajudar se me explicar melhor o que está pensando.

Mesmo prevendo que Wendy diria algo do tipo, não consigo impedir que um sorriso se abra em meu rosto. Cada momento com meus amigos neste dia conta, cada pequeno detalhe.

Posso não me lembrar disso mais tarde, mas estarei mais tranquila se souber que, ao fim do dia, meus amigos estarão em segurança.

— Eu sei que quer ajudar — apoio-me na barra ao seu lado —, mas vou precisar que você confie em mim desta vez.

Wendy bufa, mas assente.

— Eu confiei até agora, não é?

Nós nos afastamos quando ouvimos novos passos no corredor, cada vez mais próximos. O soldado retorna, dessa vez com o queixo empinado e olhar altivo. Marchando alguns passos a distância, Stefano vem em minha direção.

O xerife para a minha frente, com um copo de cerveja ainda na mão e o olhar de poucos amigos.

— O que quer, demônio? — Ele toma um gole da garrafa. — Está interrompendo meu trabalho.

Minhas narinas se inflam com indignação. Trinco os dentes e cerro meu maxilar para impedir que um xingamento escape da minha boca. Não acho que insultar o xerife ajudaria em meu caso neste momento.

Minhas mãos envolvem as grades e inspiro fundo, sentindo o gelo do metal enviar calafrios pelo meu corpo. Digo as palavras antes que a ansiedade mine minha coragem.

— Quero confessar.

Um arquejo coletivo ecoa pelo corredor.

— Deixe de loucura, Tipper! — Wendy ralha, as mãos na cabeça em desespero.

Rosetta puxa meu cabelo com força e ódio, praguejando em meu ouvido.

— Você acha que vai ajudar quem com essa confissão, sua barata tonta?

O soldado ri da minha decisão e corre para contar aos companheiros sobre a fofoca: a bruxa vai confessar. Vai contar sobre cada pessoa que ela matou.

Stefano e eu somos os únicos a permanecerem em silêncio, imóveis. Nossos olhares estão fixos um no outro, cada um analisando seu oponente com cuidado.

Ele se aproxima de minha cela e para a alguns centímetros de distância, mas não perto o bastante para que eu possa enfiar meus dedos em seus olhos, infelizmente, mas perto o suficiente para ouvir seus sussurros.

— Não subestime a minha inteligência, Tipper — ele diz, ríspido, enviando gotículas de saliva em minha direção. — Você vai confessar a troco de quê?

Sorrio. É claro que eu não confessaria – algo que eu não fiz ainda por cima – por puro altruísmo e boa vontade. Ainda mais depois de Stefano armar pra cima de mim e forjar uma evidência estúpida.

— Eu confesso a autoria dos crimes se, e apenas se, você libertar a minha amiga e o pai dela.

Wendy protesta, mas eu a ignoro. Não quero sua permissão, no momento apenas me interesso em salvar sua vida. Ao mesmo tempo, Stefano ri.

— Por que eu libertaria seus cúmplices? — ele pergunta.

— Porque eu e você sabemos que os dois são inocentes — rebato entredentes.

Um brilho divertido cintila nos olhos do xerife e ele leva a mão ensebada ao queixo, coçando os minúsculos pelinhos de uma barba malfeita. Ele acha que estou na palma de sua mão, e talvez eu esteja, mas não permitirei que meus amigos tenham o mesmo destino que eu.

— Se eu fizer isso... — ele cruza as mãos atrás das costas e passa a andar de um lado para o outro no corredor, em ritmo lento e repetitivo, diante da minha cela — ... você vai confessar a autoria de todas as mortes...

— Sim.

Ele se vira para mim, a boca retorcida em desgosto.

— Ainda não terminei, garotinha. Se não me respeitar, não temos trato.

— Por favor, Tipper, reconsidere — Wendy suplica, tentando me alcançar por entre as barras. — Estamos aqui porque acreditamos na sua inocência. Não jogue isso fora.

Meus olhos se enchem de lágrimas e lanço um sorriso fraco para minha amiga.

— Está tudo bem — eu lhe asseguro, e as palavras também servem para mim mesma. — Vai ficar tudo bem.

Wendy escorrega até o chão, aos prantos, mas acata minha decisão. O xerife revira os olhos, bufando.

— Continuando... — Ele pigarreia, um sorriso retorna ao seu rosto. — Se eu soltá-los, você vai confessar todas as mortes e pedir perdão... a toda Nimmerland. Um pedido de desculpas público, dando razão a todas as minhas suspeitas e ao meu brilhante trabalho capturando você e sua mente maligna.

Já posso sentir a humilhação e a vergonha tomando conta do meu corpo, a frustração pela confissão falsa na frente de pessoas que admirei a vida inteira. Dou uma nova olhada para Wendy, que me encara com grandes olhos inchados, e inspiro fundo.

— Tudo bem. Posso fazer isso. Mas você precisa tirá-los daqui *agora* e deixá-los em segurança na casa deles.

Stefano para com sua caminhada nervosa à minha frente, abrindo um sorriso debochado.

— Temos um trato.

XXXVII

Wendy não saiu tranquilamente. Ela esperneou e gritou e chutou os guardas, mas Stefano cumpriu com sua palavra. O xerife libertou minha amiga e seu pai e, embora não pudesse confirmar que a segunda parte do acordo havia sido completada, sei que Rosetta voltará para me encontrar caso algo aconteça.

Não dormi. Continuei ouvindo a farra dos soldados, a comemoração às vésperas de minha morte. Ao longo da madrugada, entretanto, até mesmo a festa esmaeceu, me deixando sozinha e em silêncio.

Sentada no fundo da cela, recostada contra a parede fria e úmida, eu cantarolava mais uma canção da infância de Pietro, desejando que as estrelas me recebessem de volta, que pelo menos minha morte fosse honrada. Balançava-me para a frente e para trás no ritmo da música, agarrada aos joelhos, tanto para me esquentar em meio as minhas roupas ainda úmidas quanto para passar o tempo, que se arrastava languidamente.

A morte não me amedronta, ainda mais sabendo que minhas memórias não perdurarão até lá. Talvez eu morra antes da minha planejada execução. Nem mesmo o desconhecido pós-morte me assusta. Não mais.

Eu vivi uma boa vida, apesar de curta. Não me arrependo de nada, mas sinto falta do que ainda não fiz. Comprar roupas com Wendy. Ver o pôr do sol em frente ao mar. Dormir abraçada com Pietro. Estou de luto pelas aventuras que não poderei mais viver, pelos amigos que vou deixar para trás e as emoções que não poderei sentir.

Não há janelas em minha cela, por isso tudo que acompanha meus cânticos é a escuridão e os murmúrios dos ratos. Não consigo discernir quando a noite virou dia, mas depois do que parece uma eternidade, quando já estou quase esgotando meu estoque de canções, passos soam no corredor.

XXXVIII

As botas sujas de terra são a primeira coisa que eu percebo, uma visão bem diferente dos sapatos de bico fino que Stefano costuma usar. Franzo o cenho e ergo os olhos lentamente, enquanto o tilintar de chaves ressoa em meus ouvidos.

Um garoto luta contra um grande maço de chaves, buscando com dedos trêmulos uma em específico. Minha boca se entreabre em surpresa e preciso esfregar os olhos para ter certeza de que o que estou vendo é real e não fruto de minha exaustão.

— Não podemos demorar muito — ele sussurra, alheio à minha hesitação. — Os guardas devem voltar logo, logo.

— O que está fazendo aqui? — pergunto a Fabrizio.

Seus olhos encontram os meus e suas bochechas se avermelham. Fabrizio dá de ombros, desviando sua atenção de volta para as chaves.

— Consertando uma burrada — ele diz, pouco antes de encontrar a chave certa para a fechadura de minha cela e abrir as portas para a minha liberdade. — Wendy me explicou tudo… eu não imaginava… quer dizer, jamais podia imaginar… ou melhor, não teria me ocorrido que… Estava com medo, Tip. Muito medo. E fiz merda. Deixe-me consertar isso, sim?

Suspiro. Fabrizio parece sincero e arrependido. Honestamente, não tenho a mínima vontade de usar as últimas horas que me restam me sentindo mal pelas ações de um garoto assustado. Fabrizio é uma pessoa boa, de coração enorme. Eu o conheço a vida toda, pois sempre esteve ao lado de Pietro nos piores e melhores momentos. Não é um erro que me fará duvidar de seu caráter como um todo. Confio nele.

Apesar de já ter me resignado com a minha própria morte, aceitei esse resgate como um presente misericordioso do destino. Uma última chance de criar momentos inesquecíveis ao lado das pessoas que aprendi a amar.

Bem, talvez nem tão inesquecíveis assim, mas momentos maravilhosos de qualquer forma.

Há uma última chance de encontrar Pietro e meus amigos, me desculpar pelo caos que causei.

Eu me levanto com dificuldade, mas saio da cela em passos rápidos, interrompendo seu discurso de desculpas com um abanar de mãos.

— Depois. — Olho de um lado para o outro do corredor. Vazio. Mesmo assim, não quero arriscar sermos pegos. — Agora precisamos sair daqui.

— A maior parte dos guardas está organizando os preparativos da sua... — ele engole em seco — ... execução. Tem dois vigias na saída da frente, mas podemos sair pela janela do escritório do xerife.

Assinto e indico a direção com a cabeça. Não perguntei como ele havia passado pelos guardas para chegar até mim, e isso não importa no momento. Posso tirar todas as minhas dúvidas quando sairmos dali.

Agora, preciso focar em escapar da prisão.

Passamos por celas e mais celas em nossa caminhada silenciosa, todas vazias, sem nenhum preso para habitá-las, o que é uma grande sorte, pois não há ninguém para denunciar nossa fuga. Estou alerta, apesar de nervosa, porém Fabrizio é um bola de nervos acalorados.

Sua cabeça muda de direção bruscamente a cada instante, procurando por ruídos inexistentes e se assustando com os próprios passos. Apesar de ter conseguido se infiltrar sozinho na delegacia para me resgatar, Fabrizio está ultrapassando todos os seus limites com nossa pequena aventura.

Pietro era e sempre foi um grande fã de adrenalina, mas seu amigo é o completo oposto. Fabrizio sempre fora calma e tranquilidade, enquanto meu humano é fogo e inconsequência.

Ele está arriscando tudo para me salvar.

Busco sua mão e a uno a minha, dando um aperto gentil e encorajador. Os ombros de Fabrizio relaxam um pouco e conseguimos apertar o passo, chegando à porta do xerife logo depois.

— Está trancada — digo, testando a maçaneta de ferro.

Fabrizio tira o molho de chaves do bolso, e ambos ficamos tensos ao ouvir o som metálico ecoar pelo corredor.

Testamos uma das chaves, nada. Outra, sem resultado. Na terceira tentativa, o nervosismo se torna um novo integrante. Lançando olhares rápidos por cima dos ombros, Fabrizio remexe no chaveiro com dedos ansiosos.

Na quinta tentativa, o ranger de uma porta nos alerta.

Perigo. Há pessoas se aproximando.

— Deixe que eu tento — murmuro, surrupiando o chaveiro das mãos do meu amigo.

Passo os olhos pela quantidade absurda de chaves juntas na argola, todas tão parecidas umas com as outras, e tomo uma decisão. Jogo as chaves de volta para Fabrizio, e começo a testar a porta de outra forma. Procuro o local exato do mecanismo da fechadura, um parte oca na madeira maciça. Dou leves batidinhas na porta, até que acho o ponto em que deve ser pressionada.

Ao longe, posso ouvir o *stomp stomp* dos coturnos dos homens da lei. Ainda não parecem ter dado minha falta, mas isso é apenas uma questão de tempo.

Viro de lado, encostando o ombro na madeira. Me afasto lentamente, pego impulso e jogo o corpo contra a porta, usando todo meu peso como ferramenta.

A porta se escancara com um estrondo e quase caio dentro do escritório. Fabrizio me ampara antes que eu enfie a cara no chão, me empurra para dentro da sala e fecha a porta atrás de nós. Já recuperada, olho ao redor e avisto a janela, logo atrás da mesa de mogno. A vista se abre em um beco, felizmente vazio e afastado da avenida principal.

Puxo a mesa, mas mal consigo tirá-la do lugar sozinha. Fabrizio me ajuda, arrastando o móvel para barrar a porta. Pode não servir de muita coisa, mas torço para que ganhemos pelo menos alguns segundos com essa tentativa de barricada.

Um grito chega até nós, grave e raivoso.

Fomos descobertos.

Os passos se tornam mais pesados e mais rápidos. Nosso tempo está quase acabando.

Fabrizio corre até a janela, abrindo-a com um único movimento bruto. Ele enfia a cabeça para fora, espia os dois lados da rua e gesticula para que eu me aproxime. Pula a janela com facilidade e estende os braços para me ajudar.

Dou as mãos para ele e coloco a perna esquerda para fora, todas as minhas feridas ainda não cicatrizadas se abrem novamente. Estou com metade do corpo dentro sala e metade para fora quando as primeiras pancadas na porta me assustam, e bato a cabeça no batente.

Os guardas gritam e esmurram a madeira, mas nossa barricada improvisada cumpre bem sua função. Apresso-me, passando a outra perna para fora da janela, apesar da dor, e pulo para a rua.

Mesmo que a delegacia seja um prédio baixo, e a janela esteja numa altura mais baixa ainda, me desequilibro e caio de joelhos na rua de pedrinhas. Sinto a sujeira e pedaços de rocha se enfiando nos meus machucados em carne viva, mas não há tempo para reclamar da dor.

Fabrizio me segura por baixo dos ombros e me ergue, colocando-me em pé. Uma tontura se abate sobre mim e quase caio de novo. Não lembro quando foi a última vez que comi, e meu corpo está enfraquecido, tornando toda nossa fuga ainda mais difícil. Fabrizio passa um braço pela minha cintura e logo estamos correndo, cambaleando pela rua em direção ao porto.

Viramos a esquina e entramos em um beco estreito, ainda menor do que o da delegacia. Preciso me desvencilhar de Fabrizio e seguir à frente, mancando pelo caminho até a saída. O mar já é visível no horizonte, e mesmo que baixo, escuto no barulho das ondas a promessa da liberdade.

Estou quase no píer quando Fabrizio me puxa para trás, espremendo-me contra a parede. Ele tampa minha boca com a mão e cobre meu corpo com o seu. Por um instante, tento empurrá-lo, afastá-lo de mim, mas o barulho de gritos me faz virar em direção ao cais.

Três guardas passam correndo pela orla da praia, pedindo que todos os moradores retornem para suas casas.

— A bruxa está à solta! — eles berram, empurrando idosos de volta para seus lares. — Toque de recolher!

Fabrizio se afasta assim que os soldados desaparecem de vista, e arfamos aliviados.

— Obrigada. — Apoio minha cabeça na parede, exausta. — Não precisava ter se arriscado tanto por mim.

Fabrizio me encara como se eu tivesse perdido todos os meus miolos.

— E deixar você apodrecer naquele lugar por conta de uma armação? — ele ri, embora sua pergunta não tenha graça alguma. — Sem chance. Além do mais, Wendy me esfolaria vivo se eu não fizesse nada. Não podia me arriscar a isso.

Lanço-lhe um sorriso fraco, esperando meu coração parar de martelar no peito. Espio novamente o cais, mas as ruas estão vazias. Ao longe, a igreja toca seu sino, um alerta para os moradores de Nimmerland. Consigo ouvir portas batendo e janelas sendo fechadas, mas ninguém solta um pio por estas bandas.

É estranho, tanto alvoroço por minha causa.

Posso ser um pouco maior do que quando era uma fada, mas meus míseros um metro e cinquenta não rivalizam com o medo da população da aldeia. Não é um sentimento agradável ser temida por pessoas que mal me conhecem e odiada por algo que não fiz. Pelo menos as pessoas que realmente amo estão do meu lado.

Ou pelo menos, quase todas.

Pensar em Pietro é doloroso, mas inevitável. Nem sei se ele quer me ver depois de tudo o que aconteceu. Ele ainda pode me amar, mas isso não quer dizer que me perdoou pelo que fiz. Poderia perguntar a Fabrizio, mas também não sei se ele me responderia, sendo tão fiel a Pietro como ele é.

— Então — pigarreio, afastando os pensamentos. — Qual o plano?

Fabrizio suspira e passa as mãos pelos cachos bagunçados. Olheiras escuras se deitam sob seus olhos, e suor escorre pelas suas têmporas. A roupa está suja de poeira, amassada e desengonçada em seu corpo pela corrida. Se ele está em um estado tão ruim assim, imagino que minha imagem deva estar deplorável.

— Wendy e George estão sendo deportados de volta para o continente e...

— Deportados! — exclamo.

Meu queixo quase vai ao chão, mas logo trinco o maxilar. Não deveria estar surpresa. Stefano prometeu que os libertaria em segurança, mas nunca disse nada sobre mantê-los na ilha.

— Deveria ter previsto isso — penso em voz alta e cruzo os braços. — Se bem que aquela praga cumpriu com a palavra, coisa que já é surpreendente.

— Não esquenta com isso. — Fabrizio balança a cabeça. — Você realmente acha que Wendy, que nem queria vir para Nimmerland em primeiro lugar, ficaria aqui depois do que Stefano fez com você? Ela e George iriam embora com ou sem deportação.

Dou de ombros, ainda incomodada. Sei que Wendy preferia estar no continente, junto de sua namorada, mas também sei que ela passou a amar a ilha ao longo do último mês. Meu coração se aperta ao pensar que ela teria que deixá-la por minha culpa, mas quase posso ouvir sua voz em meu ouvido.

Deixe de ser idiota, Tipper. Prefiro acordar nos braços da minha mulher do que numa cama cheia de percevejos.

Sorrio com o pensamento, mas Fabrizio logo chama minha atenção.

— Foco aqui, Tip. — Ele estala os dedos em frente ao meu rosto. — Não se esqueça de que no momento somos dois fugitivos.

Minhas bochechas esquentam, mas assinto, indicando para que ele continue a explicação.

— Eles voltam para o continente em um navio, daqui a poucos minutos. Só precisamos chegar até a plataforma de embarque sem sermos vistos e pegar uma caroninha com eles.

— *Só!* — Rio de nervoso, e escorrego pela parede até me sentar no chão com a cabeça entre as pernas. Só de pensar em ser pega com Fabrizio me dá calafrios. Não acho que Stefano seria tão misericordioso desta vez quando pedisse pela libertação de um novo amigo. — Não deve ser nada difícil passarmos despercebidos por uma cidade completamente deserta cheia de guardas nos procurando, né? — debocho.

Fabrizio franze o cenho e coloca as mãos na cintura, me olhando de cima.

— Mas é claro que não vamos sair andando por aí sem mais nem menos. — Ele bufa, tirando um cachinho rebelde da testa com um sopro. — Imaginamos que algo assim poderia acontecer, acha que somos burros?

Esfrego os olhos, exausta, e volto a atenção para o céu, imaginando a Mãe Lua rindo da minha cara após essa nova provação.

As nuvens carregadas já estão longe, nem perto de serem vistas no céu azul ensolarado. Tento absorver parte da luminosidade para melhorar o meu humor, mas ele ainda está preso na tempestade de ontem.

— Não acho que sejam burros — suspiro, direcionando meus olhos para Fabrizio. — Mas são bem menos ajuizados do que deveriam ser.

Fabrizio solta uma risadinha leve e estende a mão para que eu me levante. Consigo ouvir uma carroça se aproximando, os cascos de um cavalo batendo ritmados contra as pedrinhas da rua, por isso aceito sua mão e me coloco de pé com um resmungo, puxando Fabrizio para as sombras do beco.

— Não se preocupe com a gente, Tip. Só se concentre em se livrar da corda em seu pescoço. A ajuda já está a caminho.

— Que ajuda? — pergunto, ajeitando meu vestido arruinado o tanto quanto possível.

— A cavalaria, obviamente. — Uma voz bem familiar ressoa bem perto de onde estou. — Ou você achou que iria embora sem mim?

XXXIX

Tenho medo de me virar e descobrir que estou no meio de uma ilusão, um truque fabricado pela minha mente enfraquecida e saudosa. Porém, quando Fabrizio passa direto por mim para ir cumprimentar Pietro, percebo que não estou imaginando coisas.

Eu me viro a tempo de observar meu humano descendo da carroça com um pulo, apressando-se em minha direção. O mesmo desespero que brilhava em seu olhar naquela noite ainda cintila em suas íris. Pietro percorre os últimos passos que nos separam com decisão no andar.

Mal consigo me mexer quando seus braços me engolem em um abraço apertado, puxando-me ao encontro do seu corpo. Consigo ouvir as batidas arrítmicas de seu coração, em sintonia apenas com o órgão que retumba em meu peito.

Finalmente, meu corpo amolece, e não resisto a envolver minhas mãos em seu pescoço. Lágrimas quentes rolam pelas minhas bochechas, molhando a camisa de linho branco de Pietro, mas ele apenas enterra o rosto em meu pescoço, seu hálito acariciando todos os meus nervos sensíveis, o metal de seus óculos pressionando minha pele sensível.

— Nunca mais fuja de mim — ele sussurra contra minha pele, depositando beijos rápidos por toda a minha lateral. — Nunca mais, Tipper. Entendeu?

Um arquejo surpreso escapa dos meus lábios. Me afasto um pouco, apoiando minhas mãos em seu ombro, fincando minha unha em sua pele como se ele pudesse se dissolver a qualquer momento, como uma miragem que se aproximou demais. Percorro seu rosto com o olhar, passando por sua pele bronzeada e reluzente, pelos olhos cheios de ternura e preocupação, terminando em seus lábios entreabertos e convidativos.

Tudo que faz de Pietro o meu humano favorito. Desde seus cabelos cor de areia aos olhos pantanosos, passando por seus óculos redondos escorregando pelo nariz, uma união de características que o torna a pessoa perfeita.

— Não entendo — murmuro, ainda me segurando em seus músculos. — Achei que estivesse bravo.

— Claro que estou bravo. — Pietro sorri seu melhor e mais travesso sorriso. — Mas devo admitir que não consigo ficar com raiva de você quando me olha desse jeito. Podia facilitar as coisas para mim e ser menos linda.

Fabrizio pigarreia e nos interrompe antes que eu possa puxar Pietro para um beijo demorado.

— Espero que os pombinhos não tenham se esquecido de que estamos sendo procurados por toda a cidade. — Ele coça a cabeça, com o olhar envergonhado, e indica a carroça. — Vamos! Vocês terão tempo para... o que tiverem que fazer — ele tosse, desconfortável —, no navio.

Minhas bochechas esquentam, mas nem tenho tempo de retrucar antes de Pietro me arrastar até a carroceria, não sem antes verificar se a rua continua vazia.

Tudo limpo.

Reconheço as malas de Wendy de cara, as mesmas que os meninos ajudaram a carregar para dentro da casa em seu primeiro dia na ilha.

— Não vamos caber aí dentro junto com os baús — sussurro, olhando ao redor depois de um relincho do cavalo. Só faltava sermos pegos por conta de um equino inquieto.

Fabrizio dá alguns tapinhas no dorso do animal enquanto Pietro pula para dentro da carroceria, se equilibrando precariamente no pouco espaço disponível.

— Essa é a ideia — ele murmura, abrindo as trancas de uma das malas e revelando seu interior vazio. — Vocês vão aqui dentro.

Meu primeiro instinto é recusar.

Me enfiar no escuro, num cubículo minúsculo? Não, obrigada. Mas Pietro estende a mão em minha direção e todos meus argumentos vão por água abaixo. Esperança cintila em seu olhar, e eu sei que o mesmo brilho está refletido em meus próprios olhos. Acabei de recuperar meu humano e meus amigos, não os abandonaria em meu último dia com memórias por conta de um desconforto temporário, ainda mais quando a alternativa seria ser pega novamente pelo pesadelo humano de Nimmerland.

Ser perseguida por vilões dentro dos meus sonhos é muito mais divertido do que realmente viver essa emoção na vida real.

Inspiro fundo e tomo a mão de Pietro, que me ergue até o baú. Coloco os pés dentro da mala e me sento na caixa forrada de veludo vermelho. Quando me encolho em posição fetal, agarrando os joelhos e dobrando minhas costas o máximo que consigo, sinalizo para que Pietro feche o baú.

— Estou pronta. — Engulo em seco.

— Sinto muito por isso. — Pietro me observa de cima, transpirando pena e nervosismo. — Mas prometo que será por pouco tempo.

Assinto fracamente e vejo a tampa descer sobre mim, até me prender no escuro. O som abafado das trancas se fechando afundam meu estômago e preciso engolir o vômito que sobe pela minha garganta.

Para quem enfrentava o Umbral todas as noites, o breu no interior do baú não é nada. O que realmente me incomoda é meu enclausuramento. Me sinto tão vulnerável dentro da mala, tão minúscula, que mesmo com o calor, o suor frio escorre pelas minhas costas.

Porém, valerá a pena, digo para mim mesma. Um pouco de sofrimento, para ter um último dia decente com Pietro e meus amigos.

Não demora muito até que eu ouça o barulho de outro baú abrindo e se fechando. Fabrizio já deve estar seguro dentro de seu próprio esconderijo. Isso me alivia um pouco, porém meu coração ainda retumba nos ouvidos. Logo, posso sentir algo sendo colocado por cima do meu malote, provavelmente outra caixa, destinada a me esconder ainda melhor. O peso extra em cima de mim apenas serve para me deixar mais enervada. Sinto como se estivesse sendo enterrada viva, sem chance de resgate.

É um trabalho árduo convencer minha própria cabeça de que não estamos prestes a morrer pelas mãos da pessoa que mais amo no mundo, mas me forço a contar fadinhas voadoras em minha mente, acalmando-me aos poucos.

Assim que sinto a carroça dar um tranco e começar a andar, já consigo respirar normalmente e formar frases coerentes, apesar de permanecer imóvel e em silêncio.

O malote desliza de um lado para o outro da carroceria, colidindo com as laterais e com outras malas, os baques não amortecidos se transformam em pontos doloridos em meu corpo. Posso ouvir o trote do cavalo e o estalar da rédea, urgindo para que o animal ande mais rápido. Sinto as rodas passando pelas ruas irregulares, a cada buraco um novo impacto em meu corpo sem mobilidade.

Finco as unhas na palma da mão e fecho os olhos, concentrando-me para não gritar ao menor susto pelo balançar da carroça. O enjoo já toma conta de mim, e não sei se aguentarei a viagem inteira sem vomitar.

Acelero a contagem de fadinhas em minha mente, orando para que cheguemos o mais rápido possível ao bendito navio.

Mas a Mãe Lua parece ter outros planos para mim.

Depois de minutos sendo lançada de um lado para outro, a carroça diminui seu ritmo até parar.

Solto um suspiro aliviado quando as rodas finalmente cessam seu movimento. Me remexo dentro do malote, mas minha posição mal se altera. Espero por alguns minutos que a tampa se abra novamente, mas nada.

O baú continua fechado, e eu presa. Forço a parte superior de meu esconderijo, mas ela não cede nem um milímetro.

Atento os ouvidos e logo posso discernir os murmúrios abafados de uma discussão.

Todos os meus músculos enrijecem ao mesmo tempo. Duas vozes diferentes, consigo perceber. Uma delas, obviamente de Pietro. Conseguiria discernir seu timbre até mesmo debaixo d'água. A outra, entretanto, desconheço, e é ela que me preocupa.

O tom de Pietro é calmo e apaziguador, mas o estranho parece agressivo e irritado. Mesmo não conseguindo discernir suas palavras, posso perceber a raiva contida em sua voz, e imagino os gestos nada sutis que devem estar acompanhando sua argumentação.

Meu instinto grita para que eu dê um jeito de sair daquele maldito baú para ajudar Pietro, que ele está em apuros e eu estou parada como uma boneca de porcelana dentro de uma mala. Porém, sei que se eu sair agora – proeza que nem sequer sei se sou capaz de realizar –, as coisas só vão piorar para o lado dele.

Ouço tudo com atenção, tremendo dos pés à cabeça.

Tremo tanto, que fico com medo de balançar o baú e o estranho acabar notando que há algo bem diferente de roupas e objetos inanimados dentro do malote. Tremo até que a discussão cessa e sinto o peso acima do meu esconderijo ser aliviado. Fecho os olhos em um suspiro prazeroso, mentalizando um *"a-há!"* para a Mãe Lua.

Não hoje, querida deusa, não hoje.

Meu malote, entretanto, não é imediatamente aberto.

Sinto o baú sendo arrastado para fora da carroceria, e seu peso erguido para fora dela. Estou leve, como se estivesse flutuando, e percebo que estou me movimentando, sendo carregada com muito esforço para longe da carroça.

Chegamos à plataforma de embarque, concluo.

O malote se inclina e deslizo até que minhas costas se chocam com o fundo do baú, com um leve e dolorido "thump". Mordo os lábios, contendo um gemido, e aguardo até que a angulação volte ao normal.

Pelo santo éter, se eu enjoo fácil em uma carroça, imagine em um navio: o restante da noite será longa.

Pelo menos, eu penso, ao sentir o malote ser depositado no chão com pouca delicadeza, estaremos todos seguros em alto-mar. O que é um pouquinho de mal-estar marítimo em vista de nossas vidas, não é mesmo?

As trancas finalmente são abertas e sorrio ao receber os primeiros raios de sol em meu rosto depois dessa viagem interminável, cegando-me momentaneamente.

Entretanto, não é o rosto de Pietro que me recepciona ao abrir os olhos. Uma faca está apontada em minha direção, e o rosto enfurecido de um marinheiro engomadinho arreganha os dentes para mim.

— A bruxa! — o desconhecido grita, abaixando a faca em um movimento fluido e certeiro.

Os segundos se arrastam diante de mim, como se a Mãe Lua estivesse brincando com a rapidez do tempo apenas para prolongar meu sofrimento e me obrigar a assistir à minha própria morte. Fecho os olhos, incapaz de ver o desenrolar da cena. Um grito está entalado em minha garganta e a única defesa em que consigo pensar é erguer as mãos em frente ao meu rosto numa tentativa inútil de evitar o inevitável.

Entretanto, um baque surdo e metálico ecoa em meus ouvidos, seguido de uma batida menor, como de madeira.

Meu peito sobe e desce com minha respiração irregular, meu coração descompassado e bombeando sangue desesperadamente pelo meu corpo trêmulo. Aguardo o beijo frio da morte, mas não sinto nem mesmo o gelo da lâmina contra minha pele.

Abro os olhos lentamente, a tempo de ver Wendy suspensa sobre mim, olhando-me de fora do malote, com uma grande luneta erguida em modo de ataque. Sua boca está entreaberta e seus olhos arregalados, mas ela ainda consegue me lançar um sorriso ofegante.

XL

O capitão do navio foi levado de volta ao píer ainda inconsciente, e largado perto de alguns baús para ser encontrado quando o toque de recolher terminasse. O restante da tripulação, entretanto, não foi um problema. Estavam todos ainda na cidade, esperando ansiosos pela minha execução.

Havíamos oficialmente roubado um navio. Poderíamos nos considerar novos piratas.

Se nos arrependíamos?

Não, nem um pouco.

Sorrio para o pôr do sol no horizonte, deitando-se sobre as águas escuras do alto-mar. O navio cortava as ondas com uma rapidez invejável, lançando espuma salgada para todos os lados.

Bebo um gole de minha aguardente, apreciando a queimação agora familiar em minha garganta, e apoio minha cabeça no peito de Pietro, que me prende contra a balaustrada com seus braços firmes e musculosos. Seus cabelos fazem cócegas em meu pescoço, mas não o afasto. Devoro cada detalhe deste momento, pois sei que ele é um de nossos últimos.

Nossos amigos gritam e dançam no convés as nossas costas, comemorando o fim de uma grande aventura, junto com George, ainda machucado, repousando em um canto com um sorriso nos lábios. Pietro e Fabrizio também trouxeram suas famílias, que se recusaram a deixá-los até mesmo frente às inúmeras provações que sabiam que enfrentariam. Seria difícil explicar para eles o que exatamente havia acontecido, mas eu sabia que eles continuariam ao lado dos meninos. Isso me acalma um pouco. Saber que eles terão em quem se apoiar quando eu disser que perderei minhas memórias – de verdade, dessa vez.

Cheguei a cogitar jogar-me no mar, sem avisá-los do que aconteceria quando os relógios badalaram à meia-noite, mas não seria um fim justo para mim ou para qualquer um de meus amigos. Eu contarei minha sina, mas apenas a Pietro.

Quero um último momento com ele, mas só com ele. Nossa última noite.

— O que acha de irmos para o andar de baixo? — sugiro para meu humano, acariciando as costas de suas mãos.

Recebo um carinhoso beijinho no topo da cabeça como resposta.

— O que você quiser, minha estrela.

Entrelaço nossos dedos e o puxo em direção à ponte. Olho para trás uma última vez. Nimmerland é um pequeno pontinho no horizonte, desaparecendo aos poucos da minha vista. Um lugar mágico, meu lar por tantos anos, e eu não sei se chegarei a vê-lo novamente.

Apesar dos últimos dias, ainda amo a ilha com todo o meu coração. Sei que sentirei sua falta, mesmo se não me lembrar de que um dia ela já foi minha casa.

A mão de Pietro encosta na minha lombar, me guiando com gentileza para as escadas, e me despeço mentalmente de meu passado.

A cabine do capitão, posto que meu humano ocupou com o maior prazer, é logo no primeiro andar abaixo do convés, e se estende por toda a popa do navio. Pietro empurra a porta e ela se abre com um rangido, revelando uma grande janela de painéis de vidro colorido, uma cama de casal estreita logo abaixo e uma mesa de madeira à frente, cheia de cartas náuticas, compassos e astrolábios.

Tudo com que Pietro sempre sonhou.

Sorrio ao ver os olhos de meu humano reluzirem ao admirar seu novo quarto, e ele logo se pôs a analisar os mapas dispersos pela mesa do capitão, *sua* mesa agora.

Pelo menos, no fim do dia, eu poderia dormir tranquila ao saber que tornei seus sonhos em realidade, mesmo que de uma maneira bem conturbada e pouco ortodoxa.

Contorno a mesa e me sento na cama, observando o rastro que o navio deixa sobre a superfície do oceano. A visão, embora majestosa, dá um nó no estômago, e preciso desviar meus olhos antes que vomite nas cobertas limpas do quarto.

— Já sabe para onde quer ir primeiro? — Pietro me pergunta e um vinco se forma em minha testa.

— Como assim? — questiono, procurando as respostas em seu rosto sorridente.

— Para onde vamos — ele repete, vindo se sentar junto a mim. — Vou nos levar para onde quiser.

Meu sorriso se derrete e sou incapaz de continuar encarando suas feições alegres. Abaixo a cabeça e mordo o interior da minha bochecha, odiando cada segundo dessa conversa.

Sabia que esse momento iria chegar, tanto que eu mesma sugeri que descêssemos para termos alguma privacidade, mas uma parte de mim, uma estúpida e iludida parte de mim, ainda tinha esperanças de que o dia se prolongasse um pouco mais, de que alguma solução mágica cairia aos meus pés como um pote de ouro no fim do arco-íris.

Sinto a mão de Pietro acariciando minha coxa em movimentos circulares calmantes, e suspiro fundo.

— Não gosto dessa cara — ele sussurra, encostando seu nariz no meu. — No que está pensando?

Inspiro fundo e abro a boca para lhe contar sobre minha segunda barganha, mas apenas um soluço foge de meus lábios. Pietro solta uma risadinha nervosa e meus olhos se enchem d'água.

Engulo em seco e tento de novo.

— Hoje é minha última noite com você — digo, e assisto à felicidade desaparecer dos olhos do amor da minha vida.

XLI

Não foi nada fácil lhe explicar as condições da minha nova barganha, não quando ambos chorávamos mais do que conseguíamos falar. Em meio a lágrimas e beijos molhados, eu lhe contei sobre cada decisão que tomei no último mês, e como elas me levaram a um segundo acordo com um Noturno.

Pietro passou por todos os estágios do luto bem diante dos meus olhos.

A negação, se recusando a acreditar que não havia qualquer outra alternativa, um plano b ou uma brecha na barganha.

A raiva, não de mim, mas dos deuses. Ele xingou e ofendeu cada uma das divindades que conhecia, amaldiçoou o destino e jurou vingança contra tudo e todos que se colocaram em nosso caminho.

Quando finalmente consegui acalmá-lo, e a gritaria diminuiu, veio a tristeza, completa e absoluta, e afundei-me neste poço sem fundo junto com ele.

Deitamo-nos na cama, enrolados um no outro, nos agarrando como se não houvesse amanhã – e não haveria, não para nós.

O sol já se pôs há horas, e a cantoria no convés esmoreceu, mas as estrelas ainda brilham para mim, minhas irmãs. Observo-as com carinho, e torço para que suas vidas terrestres sejam um pouco menos complicadas do que a minha. Sei que serão bem cuidadas, Rosetta se encarregará disso. Ela espalhará minha história para cada fada que encontrar e, no fundo, acredito que conseguirá gerar uma mudança na sociedade dos meus pequenos colegas alados. Afinal, Rosetta é teimosa demais para não conseguir o que quer, e fadas sempre foram fofoqueiras demais para o próprio bem. Além disso, se tudo der certo, teremos um Noturno convertido para passar seus próprios relatos adiante.

Forço os olhos a permanecerem abertos por horas a fio, temendo o momento derradeiro, mas sei que meus esforços estão perdendo vigor. O sono está cobrando seu preço e o Umbral me chama para me embalar em seu éter.

— Prometa-me — eu sussurro, aninhada ao peito de Pietro. — Prometa-me que não vai deixar de viver seus sonhos quando eu não estiver mais contigo. Viaje pelo mundo. Roube dos ricos e corruptos. Beba até cair. Construa uma família. Viva por mim.

Pietro aperta minha mão com mais força, mas apenas o silêncio me responde.

Já o tinha feito prometer que me entregaria ao hospital onde a Sra. Darling residia na capital – com a tola esperança de que, em minha nova vida, pudesse ser tão amiga da mãe de Wendy quanto fui de sua filha –, mas ainda precisava de sua palavra de que ele não ficaria sentado esperando por um milagre que não iria acontecer. A última coisa que precisava fazer era ter a certeza de que ele não esperaria por mim para viver as maiores aventuras de sua vida, que estavam prestes a começar, acima do navio que ele sempre quis comandar.

Ergo os olhos para seu rosto e o encontro mordendo os lábios, os óculos embaçados pela nossa respiração pesada.

— Prometa-me — insisto.

Pietro fecha os olhos, mas assente curtamente.

— Prometo — ele responde, com a voz rouca.

Eu lhe dou um selinho longo e demorado, suas mãos agarrando-se ao meu cabelo uma última vez e, quando nos separamos, demoro apenas segundos para pegar no sono.

Pisco os olhos, mesmo sabendo que a escuridão do limbo não irá retroceder. O calor do Umbral me acolhe pela última vez, e aproveito sua quentura enquanto espero para que o Noturno me encontre.

Estou mais calma do que achei que estaria, estranhamente resignada. A sensação de dever cumprido aquece meu peito tão satisfatoriamente que até mesmo me assusto quando me lembro de que este deveria ser um momento triste.

Quando os tentáculos do senhor dos pesadelos se enroscam ao meu redor, apertando-me com suas sombras frias, fecho os olhos e deixo que minha mente divague uma última vez pelas minhas memórias mais felizes.

A última coisa que vejo, antes de as sombras se infiltrarem dentro de meu corpo e me preencherem com sua escuridão, sugando todas as minhas lembranças, é o sorriso dele.

EPÍLOGO

Pietro

Não dormi depois que Tipper pegou no sono. Como poderia? A revelação foi um choque e tanto, e eu teria muito que explicar para meus amigos ao raiar do dia. Mas durante a noite, eu ainda tenho muito trabalho a fazer.

Enxugo meu rosto melado de sal e inspiro fundo. Odiava ter mentido para ela em nossos últimos momentos, mas sabia que ela não dormiria em paz se não jurasse que iria seguir suas instruções.

Entretanto, nunca fui de seguir regras, e Tip sabe muito bem disso. Ou sabia. Não sei.

Gemo de frustração e esfrego os olhos, chocado de ainda haver lágrimas prontas para serem derramadas, mesmo depois de passar uma tarde inteira chorando.

Mas o que eu esperava? Era de Tipper que eu estava falando. A mulher – ou fada, ainda teria que entender isso melhor – da minha vida. Com asas, ou sem asas, sem magia, com magia, Tipper era e sempre seria Tipper, e Tipper era *minha*. Minha estrela.

Memórias ou não, ela ainda é o amor da minha vida, e eu não jogaria isso fora, muito menos a internaria em um hospital, por mais que fosse seu pedido. O problema era que Tip sempre quis resolver tudo sozinha, proteger-me até mesmo de minha própria mente, mas agora era a vez dela de ser cuidada.

Saí da cama com cautela, com medo de acordá-la antes da hora e causar algum efeito colateral impossível de reverter, e sentei-me à minha nova mesa. Abri todas as gavetas e compartimentos, até encontrar papel e grafite, e me coloquei a trabalhar.

Nunca fui bom com palavras, mesmo amando ler, mas sei que sou excepcional com desenhos, e pretendo usar isso ao meu favor.

Debruço-me em cima do papel, iniciando meu trabalho e derramando todo meu amor e toda a nossa história em minha arte. Papel após papel, hora após hora, eu desenho minhas memórias, misturando-as com tudo o que Tipper me contou sobre ela e o mundo das fadas, tudo o que nos tornou *nós*.

Eu não deixaria Tipper sair de minha vida sem tentar isso primeiro.

O sol já raiava quando me recostei novamente na cadeira, com todas as folhas empilhadas em ordem cronológica ao meu lado, prontas para serem entregues a Tipper. O sono pesa sobre meu corpo, mas me recuso a ir dormir sem antes recepcionar minha estrela em sua nova vida sem lembranças. Eu estaria ao seu lado a cada redescoberta e a cada tropeço, e não largaria sua mão por nada neste mundo.

Viro-me em direção à cama quando ouço Tipper se remexendo sobre as cobertas, seu sono interrompido. Engulo em seco ao vê-la espreguiçar, piscando lentamente, os cabelos cor de fogo bagunçados de uma maneira adorável que faz meu coração dar pulinhos.

Um vinco se forma entre suas sobrancelhas quando ela me encontra ao pé da cama, e seus olhos curiosos e confusos analisam o quarto ao redor.

Aperto com força os braços de couro da cadeira e forço minhas lágrimas a ficarem *dentro dos olhos, pelo amor do Sol.* A última coisa de que Tipper precisa neste momento é a droga de um homem desconhecido chorando ao seu lado enquanto ela tenta entender quem é e onde está.

Um sorriso triste se abre em meus lábios enquanto Tipper se senta no colchão, uma pergunta já brincando em seus lábios contraídos.

— Quem é você? — ela indaga, e meu coração afunda um pouquinho no peito. Posso jurar que vi um brilho de familiaridade cintilando em seus olhos, mas não quero alimentar ilusões, por mais doces que elas possam ser.

A sensação de não ser reconhecido pela mulher da minha vida é ainda mais aterradora do que eu imaginei, mas eu a conquistarei de volta pouco a pouco, nem que me leve a eternidade.

— Bom dia, estrelinha — eu aceno com dois dedos, e aperto os óculos em meu rosto. — Meu nome é Pietro, e a partir de hoje eu sou o guardião das suas memórias e o seu capitão. — Boto a mão na pilha de desenhos e a ergo, colocando todos eles na cama em frente a Tipper. — Sei que deve estar se perguntando muitas coisas nesse momento, e sei que deve ser assustador, mas todas as suas respostas estão aqui. — Dou algumas batidinhas nos papéis com o indicador, sinalizando para que ela os tome para si.

Ela pega o primeiro desenho, uma pintura do céu noturno, com uma estrela brilhando intensamente, e volta os olhos para mim.

— Tudo isso aqui?

— Tudo isso.

— E ao final, vou entender quem sou?

Suspiro, colocando a mão no bolso.

— Eu espero que sim, mas se tiver qualquer dúvida, você pode me perguntar o que quiser. — Engulo em seco e desvio meu olhar de seu rosto inquisidor.

Tê-la tão perto, sem poder tocá-la ou sequer conversar com ela, minha melhor amiga, minha parceira, é a coisa mais difícil que já fiz, mas sei que ao final tudo valerá a pena.

— Bom — pigarreio, e me dirijo até a porta. — Vou sair e deixá-la estudar os desenhos em paz. Estou a um grito de distância, tudo bem?

Giro a maçaneta e estou prestes a sair pela porta quando um grito me paralisa no lugar.

— Espere! — ela pede e eu acato.

Respiro fundo antes de encarar seus olhos, tão verdes quanto em meus mais lindos sonhos.

— Sim? — forço minha voz contra o nó em minha garganta.

— Como eu vou saber que você não vai me abandonar aqui? — ela murmura, e posso ver o pânico em todos os seus traços.

Uma lágrima escapa antes que eu possa detê-la.

— Eu não vou a lugar nenhum — eu prometo, piscando para desembaçar minha visão. — Eu sempre virei ao seu encontro, estrelinha.

A CRIATURA

As memórias flutuam ao meu redor, abarrotando minha mente de lembranças preciosas e queridas. Consigo sentir tudo que a pequena fada sentiu em sua vida. A solidão, tão parecida com a minha, o desespero, a esperança, o amor.

Sorrio, mesmo sabendo que minha forma ainda é horripilante. Mesmo assim, posso sentir a matéria escura do éter dando lugar à magia dourada a qual estava acostumada a usar há anos, milênios. Minha pele já não é mais tão pálida, e meus dentes, nem tão pontiagudos. Os tentáculos que deixavam meu tronco estão murchando, pouco a pouco, e dissolvendo-se em pó mágico, assim como meus filhos, criaturas tão escuras como eu, sumindo pouco a pouco e apagando-se da existência.

Tipper de Nimmerland foi a fada mais corajosa que já conheci – e devo admitir que em muitas vezes quase fui convencida a engoli-la por inteiro, apenas para saborear a essência de coragem e ousadia que a parecia compor. Entretanto, fico feliz – feliz! quem diria que poderia me sentir assim novamente – de não ter feito, ainda mais agora, que só de pensar em colocar uma fada na boca me faz querer vomitar.

Suas lembranças despertaram algo no mais íntimo do meu ser, algo que estava adormecido há tempos, e eu nem mesmo me lembrava de que estava lá, soterrado em uma maldição.

Posso ainda não me lembrar de tudo do meu passado, posso até mesmo nunca mais recordar quem eu era antes de me tornar um senhor dos pesadelos, mas sei que não sou mais um Noturno, e pretendo continuar assim.

Cumprirei a promessa que fiz a Tipper, e a encontrarei mais tarde, junto a Pietro, mas antes preciso fazer uma coisinha pequena, ainda em

Nimmerland, que estou doida para fazer desde que as memórias da fada inundaram minha mente.

Observo o homem esguio deitado em uma cama larga, repleta de travesseiros, e abro um sorriso. Ele já está dormindo, apesar de estar inquieto, seus longos cabelos oleosos e fedidos espalhados pelos lençóis.

Alcanço sua mente com pouco esforço, e o arranco de seu sonho.

É hora de um último pesadelo.

AGRADECIMENTOS

Eu sempre enrolo pra escrever os agradecimentos dos meus livros porque eu sei que é o momento em que vai bater a compreensão de que é hora de dar adeus aos meus personagens, ao mundo em que vivi durante grande parte dos últimos meses e à história que criei com todo o meu coração. É o fim de um ciclo e o início de outro. Mais um projeto, mais um universo. Espero que entenda que eu estou chorando igual doida enquanto digito esses agradecimentos, mas tudo bem, faz parte. Então, primeiro, quero agradecer a Tipper e ao Pietro, que foram meus grandes amigos nesta jornada. Mamãe ama vocês.

Também agradeço ao Felipe, a Gabi e a todo o time da Planeta! Obrigada por terem confiado no meu trabalho. Sou muito feliz de fazer parte dessa editora.

Às meninas do mundo da escrita que sempre estiveram ao meu lado nessa montanha-russa caótica que é o mercado editorial: Malu, Arque, Marina, Tine e Ju, obrigada por serem minhas parceiras!

À minha família e amigos, que surtaram comigo a cada etapa (mesmo não entendendo completamente o significado de cada uma), obrigada por aguentarem as minhas oscilações de humor absurdas. Um beijinho especial pro Thi, que deu vários pitacos nessa história e me levou pra comer sushi todas as vezes que o estresse ficava insuportável. Te amo, estrelinha!

E a minieu, que pulava entre almofadas no chão fingindo que eram crocodilos furiosos enquanto fugia do Capitão Gancho. Não chegamos à terra do nunca como queríamos, pequena, mas criamos nossa própria. Estou muito orgulhosa de você.

Editora Planeta Brasil | 20 ANOS
Acreditamos nos livros

Este livro foi composto em Fairfield LH e Ivy Mode
e impresso pela Geográfica para a Editora
Planeta do Brasil em julho de 2023.